HAYMON taschenbuch **236**

MIX
Papier aus verantwortungsvollen Quellen
FSC www.fsc.org FSC® C083411

Auflage:
4 3 2 1
2020 2019 2018 2017

HAYMON tb **236**

Taschenbuchausgabe
Haymon Taschenbuch, Innsbruck-Wien 2017
www.haymonverlag.at

ISBN 978-3-7099-7868-9

Umschlag- und Buchgestaltung nach Entwürfen von
hœretzeder grafische gestaltung, Scheffau/Tirol
Umschlag: Eisele Grafik · Design, München
Satz: Da-TeX Gerd Blumenstein, Leipzig
Coverbild: bigstock.com/pellinni
Autorenfoto: Alexander Golser

Gedruckt auf umweltfreundlichem,
chlor- und säurefrei gebleichtem Papier.

Erwin Riess

Herr Groll im Schatten der Karawanken

Kriminalroman

Gruß aus Kärnten

Christa u. Hans[illegible]

27-03-2018

Erwin Riess

Herr Groll im Schatten der Karawanken

Meldungen:

Während der Fußball-Europameisterschaft 2008 kommt es in einem Flüchtlingsheim in Klagenfurt zu einem Brand, ein Mensch stirbt. Schuld seien die Flüchtlinge, heißt es von seiten der Polizei. Ein Sachverständigen-Gutachten ergibt, daß das Feuer gelegt wurde. Dennoch werden die Ermittlungen eingestellt.

Im Juni 2009 wird nahe des Paulitschsattels in Unterkärnten ein aus Slowenien über die Karawanken gewechselter Bär, einem strengen Schutzgebot zum Trotz, von einem Jäger geschossen, fachgerecht zerteilt und ausgeweidet. In der örtlichen Jägerschaft ist der Name des Jagdfrevlers kein Geheimnis. Das Landesgericht Klagenfurt spricht den Angeklagten frei.

Seit 1955 besteht auf der slowenischen Seite des Loibl-Tunnels ein Mahnmal für die Opfer des Konzentrationslagers Loibl Süd. Auf der Kärntner Seite wurde erst Mitte der neunziger Jahre eine kleine Gedenkstätte für das Lager Loibl Nord errichtet. 2009 wird eine Kundgebung an der österreichischen Gedenkstätte abgehalten, bei der die Bundespräsidenten Sloweniens und Österreichs, höchste Würdenträger sowie Vertreter der Opferverbände anwesend sind. Eine Einladung des Bundespräsidenten in den Wind schlagend, fehlen der Kärntner Landeshauptmann Dörfler und sein Stellvertreter Scheuch. Darauf angesprochen, sagt der Landeshauptmann, er sehe nicht ein, warum „man jedesmal Kränze niederlegen soll.“ Sein Stellvertreter gibt an, er habe der Freisetzung eines Bartgeierpärchens beigewohnt. „In dem Moment war das für mich wichtiger“. (Kleine Zeitung, 12.6.2009)

Herbst 2011. Nach der Aufstellung einiger zweisprachiger Ortstafeln wurden und werden immer wieder Tafeln mit SS-Zeichen übersprüht. In den Wirtshäusern rühmen sich junge Männer dieser Heldentaten. Die Behörde sieht keinen Grund für Ermittlungen.

Prolog

Österreich nennt sich Alpenrepublik, ich bin ein Kind des Tieflands. Schon auf niederen Almen falle ich wegen Sauerstoffmangels in Ohnmacht. Bei Seilbahnen komme ich über die Talstation nicht hinaus, auf Paßstraßen mache ich vor der Mautstelle kehrt. Die stolzen Dreitausender sind für mich unerreichbar. Weil auch ich meinen Stolz habe, zog ich aus dieser Einschränkung die einzig richtige Schlußfolgerung: Als Mann der niederen Stände tue ich gut daran, in den wenigen Enklaven der Republik zu verharren, in denen menschliches Leben nicht von Lawinen bedroht ist.

Ich hätte eine Idiosynkrasie gegen das Alpine, meint der Dozent. Das sei angesichts meiner rollenden Fortbewegung zwar verständlich, er gebe aber zu bedenken, daß das Alpine recht eigentlich das Österreichische ausmache, und erwähnte, daß selbst Franz Schubert, ein Flachländler par excellence, 1825 in die Tauern vorgedrungen war. Karl Kraus habe sich von seiner geliebten Sidonie auf den Semmering chauffieren lassen, und Arnold Schönberg habe jahrelang im zerklüfteten Salzkammergut zur Sommerfrische geweilt. Als der Dozent dann noch von einem Komponisten erzählte, der ein musikalisches „Reisebuch aus den österreichischen Alpen" herausgegeben hatte, ersuchte ich ihn, die Tugend des Schweigens nicht hinter die Schwäche des Plapperns zu reihen. Daß ich selbst bei der sprachlichen Anwesenheit von Bergen die Contenance verliere, sei nicht ungewöhnlich, entgegnete daraufhin der Dozent, diese Idiosynkrasie sei bei Menschen mit einem pannonischen Gemüt die Regel.

Der Dozent irrt: Ich habe kein Gemüt. Kein österreichisches und auch kein pannonisches. Wo andere ein

Gemüt haben mögen, dehnt sich bei mir ein schwarzes Loch. Schon beim ersten Anflug von Idiosynkrasien greife ich zu hochdosierten Antibiotika. Die strikte Einhaltung der Tausendmeter-Höhenregel und die umsichtige Medikation bescheren mir ein leidliches Auskommen im östlichen Tiefland.

Als der wilde Eugen mich zu seiner Hochzeit nach Hermagor einlud, fand ich mich in einem unlösbaren Widerspruch gefangen. Einerseits hätte ich an seinem Festtag gern teilgenommen, denn ich mochte den verrückten Bub mit seinem vierrädrigen Motorrad sehr. Andererseits mußte man, um von Wien ins Gailtal zu kommen, mehrere Gebirge überqueren, die die Tausend-Meter-Höhenschichtlinie deutlich überragen. Eine Reise nach Kärnten kam für mich einer Expedition ins Hochalpine gleich; was für andere ein Ausflug in den Süden sein mag, bedeutete für mich eine Fahrt ins Nirwana. Wie immer vor schwierigen Fragen setzte ich auf den Zufall. Vielleicht würde ich vor Eugens Hochzeit einem verseuchten Heurigenbuffet zum Opfer fallen; vielleicht würde Mister Giordano, mein väterlicher Verleger, mich zu einer Aussprache nach New York bitten – mit einem Linienschiff, versteht sich; vielleicht würde die Donau ein Jahrhunderthochwasser erleben, das die Brücken unpassierbar macht. Und ohne das Passieren von Brücken kommt ein Floridsdorfer nicht nach Kärnten.

Schließlich war es der Dozent, der eine Entscheidung erzwang. Er lud mich ein, ihn als Sekretär und Fahrer an den Wörthersee zu begleiten. Er habe dort in einer dringenden Familienangelegenheit zu tun, Spesenersatz und ein angemessenes Honorar brauchten nicht eigens erwähnt werden.

Die Sekretärsstelle reizte mich. Seit meine Freundin Anita den Heurigendienst und ihre freischaffende

Nebenbeschäftigung quittiert hatte, waren auch meine Einnahmen einer krisenhaften Entwicklung ausgesetzt. Sowohl bei der Geschäftsanbahnung als auch bei der Honorareintreibung hatte ich mein Bestes gegeben, die Kundenkartei führte ich so gewissenhaft wie die Europäische Zentralbank die Konten ihrer Gläubiger. Anitas plötzliches Verschwinden konfrontierte mich schlagartig mit einer massiven Überschuldung. Eine Ratingagentur hätte mir nicht einmal Ramschstatus eingeräumt.

So etwas verkraftet nicht jeder.

Anita lebt nun in der Oststeiermark. Nelly, ihre Tochter, zieht es aber vor, bei den Pflegeeltern zu bleiben. Die Tochter liebt Anita und ist stolz auf deren attraktive Erscheinung, aber eine Mutter, die kommt und geht wie ein Sommerregen, ist ihr nicht geheuer. Anita ihrerseits ist klug und stellt keine Forderungen an das Mädchen. Weil sie noch immer einen Schuldenberg aus ihrer gescheiterten Ehe mit einem Vorarlberger Finanzberater vor sich herschiebt, hat sie das Geschäftliche mit dem Familiären verbunden und ließ sich mit einem korpulenten Gymnasialprofessor für Psychologie und Philosophie aus Bad Gleichenberg ein, der in Anita seine wildesten Träume erfüllt sah, und die sind bei dem leitenden Beamtengewerkschafter recht zahm, wie Anita mir lächelnd mitteilte.

Meiner Einschätzung nach würde es keine drei Semester dauern, bis Anita vom beschaulichen Beamtendasein genug haben würde und zu mir zurückkehrte. Besser ein leidenschaftliches Leben in Floridsdorf als ein Dahinsiechen zwischen Schilcherrebe und Plutzerkern. Sie mache jetzt mit ihrem Mann eine Familienaufstellung, hatte Anita bei unserem letzten Treffen in einer Autobahnraststätte am Fuß des Semmerings gesagt. Ich befürwortete dieses Vorhaben mit warmen Worten. Seine Realisierung würde die Zeit ohne Anita verkürzen.

Auch Wenzel Schebesta, der Vorsitzende des „Ausschusses zur Lösung sämtlicher Welträtsel", welcher beim Binder-Heurigen in Permanenz tagt, unterstützte mein Reiseprojekt. Gegen Sauerstoffknappheit in großen Höhen gab er mir eine Mineralwasserflasche voll Heurigenluft, dazu legte er eine Broschüre, die mir in Krisenfällen nützlich sein sollte.

Ein befreundeter Mechaniker brachte meinen dreiunddreißig Jahre alten Renault 5 auf Vordermann. Der gute Harry hatte das Handwerk im Gefangenenhaus Krems-Stein gelernt, wo er zwanzig Jahre wegen eines Doppelmords absaß. Er genoß die beste Ausbildung, die sich denken ließ, und verdankte seinem handwerklichen Geschick, daß er seine Strafe in voller Länge abbrummen mußte. Kein Gefängnisdirektor in Österreich hätte den Mann, der im ganzen Land in den Haftanstalten auf Tournee war und die Wagen der höheren Beamten in Schuß hielt, auch nur einen Monat früher in die Freiheit entlassen. Immerhin lebte Harry im Gefängnis recht privilegiert, in einem geräumigen Apartment und mit regelmäßigem Damenbesuch. Für letzteres war ich zuständig, Harry war Klient in meiner Praxis für Lebens- und Vermögensberatung, da lag es nahe, den ansehnlichen Kundenstock zu nutzen. So kam es, daß der hochangesehene Harry sich meiner Rostlaube erbarmte.

Eines Tages im Spätfrühling holte ich in meinem frisch gewaschenen Wagen den Dozenten in Hietzing vor der Villa seiner Mutter ab. Die alte Dame ließ es sich nicht nehmen, uns Glück für die Reise zu wünschen, und überreichte ihrem Sohn einen Lindwurm aus Gummi, hergestellt auf einer Maschine, die in ihrer Fabrik produziert worden war. Mir übergab sie einen Karton Blauburger vom Weingut Fegerl in Deinzendorf bei Retz. Während der Dozent Geschenk und Wegzehrung im Kofferraum verstaute, trat die alte Dame ans Fenster und bat mich, ein Auge auf ihren Einzigen zu haben.

Schließlich ermahnte sie uns, den Verlockungen des Kärntner Nachtlebens zu widerstehen, konzentriert zu arbeiten und in spätestens zwei Wochen mit verwertbaren Ergebnissen zurück zu sein.

Zuvor hatte ich Mister Giordano gebeten, in seinem New Yorker „Wheeling Courier" einen Expeditionsbericht zu veröffentlichen. Jede kalifornische Dentistin sei schon auf den Osterinseln zum Barbecue gewesen, jeder New Yorker Psychoanalytiker fahre übers Wochenende nach Tibet zum Trekking, und jeder Rollstuhlfahrer aus Memphis, Tennessee, der auf sich halte, habe den Kilimandscharo auf eigenen Rädern bezwungen, schrieb ich. Aber einen Abenteuerbericht aus dem letzten politischen Jurassic Park Europas, der braunen Alpenfestung Kärnten, einer lebensfeindlichen Hochgebirgsregion, in der schneegleißende Felsnadeln ihre drohenden Schatten auf niemals auftauende Seen werfen und in der die letzte autochthone nationalsozialistische Volksgruppe und ihr entsprechende politische Verhältnisse sich bis zum heutigen Tag nicht nur konservieren, sondern in der zweiten und dritten Generation fortsetzen, habe sonst niemand zu bieten. Nicht nur die Menschheitsverbrechen der alten Kärntner SSler sorgten in der zivilisierten Welt für Abscheu, schrieb ich, auch die Fortführung des nazistischen Todestriebs auf dem Gebiet der Ökonomie, wie die Jungen sie anhand irrwitziger Spekulation mit Steuergeldern und eines Bankrotts auf Kosten des Gesamtstaates vorexerzierten, führe in der Welt zu ungläubigem Kopfschütteln. Ich stimmte Giordano also darauf ein, daß die Reise schwierig und gefährlich sein würde. Dementsprechend seien meine Honorarforderungen nicht eben gering. Es bestehe aber die Möglichkeit, die Texte später in einem

Buch zusammenzufassen, was ordentlich Geld bringen würde. Dies alles unter der Voraussetzung, daß ich die Expedition ins Land der Karawanken überleben sollte. Den wahren Zweck meiner Reise: die Hochzeitsfeier meines Freundes Prinz Eugen aus Hermagor und eine historische Recherche in der Familie des Dozenten, verschwieg ich. Er erschien mir zuwenig spektakulär. Wie sich später zeigen sollte, war das der erste Fehler einer an Fehlern reichen Mission.

1. Kapitel

Keine Panne in Edelschrott, aber zu wenig Sauerstoff auf dem Packsattel. Die Bedeutung des Glimmerschiefers für den Protestantismus, der wahre Grund für Franz Schuberts Tod und eine Kriegslist in Twimberg. Schließlich ein Kärnten-Leitfaden für Überflieger, die sich im Fall eines Absturzes richtig zu verhalten wissen wollen

Kurz vor Edelschrott überhitzte der Motor. Ich parkte den Wagen hinter der Ortstafel in einer gut einsehbaren Kurve. Der Dozent machte sich erbötig, das Pannendreieck aufzustellen, und fragte nach der signalgelben Rettungsweste. Mein Renault sei zwar dreiunddreißig Jahre alt, befinde sich aber in einem tadellosen Allgemeinzustand, erwiderte ich. Ein überhitzter Motor erfülle mitnichten den Tatbestand einer Panne, sondern sei Zeichen eines funktionierenden thermischen Systems, Generationen von Bergfahrern könnten dies bestätigen. Aus diesem Grund seien weder eine Weste noch ein Rettungssack vonnöten, es brauche nur ein wenig Zeit und Kühlwasser, dann stehe der Fortsetzung unserer Fahrt über den Packsattel und einem anschließenden kühnen Vorstoß ins Lavanttal nichts im Weg. Im Grunde genommen sei unser technischer Halt nichts anderes als die Ruhe vor dem entscheidenden Sprung ins Land der tausend Seen.

Der Dozent lachte kurz und böse und meinte, daß der Name der Ortschaft wohl in einer direkten Beziehung zu meinem betagten Fahrzeug stehe. Ich blieb gelassen und erinnerte ihn daran, daß er es war, der mich als Fahrer und meinen R 5 Automatic als Fahrzeug ausgesucht habe und dafür auch ordentlich zahle. Falls er den Jaguar seiner Mamà vermisse, mit dem er als Bub immer zum Flötenstudium ins Erzbischöfliche Ordinariat chauffiert worden sei, tue er mir leid. Wie immer, wenn ich ihn ärgern wollte, betonte ich das zweite a: Mamà. So verzopft reden sonst nur Adelige, die ihren Stammbaum auf die Zeit vor der Schlacht am Weißen Berg 1620 zurückführen können – oder Parvenüs. Weder habe er Flöte gelernt, noch habe er je das Erzbischöfliche Ordinariat betreten, sagte der Dozent erbost und fuhr mit erregter Stimme fort, er habe es satt, von mir seiner Schulzeit im Theresianum wegen lächerlich gemacht zu werden. Im übrigen sei er zwar von Herrn Kálmán im Jaguar ins Theresianum gefahren worden, aber der Jaguar sei aus den späten sechziger Jahren und damit älter als mein sensibler Renault. Wenn er seine unqualifizierten Attacken auf meinen braven Wagen, der für mich viel mehr als ein fahrbarer Untersatz sei, nicht zurücknehme, müsse ich ihn in der weststeirischen Wildnis aussetzen, sagte ich und war um einen sachlichen Tonfall bemüht. Im Falle seines Einlenkens aber würde ich meine Aussagen mit dem Ausdruck der nachgebenden Klugheit zurücknehmen. Der Dozent beruhigte sich nur scheinbar. Nach einer Minute des Schweigens gab er der Befürchtung Ausdruck, daß es in meinem Gefährt weder Pannendreieck noch Signalweste gebe. Das sei in der Tat so, räumte ich ein, vergaß aber nicht hinzuzufügen, daß jedermann, der eine Fahrschule absolviert habe, wisse, daß Behindertenfahrzeuge von der Pannendreieckspflicht ausgenommen seien, für die Alarmweste gelte dasselbe.

Der Dozent war Ende der siebziger Jahre bei der Fahrprüfung mehrfach durchgefallen, immerzu war er an Verkehrsampeln gescheitert, entweder ignorierte er sie oder stoppte bei Grün. Schließlich war er in die einzige Fahrschule in der Nähe Wiens ausgewichen, in deren Umfeld keine Verkehrsampeln existierten. In Kirchberg am Wagram hatte der Dozent die Prüfung schließlich bestanden. Der peinliche Zores und die fortgesetzten Demütigungen von seiten der Fahrlehrer hatten ihm aber jegliche Freude am Fahren vergällt. Mit bestandener Fahrprüfung endete daher die kurze Zeit des Dozenten als automobiler Selbstlenker, er vertraute fortan auf den Familienchauffeur, Herrn Kálmán, und die Fahrkünste seiner Freunde und berief sich dabei auf Karl Kraus, der seit 1913 nacheinander drei kleine Opel und schließlich einen Tatra besaß, aber nicht selber fuhr.

Ich bat den Dozenten, Wasser für den Kühler zu besorgen, schärfte ihm aber ein, sich den Einheimischen gegenüber vorsichtig und höflich zu verhalten, also auch dann nicht zu reden, wenn er gefragt werde, Liebeserklärungen an die Landschaft jedoch mit leidenschaftlicher Begeisterung vorzutragen.

Er denke nicht daran, sich vor den Waldmenschen klein zu machen, erwiderte der Dozent. Er sei grade so gut Österreicher wie die Einwohner dieses verlassenen Landstrichs.

Wenn der Dozent bockig wird, ist jede weitere Intervention nutzlos. Ich ließ ihn gehen.

Die Sonne hatte ihren höchsten Stand erreicht, ich schloß das Stoffdach des Kleinwagens zur Hälfte und dachte über unsere Reise nach.

Er habe sich mehrfach in Essays und Aufsätzen abfällig über die politischen Verhältnisse in Kärnten geäußert, hatte der Dozent am Vortag beim Heurigen mit Verschwörerstimme verkündet. Die Texte seien in diversen Journalen und Magazinen abgedruckt worden und hätten erzürnte Kärntner auf den Plan gerufen. Er müsse davon ausgehen, daß er auf mehreren schwarzen Listen stehe. Daß dies an den Kärntner Seen keine harmlose Sache sei, müsse vorausgesetzt werden, man wisse ja um die dort vorherrschende deutschnationale Dreifaltigkeit von Sentimentalität, Rachsucht und Skrupellosigkeit. All das lasse es als geraten erscheinen, sich dem südlichsten Bundesland Österreichs nicht über die vielbefahrene Transitroute, sondern über gewundene Paßstraßen gleichsam inkognito zu nähern. Es gebe dort kein Radar, keine Autobahn-Polizei-Streifen und keine Videoüberwachung. Dann faselte er noch über gelockerte Räder an den Autos von Kritikern des Kärntner Weges, ungeklärten Kollisionen auf der Wörthersee-Autobahn und Einbrüchen in Fahrzeuge von Universitäts-Mitarbeitern in Klagenfurt, die sich erdreistet hätten, kritische Leserbriefe zur Kärntner Landespolitik zu veröffentlichen. Ich tat diese Erzählungen als Ausdruck von Verfolgungswahn und Verschwörungsphantasie ab, die mehr mit Wichtigtuerei denn mit tatsächlicher Wahrnehmung zu tun habe. Der Dozent, ganz Märtyrer, schwieg und seufzte. Als ich noch einmal nach dem Zweck der Reise fragte, meinte er nur, die Mission habe mit einem dunklen Punkt in der Familiengeschichte zu tun, es könne sein, daß dieser Punkt im Zuge der Ermittlungen noch dunkler würde, es sei aber auch möglich, daß der dunkle sich zu einem hellen Punkt emanzipiere.

Mehr wußte ich zu diesem Zeitpunkt nicht. Der Emanzipation eines Punktes wollte ich nicht im Wege stehen.

Plötzlich hörte ich ein dumpfes Brummen, das rasch lauter wurde. Im Rückspiegel sah ich einen alten VW-Käfer größer werden, und schon war der rot und blau lackierte Wagen an uns vorbeigefahren. Das infernalische Wummern stammte von Baßboxen, die auf dem Gepäckträger des Wagens befestigt waren. Der Käfer wurde von einer Frau mit kurzem dunklem Haar gesteuert, ihre Begleiterin war blond und langhaarig, sie warf meinem Oldtimer einen freundlichen Blick zu. Der Käfer trug ein slowakisches Kennzeichen, die beiden Damen waren augenscheinlich auf der Anreise zum Golf-GTI-Treffen am Wörthersee. Ich hatte den Dozenten eindringlich davor gewarnt, die Gegend just an den Tagen dieser berüchtigten Großveranstaltung aufzusuchen, zweihunderttausend automobilverrückte junge Leute aus ganz Europa würden zwar für jede Menge Allotria sorgen, Ermittlungsarbeiten in delikaten Familienfragen aber würden durch gesperrte Straßen und Alkoholleichen nachhaltig behindert.

Er habe diesen Zeitpunkt bewußt gewählt, hatte der Dozent mit einem überlegenen Lächeln erklärt. Die Polizei hätte mit den Golf-Fahrern genug zu tun, zwei Herren aus Wien in einem alten Renault würden da nicht auffallen. Es gebe gar keine bessere Zeit für Ermittlungen, im Schatten des GTI-Treffens könnten wir uns ungehindert bewegen.

Vom Dozenten war noch immer nichts zu sehen, vielleicht hatten die Bewohner von Edelschrott ihn zum Packer Stausee um Wasser geschickt. Um mir die Zeit zu vertreiben, stöberte ich in der eleganten Ledertasche meines Begleiters.

Neben einem ordinären Rasierwasser und einer Packung Kondome mit längst abgelaufenem Verfallsdatum stieß ich auf eine Dokumentenmappe. An oberster Stelle lag ein handschriftlicher Brief. Ich vergewisserte mich, daß vom Dozenten nichts zu sehen war, und kramte meine Lesebrille hervor.

Geschätzter Kollege! Lieber Freund!

Das Schicksal hat es gewollt, daß Du Dich einem Wagnis aussetzen mußt, das einen Mann mit Kühnheit, Witz und Expertise erfordert. Ich kenne Dich nun seit mehr als zwei Jahrzehnten durch unsere fruchtbare Korrespondenz und zweifle nicht daran, daß Du die Prüfung bestehst. Ich weiß aber auch, daß Du danach nicht mehr derselbe sein wirst.

Du fährst also nach Kärnten. Um eine Sache zu recherchieren, die einen privatimen Charakter hat, darüber hinaus aber politische und historische Verstrikkungen beinhaltet. So schreibst Du in Deinem Brief, den zu beantworten in leidlicher Frist ich mich beeile, obwohl ich unpäßlich bin und meine Tage mit der erbaulichen Lektüre der Schriften des Toskaner Erzherzogs Leopold II. zubringe. Du weißt, die Toskana schaffte 1786 als erster Staat der Welt die Todesstrafe ab. Bei der Lektüre leistet mir die eine oder andere Flasche Rotwein aus dieser menschenfreundlichen Region Gesellschaft. Ich gestehe, daß ich mehr Zeit mit dem vorzüglichen Chianti als an den geistigen Werkbänken zubringe. Zum Glück setzt meine schmale Börse der Versuchung Grenzen.

Nachstehend findest Du also meine versprochene Einführung zu jenem eigenartigen Bundesland, in dem Du forschen wirst. Keine Angst, es handelt sich nicht um eine Doktorarbeit, es ist nur ein Leitfaden für unbedarfte Kärnten-Reisende. Er soll Dir zur Hilfe und Orientierung dienen und dazu beitragen, daß Du in Deinem Erkennt-

nisstreben nicht schwankend wirst, sondern die Dinge weiterhin in der erforderlichen Radikalität siehst.

Ich verbleibe mit diensthöflichen Grüßen an die Wissenschaft

wie stets in heiterer Isolation,
Dein Freund vom Archiv

Dem handschriftlichen Brief war ein Computerausdruck beigelegt, der vom Dozenten mit Anmerkungen versehen war. Von meinem akademischen Wasserträger war noch immer nichts zu sehen, ich konnte mich also in Ruhe dem Studium des Papiers widmen.

Kleiner Kärnten-Leitfaden für Überfliegende, die sich im Fall eines Absturzes richtig zu verhalten wissen wollen

Geschätzter Freund! Gestatte, daß ich, wie jeder Historiker, der auf sich hält, mit der Topographie und der Tektonik beginne. Das Land Kärnten ist durch mehrere Gebirge von der Außenwelt abgeschlossen. Noch in den sechziger und siebziger Jahren des vorigen Jahrhunderts war eine Reise nach Kärnten ein verkehrstechnisches Abenteuer. Gefährliche Gebirgsstraßen, im Schrittempo fahrende Züge, Banditentum in den Gasthöfen und fehlende Anbindungen an internationale Hauptverkehrsrouten prägten das Bild. Es ist daher verständlich, daß die Kärntner Bevölkerung eine Neigung zur Klaustrophobie entwickelte, die sich in einer kollektiven Wagenburgmentalität manifestiert. Wer sich von der Welt abgeschottet sieht, bekämpft den Makel, indem er die eigene kleine Welt zum Nabel derselben erklärt. So kommt es, daß die Kärntner nicht müde werden, ständig und unaufgefordert zu betonen, daß sie im schönsten Land Europas, wenn nicht der

Welt leben. Die schneebedeckten Gipfel, die glitzernden Seen, die Sommerschlösser des Zollfelds und die Sakralbauten des Gurktals, die den Charme von Kommandobunkern der Maginot-Linie ausstrahlen, werden von jenen, die praktisch und geistig nicht über die Randgebirge hinausgekommen sind, zur Vollendung der Schöpfung erklärt.

Die verkehrstechnische Lage hat sich erst in den letzten Jahren gebessert, seit 2009 verbindet eine Autobahn Triest mit Wien, Kärnten rückte dadurch zu einem unschwer zu passierenden Transitland auf. Wenig später wurde allerdings die Eisenbahnverbindung nach Venedig eingestellt.

Vom historischen Standpunkt aus kann das heutige Kärnten auf eine große Vergangenheit unter den Kelten, Römern und Karolingern verweisen, damals öffnete Karantanien sich zur mediterranen Welt und fand Anschluß an die damit verbundenen künstlerischen und gesellschaftlichen Aufbrüche. Im Spätmittelalter und in der Renaissance begann jedoch ein rasanter Abstieg, in der Neuzeit verfestigte sich dieser und seit rund hundertfünfzig Jahren steckt Kärnten in den Klauen eines dumpfen und bösartigen Deutschnationalismus, den man in Kärnten schon deshalb nicht Chauvinismus nennen soll, weil die Einwohner infolge des inferioren Schulsystems und des krötenhaften Hockenbleibens auf Minderwertigkeitskomplexen und Ressentiments aller Art den Begriff nicht verstünden.

Die „Aktion Reinhardt", wie die Vernichtung von zwei Millionen überwiegend jüdischen Menschen in Ostpolen genannt wird, sowie die Massentötung von behinderten und alten Menschen und von Angehörigen der slowenischen Volksgruppe war das Werk von Himmlers „besten" Männern, nicht mehr als sechzig fanatischen

Kärntner SS-Führern, unter ihnen Ärzte, Rechtsanwälte und Ingenieure. Namen wie Globocnik, Rainer, Lerch, Niedermoser und Ramsauer stehen für die abscheulichsten Schandtaten, die die Geschichte gesehen hat.

Nach der Befreiung Kärntens durch slowenische Partisanen und die britische Armee wurden einige Massenmörder in Klagenfurt angeklagt, nach dem Abzug der Engländer kamen sie aber alle frei und nahmen sehr bald wieder als Ärzte, Rechtsanwälte, Journalisten, Unternehmer, Lehrer und Politiker führende Positionen im öffentlichen Leben ein. Einige emigrierten auch mit Hilfe des im Vatikan lebenden österreichischen Bischofs Alois Hudal nach Lateinamerika, Syrien oder Ägypten. Sigbert Ramsauer, ein Arzt, der sein Handwerk in Dachau, Hartheim, Mauthausen und Buchenwald erlernte und kranke Häftlinge mittels Eisduschen, Organentnahmen bei lebendigem Leib und Benzininfusionen ins Herz traktierte, arbeitete nach dem Krieg im Landeskrankenhaus Klagenfurt und führte eine Ordination im Zentrum der Stadt. Er starb erst in den neunziger Jahren, hochbetagt, im Kreise der Familie, versehen mit allen Orden und Ehrungen, die das Land Kärnten für seine Besten zu vergeben hat, und mit der Versicherung auf den Lippen, er würde alles noch einmal genauso machen.

Die Verehrung von Massenmördern ist identitätsstiftender Teil des unablässig beschworenen Deutschkärntnertums, wie es sich in Gailtaler Speckfesten, Wettkämpfen um die fetteste Kärntnernudel und das schmalzigste Heimatlied, vorgetragen von Dirndl- und Lederhosenträgern, manifestiert. Geradezu zwanghaft blitzt bei derartigen Zusammenrottungen des Volkstums, die von der Landesregierung mit hohen Geldbeträgen gefördert werden, unter den bunten Trachtentüchlein der schwarze Rock mit den Totenköpfen auf den Uniformspiegeln hervor.

Die braune Saat fiel auf einen fruchtbaren Boden. In Kärnten sind die Nachfahren der Mörder ungebrochen vom Edelmut ihrer Eltern und Großeltern überzeugt, die in schwerer Zeit alles gaben, um das Volkstum zu schützen, und sei es bei der Vergasung von behinderten Kindern oder beim „Abspritzen" von Patienten im „Hinterhaus" der psychiatrischen Abteilung des Landeskrankenhauses. Regelmäßig machen diese Herrschaften, deren Vermögen einschließlich spätromantischer Seevillen nicht selten nach 1938, nach der Vertreibung der jüdischen Besitzer, ihren Ausgang nahmen, ihrem Herzen Luft, indem sie in Leserbriefen unbedeutende Zugeständnisse an die slowenische Minderheit hysterisch beklagen und das Gedenken an den verunglückten Landeshauptmann, dessen Reichtum ebenfalls auf eine arisierte Immobilie, ein ausgedehntes Gebirgstal zurückging, hochhalten. Während in anderen Teilen Europas zumindest einige Kinder der Kriegsverbrecher sich mit den Greueltaten ihrer Vorfahren auseinandersetzen, ist in Kärnten kein derartiger Fall bekannt. Die Söhne und Töchter der Mörder konzentrieren sich hier auf das Erlangen von Motorbootlizenzen für den Wörthersee und die Veranstaltung von Schlagerfestivals in Bad Kleinkirchheim. Im übrigen schicken sie ihre Kinder auf Privatschulen, verbringen Pfingsten im nahen Grado auf ihren Motoryachten und bunkern den von ihren Vätern in ganz Europa zusammengeraubten Schmuck und anderes Kapital in Liechtenstein und in der Schweiz. Die Auseinandersetzung mit der faschistischen Vergangenheit läßt sich in Kärnten in einem Satz zusammenfassen: Man genießt und schweigt.

Das Bild wäre unvollständig, verschwiege man, daß die Schonung und Förderung von stolz bekennenden Kriegsverbrechern nicht nur auf Seilschaften ehemaliger SS-Angehöriger zurückzuführen ist, sondern wesentlich von sozialdemokratischen und christlichsozialen Polizeibehörden, Richtern und Staatsanwälten mitgestaltet wurde. In den fünfziger und sechziger Jahren war die SS-Dichte unter der sozialdemokratischen Kärntner Elite bei weitem die höchste im deutschen Sprachraum. Das Bild vom „politischen Punschkrapferl" – außen rot, innen braun – hat hier seinen Ursprung.

Verglichen mit dem Kärnten des „Ortstafelsturms" Mitte der siebziger Jahre war das strammrechts regierte Bayern des Franz Josef Strauß ein Land der Moderne und der Aufklärung. Dieser Zivilisationsabstand ist heute größer denn je.

Das Kriminalstück um die Kärntner Landesbank wäre nie an die Öffentlichkeit gelangt, wäre nicht eine bayerische Großbank in die von langer Hand vorbereitete und bis zu den politischen Führungsspitzen reichende Finanzverschwörung hineingetappt, die sich in einem illustren politischen Umfeld ereignete, in welchem sich libysche Diktatorensöhne, kroatische Ustascha-Mörder, irakische Antisemiten, italienische Mafiaboten, heimische Waffenproduzenten, Rechtsradikale aus Flamen und Nationalisten aus Ungarn und Litauen wohlig eingerichtet hatten. Dazu gesellten sich noch zwielichtige Oligarchen aus Rußland, halbseidene Finanzinvestoren aus Saudi-Arabien, größenwahnsinnige Industriemagnaten aus Kanada und abgehalfterte Bundespolitiker, die zu Okkasionspreisen an ausgedehnte Seegrundstücke gelangten. Zwischen den Repräsentanten des organisierten Verbrechens wuselten braungebrannte freiheitliche Jungpolitiker und deren Sekretäre, die mit ihren deutschen Sportwagen Geldkoffer durch halb Europa kutschierten.

So wie die Nazi-Kriegsverbrecher in Kärnten ungeschoren blieben und mit Heimatverdienstorden re-

gelrecht überhäuft wurden, zeigt sich die Justiz auch bei den Verantwortlichen für das zwanzig Milliarden Euro schwere Finanzdebakel zögerlich. Seit jeher steht die Klagenfurter Staatsanwaltschaft im Ruf einer für politische Liebedienerei besonders anfälligen Behörde. Verfahren gegen bestochene Politiker, im Hintergrund abkassierende Treuhänder und willfährige Bankmanager wurden und werden in Klagenfurt grundsätzlich eingestellt.

Daß in diesem Land von der halben Größe Israels eine qualifizierte Minderheit von Antifaschisten, unter ihnen Ärzte, freiberuflich Tätige, einige wenige Wissenschaftler der Universität Klagenfurt, Vertreter der slowenischen Minderheit und Aktivisten der autonomen Behindertenbewegung, bis heute überleben, läßt sich nur mit dem Fortwirken von Traditionen der Partisanen erklären und muß als europäisches Wunder gewertet werden.

Dem Leitfaden war noch eine handschriftliche Notiz beigefügt.

Mit den zuletzt genannten Menschen, lieber Freund, sollst Du Kontakt pflegen. Du bist ein aufmerksamer und wachsamer Mann und wirst sie ohne Schwierigkeit erkennen. Wenn doch bei dem einen oder anderen Zweifel auftauchen sollten, wende Dich, ohne zu zögern, an mich. Wie Du weißt, verbringe ich viel Zeit mit der Erfassung von Daten. Mein Archiv ist mein Stolz und meine Waffe, es ist der Kärntner Zeit voraus, weil es die Vergangenheit ausbreitet, mit Name und Anschrift. Es wird, wenn die Zeit gekommen ist, die Kärntner Verhältnisse zum Tanzen bringen. Aber noch ist es nicht soweit, noch geht das Unrecht einher mit sicherem Schritt. Und ich schärfe das Archiv.

Lieber Freund,

zum Schluß noch zwei Warnungen und eine Empfehlung. Meide Dorffeste und Brauchtumsveranstaltungen – die Jungmänner hier nehmen sofort Witterung auf, wenn etwas Fremdes auftaucht, und sie verteidigen ihr Revier mit abgeschlagenen Bierflaschen. Die zweite Warnung: Hüte Dich auch vor dem Kärntner Jungwein, er wird zwar in Flaschen abgefüllt, aber mehr hat er mit jenen Gewächsen, deren Produkte wir schätzen, nicht gemein.

Hingegen empfehle ich dir selbstgebrannten Sliwowitz aus dem ehemaligen „Bandengebiet", jenem Teil Südkärntens, in dem die slowenischen Kärntner leben. Dieser Schnaps macht Tote lebendig, aber nur die Guten. Die Bösen verwesen umso schneller.

Ich verstaute die Dokumente in der Reisetasche und dachte darüber nach, warum Intellektuelle nicht anders können, als entweder in Alarmismus oder in Untätigkeit zu verfallen. Aber ich kam auf keinen grünen Zweig und wurde müde. Die Mittagshitze tat ein übriges, und so schlief ich ein.

„Wieder einmal habe ich uns gerettet", sagte eine triumphierende Stimme durchs offene Fenster. Ich schaute auf und sah den strahlenden Dozenten, er schwenkte eine Gießkanne. Ich kämpfte darum, wirre Träume von marschierenden SA-Horden, klaren Alpenbächen und einer geheimen Raketenabschußrampe in einem Werftgelände am Wörthersee abzuschütteln, während der Dozent auf mich einredete. Er sei von einem mißmutigen Einheimischen mit einem vorsintflutlichen Moped zum Packer Stausee gefahren worden, das Moped habe einen ramponierten Anhänger aus Holz, einen sogenannten Kaps, gezogen. Am Stausee bekam er das Wasser geschenkt und die Kanne geliehen, wir sollten sie in einer Drogerie in Preitenegg abgeben, dort arbeite die Tochter des Mopedfahrers. Als er die Kanne ins Wasser getaucht habe, sei ein Forstaufseher erschienen, der ihm Geld abknöpfen wollte, der mürrische Einheimische aber habe nur einmal in Richtung des Forstbeamten gegrunzt, worauf der sich getrollt habe. Danach sei er mit der halbvollen Gießkanne in der Hand durch den stillen Wald gelaufen, bis er wieder auf die Packer Straße gekommen sei. Das Nachfüllen des Kühlwassers zelebrierte der Dozent wie eine Sponsion. Nach ein paar Minuten pietätvollen Wartens sprang der Motor ohne Probleme an.

Vor dem Scheitelpunkt des Packsattels überraschte uns die Aussicht auf den Packer Stausee. Er war verblüffend groß und langgestreckt, das Wasser war schwarz wie Tusche, und die verwitterte Staumauer wirkte in ihrem stumpfen Grün nicht sehr vertrauenerweckend. Die Ortschaft Pack bestand aus einem geöffneten und zwei stillgelegten Gasthäusern sowie einigen trostlosen Ferienhütten. Der Ort war menschenleer. Weiter ging's über die kurvenreiche und steile Straße, bis wir den Packsattel in tausend Meter Höhe erreichten. Als die Straße noch weiter anstieg und ein Schild „Hebalm, 1200 Meter" verkündete, wurde die Luft immer dünner, und ich war einer Ohnmacht nahe. Die Bewußtseinstrübung verstärkte sich, als der Dozent, der die Straßenkarte studierte, von einem Ort namens Weinebene erzählte, der noch höher zu liegen schien. Zum Glück umgab uns die strenge und würzige Luft des Tannenwalds, sie wirkte wie Riechsalz und war meine Rettung.

Preitenegg liegt auf einem Grat und gewährt einen grandiosen Ausblick auf eine langgezogene Autobahnbrücke in der Ferne. Die Schauspielerin Maria Schell habe hier ihre Kindheit und ihre letzten Jahre verbracht, erklärte der Dozent, sie sei auf dem Dorffriedhof begraben. Seine Mamà habe mit der Schell jahrelang über Streitfragen des Maschinenbaus korrespondiert, die Schell sei eine vielseitige Person gewesen. Begräbnisstätten könne ich nichts abgewinnen, sagte ich und gab an der Ortseinfahrt Gas. Wir schlingerten auf der kurvigen Hauptstraße bergab, der Dozent klammerte sich an meinen Taschen-Brockhaus, ein unhandliches Ding aus den siebziger Jahren, aber was da drin nicht zu finden ist, hat das Licht der Welt nie gesehen. Seinerzeit habe sich der Schwerverkehr auf dieser engen Paßstraße ins Kärntnerische hinuntergeplagt, sagte ich. Man könne daran ermessen, wie abgeschieden das Land bis zum Bau der Südautobahn gewesen sei. Der Dozent hielt sich mit einer Hand am Türgriff fest, mit der anderen war er bemüht, das Lexikon nicht fallen zu lassen.

In der Ortsmitte saßen ein paar alte Männer im Gastgarten des „Hanslwirts" bei einem Bier. Wir hielten kurz an, der Dozent trug die Gießkanne in die auf der anderen Straßenseite liegende Drogerie. Er kam mit einer Schachtel Zündhölzer und einer Rolle Spagat zurück.

Ich sagte nichts. Wahrscheinlich waren die Dinge im Angebot oder im Abverkauf. Millionärssöhne neigen entweder zum Verjubeln des Kapitals oder zu akribischer Sparsamkeit.

Enge Serpentinen führten in das tief eingeschnittene Tal einer Ache. In der Ortschaft Waldenstein wies ein Schild auf einen Glimmerschieferbergbau hin. Ein stillgelegtes Sägewerk, ein Mahlwerk und ein Wirtshaus wurden von einer düsteren Burg überwacht. Hier sei ein Zentrum des Kärntner Protestantismus gewesen, entnahm der Dozent dem Brockhaus, der Glimmerschiefer sei wichtig für den Korrosionsschutz bei Lacken. Außerdem sei im Schloß anläßlich einer Wette zu Beginn des 19. Jahrhunderts das Kärntner Heimatlied entstanden. Auerling, Schönixeck und Gschrepfl hieß es auf weiteren Hinweistafeln, ich dankte den Himmlischen, daß der Brockhaus dazu schwieg. Die frisch geteerte Straße begleitete die von scharfkantigen Felsen verblockte Ache bis Twimberg, wo sie in einem Wasserfall in die Lavant mündete, die ihrerseits in einem engen Tal gefangen war, wo Bahn und Straße nicht nebeneinander, nur übereinander Platz fanden.

„Die Szenerie erinnert an Bad Gastein", sagte ich. „Wasserfälle mitten im Ort."

„Waren Sie denn schon in Bad Gastein?"

„Nein, was sollte ich dort. Es reicht, daß Schubert an Bad Gastein zugrunde gegangen ist."

„Wie kommen Sie auf diesen Unsinn?"

„Im Jahr 1825 verbrachte Schubert einige Wochen in Bad Gastein. Dort erkrankte er schwer. Keine drei Jahre später verstarb er; von den Bergen hat er sich nie wieder erholt."

„Unsinn", wiederholte sich der Dozent. „Der Stand der Forschung ist, daß Schubert sich Anfang der zwanziger Jahre eine venerische Erkrankung, wahrscheinlich die Syphilis, zugezogen hatte und er in Folge an den Erscheinungen der damals unheilbaren Krankheit litt. Sein Tod im Herbst 1828 dürfte allerdings auf eine Typhus-Infektion zurückzuführen sein."

In Floridsdorf sei der Stand der Forschung ein anderer, erwiderte ich. „Schubert weilte in Begleitung seines Freundes, des Sängers Vogl, der sich große Verdienste um die Verbreitung und den Vortrag der

Schubert'schen Lieder erworben hatte, in Bad Gastein. Schubert war ja nirgendwo angestellt, Bewerbungen in Laibach und als Vize-Hofkapellmeister in Wien scheiterten, seine großen Werke wurden noch nicht gespielt, er war also vom Verkauf seiner Lieder an einen Musikverlag abhängig, allerdings waren diese Einnahmen durchaus anständig. Der Schubert-Lied-Sänger Vogl weilte in Bad Gastein zur Kur, um Linderung von der Gicht zu bekommen, ein Ziel, das Schubert wärmstens unterstützte. Ein von Gicht geplagter Interpret seiner Lieder war eine grobe Geschäftsschädigung. Eines Tages aber legte Vogl eine Pause in seinen Bädern und Behandlungen ein, und das Unheil nahm seinen Lauf."

„Was meinen Sie damit?"

„Vogl verführte den armen Schubert zu einer Tageswanderung auf einen nahe liegenden Gipfel, es ist sehr wahrscheinlich, daß Schubert sich mehrere Stunden lang an Kopf und Händen, den Werkzeugen seiner Kompositionskunst, ungeschützt einer Höhe von zweitausend Metern aussetzte."

Was denn daran so schrecklich sei?

„Die zerstörerischen Strahlen der Sonne, die noch durch die natürliche Radioaktivität, welche in Bad Gastein gegeben ist, verstärkt wurden, lösten bei Schubert einen völligen Zusammenbruch des Immunsystems aus – er erkrankte an galoppierender Höhenkrankheit, ergänzt um eine schwere Strahlenkrankheit. Wieder in Wien, besserte sich sein Zustand nur in Maßen und verschlechterte sich 1927 beim Begräbnis von Beethoven, dem Schubert nebst Ferdinand Raimund und Franz Grillparzer als Ehren-Fackelträger beiwohnte, wieder. Aus der galoppierenden wurde eine perennierende Höhenkrankheit, die Verstrahlung tat das übrige. Vom medizinischen Standpunkt her liegt der Fall klar. Schubert muß unbedingt als Opfer der Berge angesehen werden. Wenn Sie sagen, die Berge seien der morphologische Kern des Österreichertums, so sage ich: Schubert ging eben daran, am österreichischen Wesen, zugrunde. Es zeugt vom damals schon beträchtlichen Einfluß der Österreich-Werbung, daß man mit der dreisten Lüge, Schubert eine Syphilis anzudichten, um Touristen in die tödlichen Berge zu locken, erfolgreich war."

Der Dozent schüttelte den Kopf, nahm allerdings eine Eintragung in seinem Notizbuch vor.

Hoch über uns spannte sich eine filigrane Autobahnbrücke. In ihrem Schatten legten wir einen neuerlichen technischen Halt ein. Ich bat den Dozenten, gefälschte Wechselkennzeichen anzubringen und die echten unter einer Decke zu verstecken. Wir würden sie bei unserer Rückfahrt wieder anschrauben. Darüber hinaus mußte er noch zwei Abziehbilder an der Heckscheibe anbringen. Die Hilfsmittel stammten von Wenzel Schebesta, der neben seiner Vorsitzführung des „Ständigen Ausschusses zur Klärung sämtlicher Welträtsel" als Platzwart des FC Wien-Nord arbeitete. Das Fälschen von Autokennzeichen war ihm seit seiner Jugend vertraut, die Aufkleber ließ er sich von Gastmannschaften mitbringen. Allgemein war bekannt, daß Schebesta, der Weltgewandte, nie aus Wien hinausgekommen war, und da er als umsichtiger Gastgeber und kundiger Gesprächspartner für die wichtigen Fragen des Lebens einen exzellenten Ruf genoß, beeilten sich die anreisenden Teams, ihn mit Klebebildern ihrer Herkunftsorte zu bedenken. Schebesta hob die Präsente sorgfältig auf, wußte er doch, daß ein richtiges Pickerl zur rechten Zeit viel Unheil verhindern kann. So setzten wir die Fahrt durchs Lavanttal mit einem Kennzeichen des Bezirks Villach Land und Pikkerln des Männergesangsvereins Möllbrücke und des St. Veiter Wiesenfests 1978 fort.

Während der Dozent die Tafeln anbrachte, überflog ich zum wiederholten Mal einen Brief von Mister Giordano.

Freund Groll,

ich bestätige den Erhalt Ihrer Nachricht. Haben Sie nichts Besseres zu tun, als einem alten Mann seine letzten Tage zu verdunkeln? Ich dachte, Sie seien alt genug, Ihre Geschäfte ohne Hilfe abwickeln zu können.

Zur Sache:

Nicht jede Psychoanalytikerin in New York fliegt übers Wochenende nach Tibet zum Trekking. Das war einmal. Sie waren schon lange nicht mehr bei uns, ich darf Ihnen sagen, Sie würden sich nur schwer zurechtfinden. Die Rache der verbiesterten Betbrüder aus dem Mittelwesten an dem farbigen Präsidenten lastet schwer auf dem Land. Der Gute macht seine Sache nicht schlecht, aber ich wünschte, er würde mir das eine oder andere Problem zur Lösung übertragen. Mit ein paar guten Männern kann man dem Notwendigen schon auf die Sprünge helfen. Nach allem, was Sie über die Kärrner – oder wie die Verrückten hinter den sieben Bergen heißen – berichten, scheint es sich um Vorfahren unserer Tea-Party-Leute zu handeln. Wenn dem so ist, dann gute Nacht, Europa!

Ein Letztes: Sie brauchen mich nicht zu belehren. Dank unserer Public Library weiß ich sehr wohl, was die Schlacht am Weißen Berg war und welche Auswirkungen sie hatte. Damals wurde der böhmisch-protestantische Adel von den Habsburgern und deren Katholischer Liga ausgelöscht, Österreich bekam Böhmen und den ewigen

Hass der Tschechen. Danach importierten die Habsburger minder bedeutende Adelsfamilien aus ganz Europa. Ohne diese Blutauffrischung wäre das Habsburgerreich an Inzucht zugrunde gegangen.

Vergessen Sie nicht: Ich habe zwar nur drei Klassen Grundschule absolviert, weil ich dann als Soldat in die società onorata, die Familie, eintrat. Aber ich stamme immerhin aus Sizilien, und wir hatten schon Kultur, da war Österreich noch ein Mischwald. Zum Schluß: Wenn Sie glauben, Mister Giordano sei auf seine alten Tage engherzig geworden, täuschen Sie sich. Mit einem Wort: Ich gestatte Ihnen, daß Sie mich auf dem laufenden halten. Wenn ich es als erforderlich erachte, werde ich an die von Ihnen angegebene Adresse per Mail antworten.

Ihr Giordano
Kennebunkport, Maine

PS: Ich bin nicht hier, weil meine Birne weich geworden ist, sondern weil man es hier im Sommer besser aushält als in der dampfenden Stadt.

Ich wußte, daß Mister Giordano immer wieder seine alte Sekretärin in Maine besuchte, die in einem Pflegeheim lebte und sich mit Hilfe ihrer Alzheimer-Krankheit längst aus unserer Wirklichkeit verabschiedet hatte. Es war wohl nicht nur die Loyalität eines alten Arbeitgebers zu seiner treuen Assistentin, die den alten Herrn nach Neu-England trieb. Egal, ich war, als ich den Brief in Händen hielt, sehr erleichtert. Mit Giordano im Tornister wäre ich bis Berlin gerollt.

2. Kapitel

Die Loyalität zum Kaiser, die Rallye Monte Carlo und der gemeine Blasenriß. Kein Besuch bei den Habsburgern in Wolfsberg und kein Quartier in Klagenfurt. Dafür eine denkwürdige Begebenheit mit Peter Kreisky

Wir forcierten die Lavant und machten guten Progreß. Der alte Renault grummelte zufrieden vor sich hin. Ein frisches Loch im Auspuff verlieh ihm einen verwegenen Klang, das Hupen vor Kurven konnte ich mir ersparen. Vor St. Gertraud brach die Sonne durch die Wolken, und die Fahrt wäre perfekt gewesen, hätte der Dozent sich nicht in heroischen Betrachtungen ergangen.

Das hätte noch gefehlt, daß er als notorischer Antifaschist in die Falle gehe und Kärnten über die Haupttransitrouten, die Südautobahn oder die Friesacher Bundesstraße, aufrolle, sagte er und schaukelte zufrieden. Ihn würde man nicht auf freiem Feld abfangen und unter fadenscheinigen Anschuldigungen verhaften, in ein entlegenes Verlies auf der Saualpe verbringen und dort verrotten lassen.

Ein verschrobener Privatdozent aus Wien locke in Kärnten keinen Polizisten aus der Amtsstube, sagte ich. Er solle sich nicht so wichtig nehmen.

Er sei nicht nur für seine eigene, sondern auch für die Sicherheit seines Sekretärs verantwortlich, erwiderte der Dozent. Dazu komme die Verantwortung für die gefährliche Mission, die zu übernehmen er keinen Moment gezögert habe.

„Meine Mamà soll sehen, was ein hochspezialisierter akademischer Ermittler zustande bringt. Ohne unbescheiden zu sein, darf ich sagen, daß mein Name unter Kriminalsoziologen einen hervorragenden Ruf genießt. Ich muß davon ausgehen, daß man auch in Kärnten auf mich aufmerksam geworden ist. Seien Sie sich bewußt, daß wir in beträchtlicher Gefahr schweben."

„Ich verstehe Ihre Erregung nicht", warf ich ein. „In meinem Heimatbezirk sind die braunen Parteien stärker als in Kärnten. Wenn Sie mich mit Ihrem Rennrad in Floridsdorf besuchen, bewegen Sie sich aber wie ein Fisch im Wasser. So braun wie die Kärntner sind die Wiener schon lange."

In Floridsdorf sei er nur sicher, solange er den Mund halte, entgegnete der Dozent. Schon seine Hietzinger Aussprache könne ihn in Gefahr bringen. Nur weil er in mir einen umsichtigen Squatter in den Prärien Transdanubiens habe, könne er sich halbwegs sicher fühlen. In Kärnten aber seien wir beide Neulinge, lebensklug der eine, gebildet der andere, aber eben doch Neulinge, die bei jedem unbedachten Schritt Gefahr liefen, blutiges Lehrgeld zahlen zu müssen. Dessenungeachtet sei er zuversichtlich, daß er mit seiner Reise nach Kärnten in diesen turbulenten Zeiten, in denen Europas Demokratie unter Dauerbeschuß stehe und eine Festung nach der anderen aufgeben müsse, einen Coup landen werde, der künftig in einem Atemzug mit der Aufklärung der bedeutendsten Kriminalfälle der Geschichte genannt zu werden verdient. Er werde den Fall in einem Standardwerk publizieren.

„Wenn Sie publizieren, wird es immer ein Standardwerk", bekräftigte ich.

„Jedenfalls steht fest, daß die zivilisierte Welt mir Kränze flechten wird“, meinte der Dozent und schaute auf die weiß rauschende Lavant.

Ich spuckte zweimal ostentativ aus dem Fenster.

„Sie brauchen nicht neidisch zu sein“, sagte der Dozent mit einem überlegenen Lächeln. „Auch auf Sie wird ein Schlagschatten des Ruhms fallen, Sie haben mich gefahren. Nehmen Sie einstweilen ein paar Krümel des künftigen Erfolges als Wegzehrung.“ Mit diesen Worten reichte er mir eine geöffnete Packung Studentenfutter.

In Frantschach führt die Bundesstraße mitten durch eine Papierfabrik. Rauchende Chemieanlagen sowie kirchturmhohe Kessel und Förderbänder, die in mehreren Ebenen die Gebäude verbinden, bilden in ihrer Ordnung einen scharfen Kontrast zu den schroffen Schluchten der Pack. Es folgen haushohe, von schweren Planen bedeckte Berge aus Sägespänen und schließlich Holzplätze mit Abertausenden halb entrindeten Baumstämmen. Wasserwerfer bewahren die Stämme vor dem Austrocknen, schwer hängt der Geruch von nassem Holz über dem Gelände.

Hinter der Fabrik weitet sich das Lavanttal zu einer fruchtbaren Ebene.

Der Dozent hatte seinen Laptop auf den Knien und berichtete, daß die Frantschacher Fabrik einem Konzern namens Mondi gehöre, der in Südafrika riesige Baumplantagen besitze und an den Börsen Johannesburg und London gelistet sei. Weltweit würden dreißigtausend Mitarbeiter beschäftigt, davon in Frantschach immerhin fünfhundert.

„Wir haben es hier mit einem der letzten industriellen Großbetriebe Kärntens zu tun.“

„Nicht mehr lange“, erwiderte ich. „Ein Weltkonzern, der auf den Namen Mondi hört, ist dem Untergang geweiht. Die Leute sollten sich schleunigst andere Arbeitsplätze suchen.“

In einem Kreisverkehr vor Wolfsberg wurden wir von zwei Golf GTI mit ukrainischen Kennzeichen überholt. Beide waren tiefgelegt und röhrten wie brunftige Hirsche. Der Dozent war angesichts des rücksichtslosen Fahrverhaltens außer sich, aber ich bat ihn, Verständnis für die beiden Rowdys zu haben. Wer von Dnepropetrowsk an den Wörthersee fahre, ohne eine Pinkelpause einzulegen, befinde sich in einer physischen Ausnahmesituation, da dürfe man nicht zu streng sein. Er bitte um Aufklärung, sagte da der Dozent und machte sich in seinem Sitz klein.

„Es ist wie früher bei der berühmtesten Winterrallye der Welt, der Rallye Monte Carlo“, sagte ich und streckte die Hand zum offenen Fenster in den Fahrtwind hinaus. „Die Piloten reisten aus allen Windrichtungen an, nonstop, versteht sich. In Nizza besuchten sie einmal die Toilette und fuhren danach zwei Tage Sonderprüfungen in den französischen Seealpen. Die berühmteste war übrigens nach einem aus Kärnten stammenden Dramatiker benannt, es war jene über den Col de Turrini. Eine Nachtprüfung, gefürchtet und sagenumwoben.“

„Was für ein hirnverbrannter Unsinn“, widersprach der Dozent. „Kein Mensch fährt eine Rallye, ohne auszutreten.“

„Unterschätzen Sie die Piloten nicht“, wies ich ihn zurecht. „Der polnische Haudegen Sobiesław Zasada fuhr die Monte viele Jahre lang, er begann Ende der fünfziger Jahre mit einem Puch 500 und endete fünfzehn Jahre später mit einem Porsche 911. Und immer wurde er, der aus einem sozialistischen Land kam, Klassensieger."

„Und nie frequentierte er eine Toilette."

„Während der Anreise aus Polen nicht."

„Ich glaube Ihnen jedes Wort."

Kühne Gedanken verdienen eine umsichtige Vertiefung. Je größer der Überraschungseffekt, desto höher die Glaubwürdigkeit. Ich fuhr fort:

„Sie müssen wissen, daß Doping damals noch unbekannt war. Längeres Harnverhalten aber setzt Botenstoffe frei, welche die Reaktionsgeschwindigkeit erhöhen. Die Piloten waren solcherart einer äußeren und einer inneren Beschleunigung ausgesetzt, sie fuhren gleichsam mit einem Nachbrenner."

„Nein, nein, nein", beharrte der Dozent.

„Die Zahl der Fachbücher, die meine Version absichern, ist Legion."

„Was für ein dummes Reglement", stieß der Dozent hervor.

„Es ist keine Frage des Reglements, es ist eine Frage der Ehre", fuhr ich fort. „Der Fahrer Zasada wurde schlagartig seines umwölkten Blicks wegen berühmt, als er nach zweitägiger Nonstop-Fahrt aus Zakopane in Nizza ankam."

„Und die Besucher des Golf-GTI-Treffens halten diese vertrottelte Tradition hoch?"

„Jene mit einem historischen Bewußtsein schon. Und die Ukrainer haben davon im Übermaß."

Der Dozent tippte in seinen Computer. Nach einer Minute fuhr er mit einem triumphierenden Aufschrei hoch.

„Wußten Sie, daß der berühmte Astronom Tycho de Brahe im Jahr 1601 in Prag während eines Festbanketts zu Ehren des Habsburger-Kaisers Rudolf II. wegen

Harnverhaltung einen Blasenriß erlitt und elendiglich daran zugrunde ging?“ rief er. „Die Hofetikette untersagte es den Gästen, sich vor dem Kaiser von der Tafel zu erheben.“

„Das wußte ich nicht“, gab ich zu. „Der Mann hat seine äußere Loyalität zum Kaiser offensichtlich übertrieben, was Rückschlüsse auf seine innere zuläßt. Personenkult kann tödlich sein.“

In Wolfsberg wollte der Dozent das Habsburgerschloß besichtigen, einen von weitem sichtbaren weißen Gebäudekomplex im Tudorstil, in dem ein Nachkomme der toskanischen Linie residiert. „Er ist forstlicher Magnat und sitzt als Gemeinderat der Grünen im Stadtparlament“, erklärte der Dozent. „Und er hat das passive Wahlrecht, die Wählbarkeit von Angehörigen des einstigen Herrscherhauses fürs höchste Amt der Republik erstritten. Hundert Jahre nach der Abdankung der Dynastie kann ein Habsburger wieder Erster Mann Österreichs werden. Er hat seine Kandidatur in Aussicht gestellt.“

„Gratuliere“, sagte ich. „Das wäre tatsächlich eine Novität. Der erste Habsburger, der vom Volk gewählt wird. Ich verweigere hiermit den Halt beim Thronfolger, wir sind hier, um zu arbeiten. Ihren historischen Dinosaurierpark können Sie ein andermal aufsuchen.“

Am Griffener Berg blieb der Wagen wieder liegen. Diesmal war nicht der überhitzte Motor schuld, sondern der Gasring. Er hatte sich aus seiner Befestigung am Lenkrad gelöst. In der nächsten Biegung parkte ich in einer Hauseinfahrt.

„Halten Sie den Mund“, sagte ich zum Dozenten, der zu einer neuerlichen Schmähung meines Wagens angesetzt hatte. „In fünf Minuten sind wir wieder flott. Bringen Sie mir die Autoapotheke aus dem Kofferraum!"

Der Dozent kam der Bitte, ohne zu zögern, nach. Die Autoapotheke war ein Werkzeugkoffer mit allem, was ein Kraftfahrer in Mitteleuropa braucht, einschließlich einer Straßenkarte der k. u. k. Monarchie und einer Flasche Marillenschnaps.

„Es scheint, daß Sie den Begriff ‚Autoapotheke' allzu wörtlich nehmen", meinte der Dozent. „Führen Sie denn überhaupt einen Verbandskoffer mit?"

Mein Wagen sei französischen Ursprungs, und in Frankreich seien Autoapotheken für Menschen da, erwiderte ich.

„Ein Kraftfahrzeug zu bewegen, ohne einen rettenden Verband mitzuführen, ist regelwidrig!" rief der Dozent.

Dank meiner Improvisationsgabe war der Gasring bald wieder funktionsfähig, und wir setzten die Fahrt fort. Immer wieder wurden wir von Golf GTI aus aller Herren Länder überholt, aber auch andere Produkte aus dem Volkswagenkonzern waren unterwegs an den Wörthersee, wo das 35jährige Jubiläum der Veranstaltung gefeiert werden sollte; VW-Käfer, die rundum einen handgestrickten Pullover trugen, ein Pritschenwagen mit eingebautem Swimmingpool auf der Ladefläche, in welchem ungarische Jugendliche lachend planschten. Und immer wieder stießen wir auf das offizielle Plakat des Jubiläumstreffens: „Aufbruch in eine neue Dimension!"

Die allgegenwärtigen Plakate erinnerten mich an den Sommer 1988, den ich bei Freunden in der DDR verbrachte, die damals ihren vierzigsten Geburtstag feierte. Die Chausseen des Arbeiter- und Bauernstaats waren mit Plakaten zugekleistert, auf denen es hieß:

„Schrittmaß 40! Ein Land bricht auf!“ Ein Jahr darauf war das Land auch aufgebrochen, drei Jahre später ausgeblutet und fünf Jahre danach abgewickelt. Zwanzig Jahre nach dem Ende der DDR machte sich nun also der größte Industriekonzern Deutschlands auf, denselben Weg zu gehen. Hätte ich Volkswagenaktien in meinem Portefeuille gehalten, ich hätte sie umgehend gegen sichere Papiere eingetauscht, Rüstungspapiere des Vatikans oder Aktien jener nordkoreanischen Filmstudios, die seit Jahr und Tag in einer Sonderwirtschaftszone die Simpson-Comics für das amerikanische Fernsehen herstellen. Ich verzichtete darauf, den Dozenten mit diesen historischen Reminiszenzen zu behelligen, war er doch ein Absolvent des verzopften Theresianums, wohingegen ich ein Abkömmling der modernen Floridsdorfer Schule der Ökonomie bin und in großen historischen Linien denke.

Nach einer halben Stunde flotter Fahrt näherten wir uns der Landeshauptstadt. Wir kamen durch ein dünn bebautes Gewerbegebiet, dessen nördliche Seite an den kleinen Flughafen grenzte. Der Dozent machte mich auf ein langgestrecktes, futuristisches Gebäude aufmerksam.

„Raten Sie, was das ist!“ rief er.

Ich hatte keine Ahnung und versuchte es mit Naheliegendem. „Eine Kirche für wiederverheiratete Geschiedene.“

Der Dozent schüttelte den Kopf.

„Ein McDonald’s-Restaurant?“

„Weiter!“

„Ein Wellness-Tempel samt angeschlossenem Laufhaus?“

„Weiter! Weiter!“ Der Dozent zappelte vor Freude mit den Beinen.

„Das Hauptquartier der Zentrale des Dachverbands sämtlicher heimattreuer Kärntner Trachtenverbände.“

„Sie kommen nie drauf!“ rief er triumphierend. „Das ist die Zentrale der Kärntner Landesbank! Das Auge des Finanzzyklons! Hier wurden Haftungen im Ausmaß von zwanzig Milliarden Euro konzipiert, hier wurden Zehntausende unbesicherte Kredite für Hotels und Yachten in Kroatien vergeben, das ist der goldene Finanzesel, der Jörg Haiders Aufstieg und die Geldgeschenke für arme Untertanen finanziert hat.“

Ich war beeindruckt. Das Gebäude gemahnte an einen Flugzeugträger, dessen Architekten und Ingenieure während des Baus dem Wahnsinn anheimgefallen waren und nach außen offene Gänge, Stiegen, die ins Nichts führen, sowie jede Menge schiefer Glasflächen, Maschinengewehr-Türme und Satellitenanlagen schufen. Ein gewaltiger Schiffstorso, entsprungen der verzweifelten Sehnsucht von Binnenstaatlern nach dem offenen Meer. Ich verstand und war gewarnt. Wer Ungetüme dieser Größenordnung auf die Wiese stellt, dem ist alles zuzutrauen.

Eingedenk der Geldbörse des Dozenten und der Chance auf ein rollstuhlgerechtes Badezimmer plädierte ich für das beste Hotel am Platz. Dann müßten wir ins „Moser Verdino“, erklärte der Dozent. Er glaube aber nicht, dort fündig zu werden, fügte er kryptisch hinzu.

Ich wettete dagegen, der Einsatz war eine Flasche guten Rotweins. Das „Moser“ war ein Fünfsterne-Haus und gehörte zu einer angesehenen Hotelkette, in diesen Kategorien könne man sich die Diskriminierung behinderter Gäste nicht leisten, war meine Hoffnung. Ich bat den Dozenten, im Wagen die Stellung zu halten, falls die Polizei auftauchen sollte, möge er eine Amtshandlung bis zu meiner Rückkehr hinauszögern. Das war eine Notlüge. Ich ziehe es vor, bauliche Aufklärungsmissionen allein durchzuführen, man fühlt sich nicht durch einen Begleiter behindert und hat ein größeres Arsenal an Reaktionsmöglichkeiten zur Verfügung, Schimpftiraden und Waffengebrauch eingeschlossen.

Nach zehn Minuten war ich zurück. Der Dozent schürzte die Lippen, wie immer, wenn er seine Neugier kaum bezwingen konnte.

„Sie haben recht", startete ich den Rapport. „Weder ein barrierefreies Zimmer noch ein Behinderten-WC im Foyer, nicht einmal ein Behindertenparkplatz."

„Eine Flasche ‚Schiopettino' für mich", sagte der Dozent und nahm eine Eintragung in sein Notizbuch vor. „Was brachte Sie denn auf die verquere Idee, daß Nobelhotels in Kärnten behindertengerecht sein könnten?"

Danach kurvten wir planlos durch die Innenstadt. Er sei froh, das „Moser Verdino" nicht betreten zu müssen, mit diesem Haus verbinde er ein höchst unerquickliches Erlebnis, sagte der Dozent. Während ich vor dem Hauptpostamt einparkte und Joseph zusammenstellte, erzählte er.

„Im Jahr 2000 wähnte sich Jörg Haider auf dem Höhepunkt der Macht. Er verkündete, daß sich unter seiner Herrschaft in Kärnten kein Mensch zu demonstrieren getraue. Das nahmen Dutzende Gruppen aus Österreich und halb Europa zum Anlaß, eine Demonstration von mehr als zehntausend Menschen zu organisieren. Die Stimmung war großartig, während der Demo wurde ausgelassen musiziert und getanzt, die Slogans waren voll beißenden Spotts. Entgeistert starrten die Klagenfurter Bürger aus ihren Fenstern in der Beletage der Stadtpalais am Alten Platz, und bei der Abschlußkundgebung vor dem Rathaus sang der Triestiner Partisanenchor. Einige mutige Schriftstellerinnen und Schriftsteller – die berühmtesten hielten sich fern – und Vertreter der Minderheiten hielten kämpferische Reden."

„Ich kann mich an die Zeitungsberichte erinnern. Daß Sie aber auch dabei waren, hätte ich nicht angenommen."

„Ich war mit einer Abordnung der Wiener Soziologen verabredet, die mit dem Zug nach Kärnten reiste."

„Und wie kamen Sie hierher? Doch nicht mit Jaguar und Chauffeur?"

Der Dozent lächelte nachsichtig. „Wo denken Sie hin, ich bin für meine politische Sensibilität bekannt! Ich kam nicht mit dem Wagen, ich kam nicht mit dem Zug, ich kam mit dem Privatflugzeug. Ein Geschäftsfreund meiner Mutter hatte mich mitgenommen, ein Waffenhersteller."

„Sie reisten mit einem Privatflugzeug zur Anti-Haider-Demonstration?"

Der Dozent lächelte. Ich verneigte mich vor soviel Sensibilität.

„Nach der Abschlußkundgebung saß ich mit Bekannten und Freunden im Café des ‚Moser Verdino'", fuhr der Dozent fort. „Dort kam es zu einem abstoßenden Auftritt."

„Ich höre!" rief ich und setzte Joseph mit kräftigen Armstößen in Bewegung. Der Dozent lief neben mir her.

„Ich muß vorausschicken, daß sich auch Peter Kreisky in der Runde befand, er war mit seiner Freundin, einer Theaterregisseurin, die die Veranstaltung moderiert hatte, nach Klagenfurt gekommen. Allerdings mit dem Zug. Wir saßen also in der Runde, die Kundgebung hallte noch in uns nach. Da näherte sich ein betrunkener Mann, er sei Baumeister und habe eine Villa am Kreuzbergl, der besten Wohngegend Klagenfurts. Zuerst biederte er sich Peter Kreisky an, den er sofort erkannt hatte, dann jedoch, als dieser höflich, aber abweisend reagierte, wechselte er die Taktik und fing an, die Demonstranten wüst zu beschimpfen. In der Runde herrschte zuerst betretenes Schweigen, man wollte abwarten, ob nicht vielleicht der Geschäftsführer des ‚Moser Verdino', der dem gespenstischen Auftritt mit offenem Mund beiwohnte, den betrunkenen Stammgast abführen würde – aber der schien den Eklat zu genießen, selbst dann noch, als der Baumeister dazu überging, Bruno Kreisky wegen dessen berühmten Auftritts in der Arbeiterkammer Mitte der siebziger Jahre antisemitisch zu beschimpfen, ihn ‚heimatlosen Saujud' nannte und mit dem an Peter Kreisky gerichteten Satz ‚Dich haben s' in Auschwitz vergessen!' schloß. Ich bin damals aufgesprungen, habe den Mann am Kragen gepackt und gebeutelt ..."

„Was haben Sie getan?"

„Ich habe den Mann gebeutelt. Und im nächsten Moment losgelassen."

„Warum denn das?" rief ich. „Wieso haben Sie ihn nicht, wie jeder vernünftige Mensch es getan hätte, einfach niedergeschlagen?" Das ist mein Dozent, wie er leibt und lebt. Als Schläger ein Totalausfall, aber ein versierter Beutler.

Der Dozent winkte mit der Hand ab. „Die Szene ist noch nicht zu Ende. Peter Kreisky war aufgestanden, holte weit aus, der Baumeister duckte sich – und ich bekam eine schallende Ohrfeige. Seither kann ich mit Stolz sagen: Kreisky hat mich geohrfeigt!"

„Darauf können Sie wahrlich stolz sein", sagte ich. „Es gibt wohl nur wenige Menschen, die das von sich behaupten können. Wie endete der Auftritt des Herrn vom Kreuzbergl?"

Der Dozent hatte meinen Rhythmus aufgenommen und rannte brav neben mir her. „Er stürzte davon, kam kurz zurück und kündigte an, er werde jetzt aus seiner Villa eine Pistole holen, eine Glock, und dann werde man ja sehen, wer in Kärnten das Sagen hat. Daraufhin wechselten wir das Lokal. Verstehen Sie jetzt, warum ich dieses Hotel meide?"

Statt zu antworten, klopfte ich dem Dozenten anerkennend auf die Hüfte.

Auf der Suche nach einer Behindertentoilette begab ich mich in das Rathaus, mußte aber feststellen, daß es eine solche zwar gab, der Schlüssel allerdings war im Besitz einer Bürogemeinschaft verdienter Damen. Diese würden das größere Platzangebot einer Behindertentoilette schätzen und hätten auch für eine schöne Auswahl an Kosmetika zur Vorbereitung des Parteienverkehrs gesorgt, erklärte der Portier. Leider verfüge er über keinen Zweitschlüssel. Die Damen seien da eigen.

Unverrichteter Dinge zog ich wieder ab und schaffte es sogar, nicht in Rage zu geraten. Wenn es dem Parteienverkehr nutzt, riskiere ich gern einen Blasenriß, sagte ich mir. Man hat ja eine soziale Ader im Leib. Die nächste Station galt dem renovierten Hotel Sandwirth in der Nähe. Ja, es gebe eine Behindertentoilette, sagte die Rezeptionistin, diese sei aber durch einen Wasserrohrbruch seit geraumer Zeit lahmgelegt. Wann das Hotel diesen zu beheben gedenke, fragte ich treuherzig. Sobald die Geschäftsführung einen günstigen Handwerker auftreibe, antwortete die Dame spitz. Sie trug ein Dirndl und einen mächtigen Dutt am Hinterkopf, der an eine eingerollte Klapperschlange erinnerte. Ich werde solange hier warten, sagte ich und begann, Hemd und Hose auszuziehen. Was ich da mache, fragte die Rezeptionistin erschrocken. Ich lege mich hierher, bis die Sanitärräume wieder funktionieren, erwiderte ich. Wenn ich nicht auf der Stelle den Platz räume, werde sie die Polizei rufen, erwiderte die Dame.

Der Dozent beruhigte die Situation, er bat mich dringend, ihm nach draußen zu folgen. Vor dem Hotel gab es keinen Behindertenparkplatz, dafür aber eine historische Belehrung. Der Führer sei in diesem Haus abgestiegen, sagte der Dozent, Adolf Hitler sei gleich dreimal hier gewesen. Er werde hier nicht schlafen. Dann führte er mich ein paar Gassen weiter und zeigte mir ein ehemaliges Wienerwald-Restaurant, das bis in die siebziger Jahre als „Café Lerch" bekannt gewesen sei. Der Eigner, Alois Lerch, sei ein hunderttausendfacher Massenmörder in Polen gewesen, ein enger Mitarbeiter Himmlers und Globocniks bei der Vernichtung von Juden in Sobibor, Treblinka und Majdanek. Nach dem Krieg habe Lerch unbehelligt sein beliebtes Tanzcafé betrieben, der blutjunge Udo Jürgens, der unter höchsten SS-Führern im nahen Ottmanach aufgewachsen war, habe hier seine ersten Konzerte gegeben. Das Haus befinde sich heute noch im Besitz der Familie. Somit werde es wohl nie eine Tafel zum Gedenken an die Schande tragen, sagte ich und dankte dem Dozenten für die Information. Danach sah ich mich aber gezwungen, die Suche nach einer Behindertentoilette mit gesteigerter Intensität wieder aufzunehmen. Schwere Regentropfen klatschten auf die Straße und wirbelten kleine Staubwölkchen auf. Bald wurden die Tropfen kleiner, dafür wuchs ihre Zahl sprunghaft an. Bald pflügten wir in einem Platzregen durch die holprigen Straßen der Innenstadt. Da viele

Gehsteige an den Kreuzungen nicht abgeschrägt waren, zog ich es vor, auf der Straße zu bleiben. Im Regen wurden die zahlreichen Schlaglöcher zu gefährlichen Fallen. Die Klagenfurter Autofahrer machten sich einen Spaß daraus, forsch an den Fußgängern vorbeizufahren und sie von unten bis oben vollzuspritzen. Besonders die Fahrer von Luxusgeländewagen gaben beeindruckende Beispiele von Rücksichtslosigkeit. Auf dem Domplatz hielten wir trotz des Regens vor einem länglichen Marmorquader an, in den mehrere Zeilen üblen Slowenenhasses gemeißelt waren. Auf die Partisanen, die ganze Talschaften unschuldiger deutscher Frauen und Kinder geschändet, verschleppt und getötet hätten, wurde ewige Verdammnis herabgerufen.

Schweigend kehrten wir zum Wagen zurück und sahen uns mit einer ernüchternden Erkenntnis konfrontiert: Aus historischen und zivilisatorischen Gründen konnten wir nicht in Klagenfurt bleiben.

Im Wagen versuchten wir, trockene Kleider anzulegen, ließen es aber bei frischen Socken bewenden. Der Gewitterregen prasselte auf das Stoffdach, hoffentlich würde es dicht halten. Es handle sich um einen Starkregen, sagte der Dozent besserwisserisch. Ich widersprach. Der Ausdruck Starkregen sei in sich falsch, weil es keinen Schwachregen gebe. Der richtige Ausdruck müsse lauten: Es regnet Schusterbuben.

„Schauen Sie sich um! Sehen Sie hier einen Schuster, geschweige denn einen Buben?“ entgegnete der Dozent.

Es handle sich um ein altes Sprachbild, in gebildeten Kreisen würde man dafür den Begriff „Metapher“ verwenden, erwiderte ich.

Der Dozent hatte nicht zugehört, er tippte in seinen Computer. Dann lehnte er sich zurück und las mir einen Brief seiner Mutter vor.

3. Kapitel

Desirée Nostitz instruiert ihren Sohn

Mein Lieber!

Wenn man ein gewisses Alter erreicht hat und durch den Vorzug der Umstände und durch Tüchtigkeit und Beharrlichkeit weder vor dem Scheidungs- noch vor dem Konkursrichter stehen muß, beginnt man sich Gedanken über das Leben, die Vermögensanlage und das, was nachher kommt, zu machen.

Keine Angst, das wird keine sentimentale Epistel. Du weißt, ich eigne mich nicht für derartige Gemütsverrenkungen, ich bin eine Industrielle.

Wie Du weißt, verbrachte ich in der Kindheit die Ferien immer im Sommerschloß meiner Ruftante Josephine Windisch-Graetz in Sekirn am Wörthersee. Die Sommer waren damals länger als heute, deswegen hießen sie auch Sommerfrische. Der Ausdruck ist auch aus einem zweiten Grund richtig, denn oftmals war es auch in den wärmsten Monaten des Jahres am See so regnerisch und kalt, daß wir von einem „frischen Sommer" statt von einer Sommerfrische sprachen.

Damals gab es noch keine Computer, und Kindern wurde nie langweilig. Wir waren den lieben langen Tag im Freien, streunten durch die Wälder, bauten Dämme und Wasserfälle in sprudelnde Bäche oder belauschten als Indianer die Gespräche der Erwachsenen in den Seerestaurants und Konditoreien. Ich war damals immer mit anderen Kindern zusammen, sie waren aus

Reifnitz oder kamen vom Keutschacher See herunter, viele sprachen slowenisch, auch ich lernte einige Brokken. Es waren gute Sommer, und die Hausangestellten taten alles, um den Krieg und die Bandenjagd, wie die Suche nach den Partisanen von den Deutschen genannt wurde, von uns Kindern fernzuhalten. Mutter war damals viel unterwegs, oft ging sie mit den Herren von SS und Wehrmacht abends aus, manchmal fuhr sie mit dem Vater ins Reich oder ins Generalgouvernement nach Lublin, später auch nach Triest, wo Vater im Stab des Gauhauptmannes Rainer arbeitete. Ich war aber nicht allein, das Hausmeisterpaar sorgte liebevoll für mich.

Ich habe Dich mit dem famosen Herrn Groll nach Kärnten geschickt, eine heikle Mission zu erfüllen, nein, das Wort famos ist nicht gut, es könnte zweideutig aufgefaßt werden, aber mir fällt kein besseres ein. Die Engländer haben dafür ein gutes Wort, industrious, es vereint rasche Auffassungsgabe, Geschicklichkeit und das Wissen um den richtigen Zeitpunkt für ungewöhnliche Aktionen. Ich habe euch also losgeschickt, weil ich vor kurzem im Keller einen Koffer meiner Mutter retten mußte – wir hatten nach einem Unwetter einen Wassereintritt, ich weiß nicht, ob ich Dir davon erzählt habe. Du warst, glaube ich, auf einem Symposion in Heidenreichstein, Morde im Sumpf oder im Sumpf des Verbrechens, was weiß ich.

„Das ist typisch für Mamà!" sagte der Dozent. „Sie will mich einwickeln, will meine Hilfe in einer Sache, die ihr sehr wichtig zu sein scheint, und doch kann sie nicht darauf verzichten, meine Arbeit schlechtzumachen und der Lächerlichkeit preiszugeben. Sie ist davon überzeugt, daß es jenseits von Maschinen zur Herstellung von Operationshandschuhen, Kondomen und anderem Gummizeug auf dieser Welt keine vernünftige Beschäftigung gibt."

Wir lasen weiter.

Als ich den Koffer öffnete, fielen mir einige Dutzend Briefe meiner Mutter in die Hände, es waren mehrere Häufchen, jeweils mit einem Lederbändchen gebunden und chronologisch geordnet. Ich hatte die Briefe nach ihrem Freitod 1971 in der Hand gehabt, aber ungelesen weggelegt. Du warst damals noch ein Bub, vielleicht erinnerst du dich aber noch an die Aufregung, die das Haus damals erfaßt hatte. Die Fabrik stand vor dem Aus. Ich hatte damals grade mein Studium begonnen, ich wollte unbedingt Chemikerin werden. Und von einem Tag auf den anderen war ich Erbin einer Maschinenfabrik mit dreihundert Mitarbeitern in Wien und siebzig in Treibach. Dein Vater machte damals im Handelsministerium Karriere, und das war gut so, denn hätte er sich ins Geschäft eingemischt, wäre der Betrieb ins Trudeln gekommen, und unsere Ehe wäre gescheitert. So konnte er in Ruhe seiner Arbeit als Sektionschef und seinen Seitensprüngen im Hotel Goldene Spinne nachgehen, und ich konnte mich in das Maschinenbaugeschäft einarbeiten, nicht nur ins Finanzielle, sondern auch in die technischen Belange. Du weißt, daß mehrere Großpatente auf meinen Namen laufen, und Du weißt, daß nicht nur unsere Fabriken schöne Gewinne abwerfen, auch die weltweiten Lizenzeinnahmen tragen das Ihre dazu bei, daß Du sorglos Deinen soziologischen Schrullen nachgehen kannst.

Im übrigen will ich Dir nur sagen, daß die Lizenzen einmal auslaufen werden, ewig wird der Geldesel sich nicht strecken. Aber was rede ich da in den Nebel. Wenn Du einmal über finanzielle und geschäftliche Din-

ge nachzudenken gezwungen sein wirst, bin ich hoffentlich schon in der Urne.

Ich habe die Briefe meiner Mutter also weggelegt und vergessen. Wahrscheinlich war es auch die schöne Verpackung mit dem Lederbändchen, die mich davon abhielt, meine Nase in Mamàs Intimleben zu stecken, jedenfalls hatte ich noch jetzt, vierzig Jahre nach Mamàs Tod, Herzklopfen, als ich den ersten Stapel aufknüpfte. Da hat jemand sorgfältig einen Teil seines Lebens weggeschlossen, und dann kommt ein Fremder und dringt ins Heiligste ein. (Du weißt, daß ich immer davon ausgegangen bin, daß die österreichische Fremdenfeindlichkeit nichts mit den Fremden, jedoch alles mit der eigenen Familie zu tun hat.)

Ich kam mir also vor wie eine Diebin, als ich die Briefe öffnete, und was ich schon in den ersten Briefen zu lesen bekam, ließ in mir rasch die Überzeugung reifen, daß ich gut daran getan hätte, sie im Tresor ihres Lederbändchens zu belassen.

Ich hätte Dir das Kommende gern erspart, aber Du bist alt genug, der Wahrheit ins Auge zu blicken. Wenn man mitten im Geschäftsleben steht, verschwendet man keine Energie an die Familiengeschichte, aber wenn der Zenit des Lebens schon überschritten ist, entwickelt sich ein starrsinniger Wunsch nach Offenheit. Ob Du es willst oder nicht, Du bist der letzte Mann in der Familie. Du mußt alles wissen. Zwar habe ich mir den krönenden Abschluß der Familie in Deiner Person anders vorgestellt, als Fabrikant oder mindestens Langzeitwirtschaftsminister, aber immerhin bist Du ja ein anständiger Mensch geworden ...

„Immerhin!“ wiederholte der Dozent düster.

... und kein windelweicher Sozialdemokrat, wie ich sie jahrzehntelang bei den Lohnverhandlungen gegen-

übersitzen hatte. Schmierige Menschen in zu knappen Anzügen, die glauben, den Mangel an Manieren durch untertriebene Forderungen wettmachen zu können. Wie oft habe ich dem Gewerkschaftsvize gesagt, er soll ordentliche Löhne verlangen, ich will keine Arbeiter an der Armutsgrenze, sondern selbstbewußte Mitarbeiter, die besten, die man auf dem Markt bekommen kann. Und wie soll ich die kriegen, wenn ich ihnen einen Bettel zahle? Es war grotesk, wir von der Unternehmerseite waren bereit, das Doppelte von dem zu zahlen, was die Gewerkschaft forderte, aber diesen Leuten war das Lob der Wirtschaftsforscher, dieser Schmeißfliegen am toten Ast der Volkswirtschaftslehre, wichtiger. Denn nur mit dem Lob dieser Leute und dem Boulevard konnten sie sich ihren Traum vom Ministerposten erfüllen. Ich sage Dir, ausnahmslos jeder Gewerkschafter träumt von einem Ministerposten mit Dienstauto. Daß die Frauen in unserer Industrie nach fünfzig Jahren Sozialpartnerschaft noch immer ein Drittel weniger verdienen als Männer und daß die Kinderbetreuung für alle noch immer nicht verpflichtend geregelt ist, liegt nicht an uns, den Industriellen. Aber was sollen wir tun, wir können ja nicht gegen die unfähige Gewerkschaft streiken.

Der Dozent sah mich verständnisheischend an.

„Das ist eine Urangst von Mamà", sagte er. „Ihr Sohn im Umfeld der Sozialdemokraten. Natürlich hat mich das dieser Partei näher gebracht als jeder anderen."

„Natürlich", gab ich ihm recht. Obwohl ich es in keiner Weise natürlich fand, daß ein Millionärssohn es in seinem Protest gegen das Elternhaus nur bis zur kreuzbraven Sozialdemokratie brachte.

Lieber Sohn,

bevor ich fortfahre, noch etwas: Ich bitte Dich inständig, Deiner mißratenen Schwester gegenüber die Briefe und auch den Zweck Deiner Reise mit keinem Wort zu erwähnen. Du bist mit einem Freund am Wörthersee auf Urlaub, habe ich ihr gesagt. Daß Du an der Universität Klagenfurt einen Lehrauftrag hast, hätte ich auch sagen können, aber ich brachte es nicht übers Herz. Du hast ja keinen Lehrauftrag, nirgends hast Du einen Lehrauftrag, nicht einmal in Klagenfurt. Auf meine alten Tage werde ich nicht anfangen, für Dich und Deine kindische Studienwahl zu lügen. Aber lassen wir das.

„Sehr gut, Mamà", murmelte der Dozent. „Du tust gut daran, diese Grabenkämpfe sein zu lassen, wenn du etwas von mir willst. Andernfalls könnte es sein, daß ich deinen Brief der Kanalisation übergebe."

„Weiterlesen!" sagte ich.

Ich empfehle Dir sehr, diese Instruktion nicht auf einmal, sondern in mehreren Etappen zu lesen, Deine beklagenswert labile Psyche könnte überfordert werden. Aber ich kenne Dein rhapsodisches Gemüt und bezweifle, daß Du Dich an meine Anweisung hältst. In anderen wichtigen Fragen, wie zum Beispiel jener der Studienwahl und der Gespielinnen aus dem Rotlichtmilieu, hast Du es ja auch nicht getan. Ich lasse die Dinge also ihren Lauf gehen. Aber wirf mir nachher nicht vor, ich hätte Dich nicht gewarnt.

Zur Sache. Deine Recherche wird sich aus vielen Einzelteilen zusammensetzen. Spät erst wirst Du einen Gesamtüberblick haben, mach Dir deshalb keine Sorgen, er wird schlimm genug sein.

Vor Deinem Begleiter brauchst Du keine Geheimnisse zu haben. Wie Du ja weißt, habe ich ihn als kompetenten

Ermittler kennengelernt, den so schnell nichts aus der Bahn wirft. Dein Herr Groll wird sein Bild von der Welt nur bestätigt finden, aber das ist meine geringste Sorge. Laß Dich von ihm in allen wichtigen Fragen anleiten, er ist ein gewiefter Praktiker, Du nur ein versponnener Bücherwurm, der sich neuerdings zum Computerkid weiterentwickelt. Als Theoretiker will ich Dich nicht bezeichnen, ich habe große Hochachtung vor guten Theorien.

„Eine kluge Frau, Ihre Mamà!“ sagte ich und war stolz auf meine Wirkung.

„Komm zur Sache, Mamà. Du wiederholst dich“, sagte der Dozent ungeduldig. Er las weiter:

Wie schon gesagt, die Sommer in Sekirn waren für uns Kinder paradiesisch. Auch nach dem Kriegsende pflegten wir noch einige Jahre an den Wörthersee zu fahren, Mutter und ich. Vater war ja in den letzten Kriegswochen ums Leben gekommen, wir wissen bis heute nicht, wo. Jedenfalls fehlt jede Spur von ihm. Mutter hat versucht, über seine Studienfreunde in Innsbruck und Wien Nachricht zu bekommen, aber auch das führte zu keinem Ergebnis. Vater war ja ein ausgebildeter Geopolitiker, heute würde man wohl „politischer Raumplaner“ dazu sagen, er studierte in Innsbruck und war in derselben Studentenverbindung wie der spätere SS-Arzt Sigbert Ramsauer. Die beiden gingen dann Mitte der dreißiger Jahre nach Wien und freundeten sich mit einem ehrgeizigen jungen Mann aus Klagenfurt an, der als leuchtender Stern in der illegalen SS galt. Sein Name war Odilo Globocnik.

4. Kapitel

Erste Kontaktnahme mit der autochthonen Bevölkerung oder Behindertenparkplätze, Kärntner Lesart. Ein lebendes Relikt des Staatsvertrags und ein rettendes Quartier in Bilčovs

Wir versuchten noch, in der Klagenfurter Vorstadt ein Quartier zu finden, vergebens. In einem Einkaufszentrum nahe des Südrings wollten wir uns mit Proviant eindecken. Es regnete nach wie vor. Der Parkplatz war voll, es gab zwar auch mehrere Behindertenparkplätze nahe des Eingangs, aber auch die waren alle verparkt, von Nichtberechtigten, wie der Dozent feststellte, der sich kurz in den Regen wagte, um nach Ausweisen hinter der Windschutzscheibe zu suchen. Der am nächsten gelegene Behindertenparkplatz wurde von einem riesigen weißen BMW Geländewagen okkupiert. Ein drahtiger Mann um die vierzig war eben aus dem Monstrum gesprungen. Ich kurbelte das Seitenfenster hinunter und machte ihn darauf aufmerksam, daß er auf einem Behindertenparkplatz stehe und ich Rollstuhlfahrer sei. Das mache nichts, sagte der Mann freundlich. Ich solle warten, er brauche nicht länger als eine Stunde. Dann könne ich seinen Parkplatz gern benutzen, man helfe ja gern.

Wir waren beide so perplex, daß wir den Mann ziehen ließen. Dann stellte ich meinen Wagen so hinter das Schlachtschiff, daß ich dessen Abfahrt blockierte, holte Joseph hinter dem Fahrersitz hervor und steckte die Räder an.

Was dieser Auftritt zu bedeuten habe, fragte der Dozent, nachdem ich mich in den Rollstuhl geschwungen hatte. Der Begriff „Behindertenparkplatz“ scheine in Kärnten eine andere Bedeutung als üblich zu haben. Ich gab dem Dozenten recht. „Er meint, daß Behindertenparkplätze auch von behinderten Kraftfahrern verwendet werden können, sofern kein nichtbehinderter Lenker Anspruch darauf erhebt.“

Der Regen war stärker geworden, wir hasteten in das Einkaufszentrum. Nach der Erledigung unseres Einkaufs nahmen wir in einer Konditorei im Erdgeschoß einen Espresso und warteten das Ende des Gewitters ab.

„Haben S' also doch einen Parkplatz gefunden!“ Wir drehten uns um, der Mann aus dem BMW grinste uns an. Ich gab mich freundlich und verwickelte den Mann in ein Gespräch. Der Dozent hörte aufmerksam zu. Er sei Geschäftsführer eines Personalverleihs, verkündete der Mann selbstbewußt, er warte auf einen kroatischen Kollegen, der zehn bosnische Putzfrauen im besten Alter zu verkaufen habe. Die Frauen seien mit slowenischen Papieren versehen, Slowenien sei in der EU, ich wisse schon. Ich äußerte mich anerkennend über den schönen großen Wagen und die soziale Kompetenz des Mannes, und der war sichtlich geschmeichelt und erklärte bereitwillig, wie es zur Kärntner Sichtweise der Behindertenparkplätze gekommen sei: aus sozialem Verständnis, gepaart mit großer Sympathie für Invalide. Er rückte näher und klärte uns auf: „Bekanntlich taugen Invalide nicht für normale Arbeitsstellen, daher ist jeder zweite arbeitslos. Sie sind also auf Unterstützung angewiesene Zuschußbetriebe“, leitete er den Vortrag ein. „Der Zuschuß erfolgt durch den Staat, sprich: den Steuerzahler. Mit einem Wort: Weil behinderte Menschen am Arbeitsmarkt keine Chance haben, sind sie von Zahlungen der öffentlichen Hand abhängig. Ich aber habe Arbeit und arbeite jede Woche zwischen sechzig und siebzig Stunden. Ich arbeite aber nicht nur für mich, sondern auch für die Steuer, sprich die Invaliden. Im Prinzip verdanken Sie mir jene Sozialleistungen, die Ihnen ein arbeitsfreies Leben ermöglichen."

Es sei daher nicht unbillig, wenn ich den Leistungsträgern beim Parkplatz den Vorrang lasse, fuhr der Mann fort. Sollte ich seinesgleichen die Parkplätze streitig machen, würde ich ihre Arbeit erschweren, was zu einer sinkenden Produktivität führe, wodurch wiederum weniger Invalide unterstützt werden könnten. Es handle sich um einen sozialen Kreislauf, daher sei es dumm, davon auszugehen, daß Invalide auf Behindertenparkplätzen Vorrang genießen. Im Grunde sei die Forderung nach einem freien Parkplatz für Invalide asozial und müsse bestraft werden.

Der Dozent saß mit offenem Mund da, was der Mann als Aufforderung zum Fortsetzen deutete. Ich muß zugeben, daß auch ich von der Beweisführung beeindruckt war. Kann gut sein, daß der Mann unsere Zukunft beschreibt, schoß es mir durch den Kopf.

Er habe sich lange und eingehend mit der Frage befaßt, er sei beruflich ja viel unterwegs und habe daher immer wieder Kontakt mit Invaliden, fuhr der Mann fort. Freilich wisse er um die bestehenden Gesetze, er wisse aber auch, daß Kärnten immer wieder von zweifelhaften höchstrichterlichen Entscheidungen betroffen sei und daher eine bewährte Praxis im Umgang mit denselben entwickelt habe. Es gelte der Grundsatz, daß Entscheidungen der Höchstgerichte in Kärnten nur insoweit Berücksichtigung finden, als sie nicht Landesgesetzen, Landesbräuchen und dem gesunden Volksempfinden widersprechen. Er habe Politiker dahingehend angesprochen und sei auf freundliche Zustimmung gestoßen. Nur eine grüne Stadträtin habe sich entrüstet gezeigt, aber die Grünen seien eben auch Invalide, politische Invalide, die froh sein müßten, von der Gesellschaft erhalten zu werden. Er rückte noch ein Stück näher. Sein Rasierwasser war von ruraler Aufdringlichkeit.

„Die wirkliche Politik zeigt sich aufgeschlossen", fuhr er fort. „Die Sozialdemokraten hätten nur gern eine Juristenkommission mit der Prüfung der Frage betraut. Ein Unsinn, aber harmlos. Die freiheitliche Mehrheit steht voll hinter meiner Idee, und die Kärntner ÖVP ist längst im Arsch der Freiheitlichen verschwunden. Könnte gut sein, daß mein Vorschlag ein Wahlkampfhit wird."

„Sie verfügen über ein großes politisches Gespür", sagte ich. „Sie wissen, wo man die Menschen abholen muß."

„Finden Sie?" reagierte der Mann erfreut. „Meine Frau sagt das auch immer. Sie sagt, solche wie du sitzen reihenweise in der Regierung und im Landtag. Setz dich dazu. Du kannst das."

„Ihre Frau hat recht", sagte der Dozent mit Nachdruck.

Ein rotblonder Mann mit dunklem Schnauzer trat auf unsere Polithoffnung zu. Die beiden schüttelten einander die Hände und zogen sich zum Palaver zurück. Im Hintergrund drückten sich einige ärmlich gekleidete Frauen scheu an die Wand.

Als ich wieder im Wagen saß und der Motor lief, bat ich den Dozenten, zwei hartgekochte Erdäpfel, die ich für diesen Zweck immer bei mir führte, in den Doppelauspuff des BMW-Schlachtschiffs zu stecken. Als wir den Parkplatz verließen, kam uns der Geschäftsführer mit vier Frauen entgegen, sie waren sehr jung. Er winkte uns freundlich zu, ich grüßte zurück.

„Was wird jetzt geschehen?“ fragte der Dozent, als wir uns in den Südring einreihten. Der Regen hatte aufgehört, in den Pfützen an den Straßenrändern glänzte Öl.

„Er wird ein paar Kilometer fahren, dann wird der Motor überhitzen, und der Wagen steht. Oder es zerreißt die Maschine und das Schlachtschiff versinkt in einem Flammenmeer.“

„Geschieht ihm recht“, sagte der Dozent.

„Ihm schon, aber was ist mit den Frauen?“ sagte ich. „Ich habe nicht damit gerechnet, daß sie mit ihm ins Auto steigen.“

„Selbst wenn er nicht in die Luft fliegt und nur liegenbleibt, wird er seinen Zorn an den Frauen auslassen.“

„Anzunehmen.“

„Bravo“, sagte der Dozent. „Das kommt von Ihren Guerillamanieren!“

„Ein tragischer Irrtum“, sagte ich.

„Das sagen die NATO-Kommandeure auch immer, nachdem sie eine Volksschule bombardiert haben.“

Ich schwieg.

Nach einigen Kilometern im Labyrinth des Gewerbegebiets brach es aus dem Dozenten hervor.

„Gibt es denn hier keinen Ort, an dem man vor diesen unsäglichen Existenzen sicher ist?“ rief er.

„Es gibt einen“, sagte ich und gab Gas.

Bei der Anfahrt hatte ich ein pfeilförmiges Hinweisschild gesehen. Drei Straßen weiter fand ich das Schild wieder. Wir rollten ein paar Meter in ein schmales Gäßchen und waren von einer eigenartigen Szenerie gebannt.

Vor uns erstreckte sich ein ausgedehnter Garten, der in viele gleichgroße rasenbewachsene Hügel und schmale Wege aus leuchtend weißem Kies gegliedert war. Der Garten war von einem Maschendrahtzaun eingefaßt. Am Kopf jedes Hügels ragte ein weißes Holzkreuz aus dem Rasen. Die Kreuze trugen keine Namen. Aber vor jedem Kreuz lag eine langstielige rote Rose.

„Hier am War Cemetery in Klagenfurt ist der einzige Platz, an dem Sie vor den Kärntnern sicher sind", sagte ich. „Der Friedhof für dreihundert englische Soldaten, die bei der Befreiung Kärntens gefallen sind, ist exterritoriales Gelände, Teil des Österreichischen Staatsvertrags von 1955 und somit völkerrechtlich garantiert. Die Gesetze dieses Landes gelten hier nicht."

Wir stiegen aus. Der Dozent war neben meinen Rollstuhl getreten. Stumm ließ er seinen Blick über die Grabhügel schweifen. So verharrten wir einige Zeit, bis wir Schritte hörten. Ein großgewachsener, kräftiger Mann kam, eine mit Kieselsteinen gefüllte Scheibtruhe vor sich her schiebend, auf uns zu. Noch bevor er etwas sagen konnte, rief ich:

„Nice to meet you, Mister Durrell! Best greetings from Eugen in Hermagor."

Bedächtig stellte der Mann die Scheibtruhe ab, wischte sich die rechte Hand an seiner grauen Arbeitshose ab und trat näher. „Nice to meet you, Mister Groll. How is Eugen?" sagte er in britischem Englisch. Mit diesen Worten schüttelte er mir erfreut die Hand. Er wiederholte die Geste beim Dozenten, der seine Verwirrung hinter einem perfekten Oxford-Englisch zu verstecken suchte und den Mann überfallsartig über dessen Tätigkeit ausfragte. Herr Durrell hatte mich kurz fragend angesehen, auf mein Nicken hin gab er bereitwillig Auskunft. Er bestätigte meine Aussagen über die Exterritorialität des Platzes und dessen völkerrechtliche Verankerung und lieferte einen Abriß über den Kriegsfriedhof. Die Engländer hätten im März und April 1945 noch hohe Ausfälle zu beklagen gehabt, sagte er, der Widerstand der deutschen Truppen sei zäh und verbissen gewesen. Einige englische Spezialeinheiten seien in Oberkärnten aktiv gewesen und fast vollständig aufgerieben worden, die dortige Bevölkerung habe wie Pech und Schwefel zu den Nazi gehalten, es sei unmöglich gewesen, Unterschlupf und Nahrung zu finden. Unter den Toten befänden sich Angehörige verschiedenster Truppenteile, auch Polen, Neuseeländer und Burmesen lägen hier und einige wenige im Friedhof Annabichl. Er habe die Arbeit von seinem Vater übernommen, vor zwanzig Jahren. Die Tätigkeit sei anstrengend, aber befriedigend. Was ihm zu schaffen mache, sei die Einsamkeit. Es sei kaum möglich, in Klagenfurt mit jemandem über seine Arbeit zu sprechen, ohne angepöbelt zu werden. Regelmäßig komme jemand aus England und halte Nachschau, hin und wieder fliege er nach London, um auszuspannen. Das Imperial War Museum kenne er mittlerweile recht gut, ebenso Churchills ehemaligen Kommandobunker hinter dem Parlament. Manchmal gehe sich auch noch ein Match von Arsenal London aus. Beruflich habe er mit der Zweiten Republik nichts zu tun. Er sei nicht einmal in Österreich sozialversichert, alles laufe über den Commonwealth.

„Sie arbeiten in Klagenfurt und sind beim Commonwealth sozialversichert?“ fragte der Dozent.

„Die Engländer sind weitblickende Leute.“ Mister Durrell lächelte.

Anschließend machten Herr Durrell und der Dozent eine Runde durch den Friedhof. Mit langsamen, bedächtigen Schritten, schweigend. Ich blieb draußen, der Kies war zu tief für die schmalen Reifen des Rollstuhls. Wie es gekommen war, daß Lawrenty Katolnik aus Golnik auf der jugoslawischen Seite des Loibls, der Vater des gegenwärtigen Friedhofgärtners, den Namen jenes englischen Geheimdienstoffiziers Lawrence Durrell angenommen hatte, der als Verbindungsmann und *special envoy* Winston Churchills zu Tito und den Partisanen gewirkt und sowohl Waffen als auch Medikamente durch die deutschen Reihen geschleust hatte, würde ich dem Dozenten später erzählen. Daß der Geheimdienstoffizier Lawrence Durrell nach dem Krieg ein bekannter Schriftsteller wurde, der Erzählungen und Romane über Ägypten und Zypern verfaßte, würde ich aber nicht erwähnen; für das zarte Gemüt des Dozenten wäre die Geschichte ungeeignet, sie müßte nämlich auch davon handeln, was der Familie Katolnik während des Baus des Loibl-Tunnels, der 1943 von SS und Wehrmacht mit KZ-Häftlingen begonnen wurde, widerfahren war.

Mein Freund Eugen Prinz war einer der wenigen, der Interesse an Herrn Durrells Arbeit zeigte. Immer wenn Eugen nach Klagenfurt kam, um im Landeskrankenhaus Druckstellen behandeln zu lassen oder sein Quad in einer Spezialwerkstätte weiter aufzufrisieren, schaute er bei Lawrenty junior auf dem War Cemetery vorbei. Manchmal gingen Durrell und er nach der Arbeit auch in ein nahe gelegenes chinesisches Restaurant auf ein Bier.

Der Dozent und Lawrenty kamen von ihrem Rundgang zurück. Der Dozent hatte auf dem Weg durch die Gräberreihen beharrlich geschwiegen, was bei ihm eine große Seltenheit war. Ich berichtete Lawrenty von den Schwierigkeiten bei der Quartiersuche, unsere Mission drohe schon am Beginn zu scheitern. Daraufhin rief er einen befreundeten Totengräber im zweisprachigen Gebiet an. Dort würden wir ein taugliches Quartier vorfinden, versicherte er uns. Mit der Adresse versehen, brachen wir auf. Wir überquerten die Sattnitz, den Abfluß des Wörthersees, und hielten kurz an einer Tafel, die am Brückengeländer angebracht war. Südslawische Mörder und Kinderschänder seien an diesem Fluß von heimattreuen Helden zurückgeschlagen worden, wodurch ein Leben in Frieden, Wohlstand und deutscher Einheit erst möglich wurde, hieß es.

„Immerhin gibt es hier auch Spuren von Zivilisation", sagte ich und deutete auf eine Hinweistafel, die die Zufahrt zu einer Spirituosen-Fabrik namens „Stroh-Rum" markierte, eine österreichische Institution, älter als die Demokratie und giftiger als das historische Bewußtsein. Ein Gesöff, das nur die Härtesten vertragen. Wahrscheinlich ist es deshalb in jedem österreichischen Haushalt zu finden.

Nach einer schnurgeraden Steigung verengte sich die Bundesstraße in einer langgezogenen Linkskurve auf eine Spur. In langsamer Fahrt gelangten wir zu einem merkwürdigen Ort. Brennende Grablichter, Stabkerzen, von Blumen umrankte Konterfeie und Spruchbänder erinnerten an den Unfall des Landeshauptmanns, der an dieser Stelle sturzbetrunken in einen Stromverteiler gerast war. Kurze Zeit blieben wir vor der seltsamen Installation stehen.

„Der Ausdruck einer durchgeknallten Fürstenliebe", sagte ich und bemühte mich um einen pietätvollen Gesichtsausdruck.

„In welchem Jahrhundert leben wir? In welchem Land befinden wir uns?“ rief der Dozent und machte eine theatralische Geste. „Noch nie habe ich eine derart widerliche Melange aus Heldenkult und heidnischer Volksfrömmigkeit gesehen!“

„Die Dollfuß-Gedächtniskirche am Kriemhildplatz hinter der Wiener Stadthalle ist auch nicht von schlechten Eltern“, entgegnete ich und setzte den Wagen wieder in Bewegung.

5. Kapitel

Bella Tschau und Prinz Eugen

Beim „Kanonenwirt" bogen wir von der Loibl-Bundesstraße Richtung Ludmannsdorf/Bilčovs ein. Das Dorf erstreckt sich nördlich der Drau auf einem Höhenzug, der einen großartigen Blick über das Rosental und die steil aufragenden Karawanken ermöglicht. Eine Viertelstunde später passierten wir das Dorf, dessen Totengräber am Ortsausgang mit seiner betagten Mutter wohnte. Nach dem Supermarkt, dem Zadruga, waren es nur mehr wenige Meter bis zum Haus mit der angegebenen Nummer. Eine steile Abfahrt, und schon standen wir vor der Eingangstür eines alten Häuschens, das von einer Blumenpracht umgeben war. Über die Veranda auf der Rückseite gelangte man ohne Stufen ins Innere. Die Wirtin, eine drahtige kleine Frau, war bereits von ihrem Sohn instruiert worden. Sie bat uns, sofort den Wagen in die Garage zu fahren und das Tor zu verschließen. Ihr Sohn sei eben erst nach Istrien verreist. Der Glückliche, sagte ich leise zum Dozenten. Die Wirtin hatte mitgehört. Ihr Sohn helfe bei der Trüffelernte, sagte sie. Was ein guter Totengräber sei, der schwimme nicht, der grabe.

Die Unterkunft war tatsächlich barrierefrei. Am Gang gab es eine Dusche, die mit dem Rollstuhl befahrbar war, und neben dem Fernsehzimmer befand sich eine Toilette mit ausreichend Wenderaum. Sie habe noch zu tun, sagte die strenge Alte, die ihr schwarzes Haar als

Zopf trug. Wir sollten es uns einstweilen gemütlich machen. Frisch gebrühter Kaffee und ein paar Schnitten Apfelstrudel stünden im Wohnzimmer. Des weiteren sollten wir den Garten meiden und uns nicht hinter den Fenstern aufhalten. Der Dozent holte das Gepäck aus dem Wagen. In der Zwischenzeit bannte ich die Gefahr eines Blasenrisses, bevor ich mich in unserem Zimmer aufs Bett legte.

„Sie haben nichts davon erzählt, daß Sie in Hermagor einen Bekannten haben", sagte der Dozent nach einiger Zeit und bemühte sich um einen vorwurfsvollen Unterton.

„Für unsere Aufgabe ist das nicht von Belang."

„Der Mann vom Commonwealth sprach von einem großen Tag Ihres Freundes. Ein großer Tag, der nahe sei. Ich hätte gern gewußt, worum es sich dabei handelt."

„Um Eugens Hochzeit", sagte ich knapp.

„Mehr wollen Sie mir nicht erzählen?"

„Das reicht."

Was sollte ich ihm von Eugen erzählen, der mit vierzehn Jahren vom Traktor seines Patenonkels überfahren worden war und seither im Rollstuhl saß? Mit Müh und Not hatte der Bub, der immer wieder infolge von Infektionen ins Krankenhaus mußte, einen Hauptschulabschluß geschafft. Das kommunale Spital wurde in jenen Jahren um eine Rehabilitationsklinik für neurologische Patienten erweitert; das war Eugens Chance, er bewarb sich als Portier und bekam die Stelle auch. Jahrelang machte er durch Kamikaze-Fahrten mit seinem Vierrad auf sich aufmerksam, Ortsdurchfahrten nahm er grundsätzlich mit Höchstgeschwindigkeit. Für manche hatte es den Anschein, als legte Eugen es auf einen tödlichen Unfall an, aber der Bub hatte nur ein Faible für Geschwindigkeit. Seine Freunde ließen ihn nicht im Stich, Eugen war überall dabei, er wurde über Stiegen und Treppen und Felsen geschleppt und gezogen, und es verging kein Abend, an dem er nicht mit einem kapitalen Rausch ins Bett sank. Eugen lebte die klassischen Anfangsjahre eines Querschnittgelähmten auf dem Land: Behinderung verdrängen, Geld verjubeln, Verstand versaufen. Diese Praxis stabilisierte immerhin seine Existenz, aber ein Problem, das immer mehr in ihm bohrte und sich schließlich zu einer wahren Obsession auswuchs und den ansonsten friedfertigen jungen Mann zu bedrohlicher Aggressivität trieb, vermochte er weder zu verdrängen noch zu lösen: die Sexualität. Zwar durfte er die Freundinnen und Verlobten seiner Kumpel im allgemeinen Suff anfassen, die eine oder andere fand sich auch zu einem gnädigen Küßchen bereit, mehr war für Eugen aber nicht drin. Irgendwann standen die beschwipsten jungen Frauen auf und verschwanden lachend und girrend mit ihren Freunden. Zurück blieb Eugen, allein und verzweifelt. Einige Male schleppten seine Freunde ihn in Bordelle, aber auch das löste Eugens Problem nicht, denn er entwickelte die fatale Neigung, sich auf der Stelle in jede Prostituierte zu verlieben, die ihn anfaßte. In seinem Furor ging er weit, manchmal zu weit. Auch als er schon Hausverbot in den Bordellen hatte, weil er aus Eifersucht Gäste attackiert hatte, belagerte er die Etablissements und wartete besessen, bis seine Angebetete das Haus verließ und zum Einkaufen fuhr. Er folgte den Mädchen und bedrängte sie in Frisörgeschäften und Drogeriemärkten. Einmal war Eugen von Zuhältern verprügelt worden, beim zweiten Mal wurde er für drei

Wochen hospitalisiert. Beim nächsten Mal brauche er kein Spital, sondern ein Grab, hatten die Zuhälter ihm angedroht.

Dann versuchte Eugen, über das Internet an Frauen heranzukommen. Er schwindelte einen Millionenerben vor und hoffte bei den Treffen, daß die Frauen, von seinem Charme geblendet, über sein Handikap hinwegsehen würden. Die Hoffnung erwies sich als trügerisch. Dem ersten Treffen folgte nie ein zweites. In seiner Verbitterung erklärte Eugen, er werde in ein Kloster oder in ein konfessionelles Internat eintreten. Er hätte gehört, daß es dort sexuelle Übergriffe gebe, er sei das ideale Opfer, willfährig und belastbar. Ob Männlein oder Weiblein, sei ihm egal, er mache alles mit.

In Wahrheit wußte er nicht einmal, wie Zärtlichkeiten sich anfühlten.

So trieb Eugen in trostloser Gleichmäßigkeit durchs Leben. Die Quads wurden schneller und gefährlicher, die Verkehrsstrafen steigerten sich bis zur Existenzgefährdung, die Freunde zogen weg, heirateten nach Villach oder Klagenfurt. Niemand hievte ihn mehr über Stufen in ein Gasthaus, Abfahrten mit der Rodel und Hüttenzauber kannte er bald nur noch vom Hörensagen. Einzig der Alkoholkonsum Eugens blieb konstant auf hohem Niveau. Sein Weg war vorgezeichnet. Irgendwann würde er im Suff Kinder überfahren oder an einer Mauer zerschellen. Was einem Landeshauptmann zusteht, darf man einem Untertanen nicht verwehren, sagte er trotzig.

So verlief das Leben des Eugen Prinz in trostloser Routine. Bis er eines Tages ein Mail von einer Münchnerin erhielt, die sich unbedingt mit ihm treffen wollte. Isabella Tschaundlinger, genannt „Bella Tschau“, hatte wie Eugen bei einem Partnerdienst inseriert. Eugen hatte geantwortet und ein Treffen vorgeschlagen, und als Isabella dann am Hauptbahnhof Villach im trostlosen Bahnhofsrestaurant mit einer Rose in der Hand am Tisch saß und Eugen auf sie zurollte, wurden beide von einem Lachanfall geschüttelt. Sie freute sich, daß Eugen auch im Rollstuhl saß, und Eugen war erleichtert, daß seine Bella ebenfalls nicht unter die Gehenden zu zählen war. Sie saß in einem Dreirad, das von einem Elektromotor angetrieben wurde und eine beträchtliche Geschwindigkeit erreichte. Die beiden hatten sich noch im Bahnhofsrestaurant bei Bier und Schnaps bekannt gemacht und waren dann in ein modernes Hotel an der Drau gefahren. Drei Tage später kehrte Bella Tschau nach München zurück. Vom verschneiten Villach hatte sie nichts gesehen, aber den liebeshungrigen Eugen hatte sie so gut kennengelernt, daß sie seinen Heiratsantrag, den er ihr angesichts ihrer beachtlichen Brüste spontan gemacht hatte, annahm. Seither hatten die beiden sich ein paar Mal gesehen, und was anfangs schon großartig war, wurde durch eifrige Wiederholung noch besser. Die beiden verließen das Bett nur in Notfällen. Eugen hatte viel aufzuholen, und er widmete sich der Aufgabe mit Ausdauer und Hingabe. Dafür liebte Bella ihn und nannte ihn liebevoll „einfühlsame Drecksau“. Sie hatte nichts aufzuholen, sie war immer schon eine „Lustige g’wesn“, wie sie in ihrem bayrischen Dialekt erklärte. Sie waren rundum glücklich, und keiner von beiden empfand die Tatsache, daß der Partner ebenfalls behindert war, als Einschränkung oder Makel.

Bella war ein sogenanntes Contergan-Kind, eines von mehreren tausend in Deutschland. Ihr fehlten beidseits Teile des Hüftknochens, und einen Herzfehler hatte sie auch. Sie war als Contergan-Geschädigte anerkannt und bezog eine kleine Unterstützung, aber die war so gering, daß es kaum zum Überleben reichte. Schon früh besserte sie ihr Einkommen auf, indem sie in Filmstudios für große Produktionen als *best girl* im Bereich Technik und Beleuchtung arbeitete. Sie stellte sich so geschickt an, daß aus dem Hilfsjob bald eine vollwertige Arbeit erwuchs. Rainer Werner Faßbinder bestand darauf, die junge Bella bei seinen Filmen von Anfang an dabeizuhaben. Müßig zu sagen, daß Bella den Mann bis zur Selbstaufgabe verehrte. Aber auch er mochte „seine Bella" sehr und zeigte dies auch. Als der Regisseur 1982 den Folgen seines Arbeitstempos und des Drogenkonsums erlag, fiel Bella in eine tiefe Depression. Jahrelang war sie unfähig, einer Arbeit nachzugehen. Erst der Kontakt mit Waisenkindern in einer kirchlichen Einrichtung in Augsburg brachte sie ins Leben zurück. Eugen Prinz war ein Glücksfall für sie. Der Altersunterschied, sie war gute fünfzehn Jahre älter als er, machte ihm nichts aus, im Gegenteil, er war stolz darauf, eine erfahrene Frau befriedigen zu können, und führte genaue Aufzeichnungen über Anzahl und Intensität ihrer Orgasmen, die er mittels eines ausgeklügelten Punktesystems bewertete. Eugen hatte auch ein Faible für Statistiken. Arthur Schnitzler hat es ebenso gehalten, sagte ich, auch der habe jeden Geschlechtsverkehr in seinem Notizbuch vermerkt. Da Schnitzler von einer unstillbaren Sexmanie besessen gewesen sei, habe er ungewöhnlich dicke Notizbücher getragen, hatte ich Eugen einmal erzählt.

Das Führen von Sexualstatistiken sei ein Zeichen wahrer Manneskraft, hatte Eugen erwidert. Für einen Seniorchef von Schnitzer-BMW, der großen Tuning-Schmiede in Freilassing, sei das sozusagen ein Berufserfordernis, für einen Le-Mans-Sieger komme nichts anderes in Frage. Schnitzer sei nicht Schnitzler, hatte ich widersprochen, aber Eugen war stur geblieben. Das sei dasselbe. Wo die Deutschen mit einem klaren Wort auskämen, müßten die verspielten Österreicher immer ein „l" anhängen, hatte er erklärt. Er habe das dank Bella verstanden.

Aus diesem Grund würden die Bayern „Metzger" und die Wiener „Fleischhauer" sagen, hatte ich eingeworfen.

„Überall ein l dabei, sag' ich doch", hatte Eugen geantwortet.

Nach einem Abendessen mit Jauntaler Speck, Paradeisern aus dem Garten und ein paar Vogelbeer-Schnäpsen wollten der Dozent und ich einen Erkundungsgang durchs Dorf machen. Das sei keine gute Idee, sagte da die Wirtin, durch die GTI-Leute sei viel Polizei auf der Straße und kontrolliere die Papiere. Sie sehe sich daher gezwungen, den Spaziergang zu verbieten. Selbstverständlich hielten wir uns an die Befehle unserer gestrengen Quartiermeisterin. Gegen zweiundzwanzig Uhr zog sie sich zurück und schaltete das Licht im Gästeraum ab. Sie erwartete, daß wir es ihr gleichtäten. Und sie schärfte uns ein, kein Licht in unserem Zimmer zu machen.

Die Frau sei durch die Partisanenzeit geprägt, meinte der Dozent, als wir im Zimmer bei zugezogenen Vorhängen vor seinem Computer saßen. Ich widersprach ihm nicht.

Gemeinsam lasen wir im Notebook des Dozenten die zweite Mitteilung von Madame Nostitz an ihren Sohn.

6. Kapitel

Madame Nostitz präzisiert den Auftrag

Mein Lieber!

Ich gehe davon aus, daß ihr gut in Kärnten angekommen seid, auf der durchgängigen Südautobahn ist die Fahrt ja ein Kinderspiel. Wenn ich an die qualvollen Berg- und Talfahrten über die alte Packer Bundesstraße denke, wird mir schlecht. Es soll aber heute noch Menschen geben, die aus nostalgischen Gründen diese Route befahren. Die Dummen sterben eben nie aus.

Der Dozent wies auf den Computer, als wolle er sagen: Schauen Sie nur, wie sie mit mir umspringt! Und er fügte hinzu: „Ich wäre Ihnen sehr verbunden, wenn Sie jetzt schwiegen." Ich hob zur Abwehr die Hände, und wir kehrten zum Brief der Mutter zurück.

Ich habe dir von den Sommern meiner Kindheit und dem freizügigen Leben meiner Mutter im Seeschloß der Windisch-Graetz erzählt. Hochadel, Schauspieler-Prominenz und politische Führer gaben einander damals die Klinke in die Hand, und es ging hoch her. Vieles weiß ich nur aus Erzählungen meiner Kinderfrau, ich war damals ja noch klein. Und wie das mit Erzählungen eben so ist: Wenn sie gut sind, verschmelzen sie mit der Wirklichkeit. Meine Mutter war damals in ihren frühen Zwanzigern, und sie genoß das Leben in vollen Zügen. In einem Eintrag aus dem Jahr 1940 schreibt sie: „Abends mit dem Wagen des Gauführers wieder auf Schloß Freudenberg bei den Mohrenschildts. Viele

Uniformen, trinkfeste Männer, gewichste Stiefel. Ein hoher Offizier, man sagte, der Gauhauptmann von Wien, mit einem lustigen Namen: Odilo Globatschnig oder so. Obwohl er in Damenbegleitung gekommen ist, macht er mir vor allen Leuten den Hof – sehr direkt, sehr unhöflich – und sehr schneidig. Dank Utes Hilfe kann ich einen Spaziergang im Park abwehren. Fühle mich geschmeichelt. Wer weiß, beim nächsten Mal geh ich vielleicht mit."

Der Dozent schüttelte den Kopf. Ich legte den Zeigefinger auf meine Lippen.

Am nächsten Tag besucht die lokale SS-Führung eine „Rienzi"-Aufführung im Stadttheater, wieder sind meine Mutter und ihre Freundin Ute mit von der Partie. Sie schreibt: „Zwei Tage darauf gibt's eine Einladung von Mohrenschildts Freund, einem Bankierssohn aus St. Petersburg namens Bockelmann, auf seinen Herrensitz in Ottmanach. Wieder viel SS und Partei. Reizende Buben."

Und so weiter.

Mein Lieber, ich kann es nicht anders formulieren: Meine Mutter war ein weiblicher Aufputz der braunen Elite. Sie bezeichnet sich selber einmal kokett als Gesellschaftsdame des neuen Deutschland. Ihre Freundin Ute, Fotos zeigen eine gut gebaute Blondine mit kecken Zöpfen, ist eifersüchtig auf Mutters Erfolge bei den Herren in Uniform. Ute versucht daher, durch besondere Hingabe und Willfährigkeit zu punkten – es gelingt ihr auch –, manchmal mehrere Male an einem Abend, mit wechselnden Herren, in Dienstbotenzimmern oder hinter Büschen. Was wiederum meine Mutter zur Weißglut brachte, die sich unnahbar gab und die Freundin um deren zupackendes Wesen beneidete. Nach außen scheinen die beiden aber gut miteinander gewesen zu sein.

Der Dozent schaute mich verschmitzt an. Vermutete er eine Parallele zu uns beiden? Ich legte ihm freundschaftlich die Hand auf den Oberschenkel und sagte in meinem liebevollsten Vorstadt-Wienerisch: „Wenn's jetzt wär, daß Sie weiterblättern möchten!"

Der Dozent rückte seinen Stuhl zurecht, ich zog die Hand zurück.

Mutter hat immer erzählt, daß mein Großvater Professor an der Technischen Universität in Graz gewesen sei und dort auch nach dem ersten Krieg starb. Nach der Lektüre ihrer Briefe muß ich allerdings einsehen, daß das nicht wahr ist. Zwar hatte ihr Vater Eisenbahntechnik studiert, er war aber noch vor dem ersten Krieg ins Ausland gegangen. Er stammte auch nicht aus Graz, wohl aber aus der Steiermark, die damals weit ins Slowenische reichte. Sein Elternhaus stand in Laško, dem ehemaligen Bad Tüffer bei Cilli, einem Städtchen am Sann-Fluß, das heute noch für seine beiden Biermarken bekannt ist, die längst zum selben Konzern gehören. Mitte des 19. Jahrhunderts war Bad Tüffer ein aufstrebender Kurort, weil der junge Franz-Joseph und seine Sissi dort Anfang der fünfziger Jahre zur Sommerfrische waren. Die arme Sissi wollte sich schon am dritten Tag von der Ruine in den Fluß stürzen, so sterbenslangweilig empfand sie ihren Gemahl und die Kurgesellschaft.

Nach dem Studium hatte Großvater nur ein Lebensziel: weg aus der Untersteiermark, weg aus der Monarchie, weg aus Europa, in dem sich Nationalismen und ein allgemeines Kriegstreiben breitmachten. Er ging nach Marokko und baute dort Eisenbahnen. Als sich nach der Agadir-Krise um 1911 der Gegensatz zwischen Frankreich und dem Deutschen Reich immer mehr zuspitzte, wechselte er nach Vorderasien und trat in die Dienste der Deutschen, die an der Errichtung der Bagdad-Bahn arbeiteten und den deutschen Einfluß im Vorderen Orient systematisch ausbauten. Er traf dort auf Kollegen aus Österreich und freundete sich mit dem Vater des verstorbenen Burgtheater-Schauspielers Wolfgang Gasser an, der aus Wolfsberg stammte und beim Vater Robert Musils in Brünn studiert hatte. Du siehst, in Österreich hängt alles mit allem zusammen, das ist ja auch der Grund, warum es in diesem Land keine partiellen Verbesserungen geben kann; wenn man auch nur einen kleinen Fortschritt erzielen möchte, sieht man sich genötigt, das ganze Land umzustürzen wie einen Guglhupf.

Während des ersten Krieges wurde mein Großvater in der Nähe von Aleppo von Beduinen, die unter dem Kommando eines Geheimdienstoffiziers namens E. T. Lawrence standen, gefangengenommen. Ja, mein Großvater war Gefangener des „Lawrence von Arabien". Die beiden müssen sich gut verstanden haben, so kam es, daß mein Großvater die Deutschen hinter sich ließ und mit den Briten ging. Er machte rasch im Geheimdienst Karriere und gehörte bald dem Stab des ebenfalls aus Österreich stammenden Slatin Pascha (Rudolf Slatin) an, der als britischer Offizier den Sudan kommandierte. Du kannst das in jedem Lexikon nachlesen.

Falls Du Dich fragst, warum damals so viele Leute zur Bahn gingen, so kann ich Dir nur antworten, daß das über Jahrzehnte der Normalfall war. Vor der Jahrhundertwende machten, die Heeresaufwendungen ausgenommen, die Ausgaben für den Bahnbau achtzig Prozent der jährlichen Budgets aus.

Aber ich sehe Dich schon naserümpfend weiterblättern. Wirtschaftliche Zusammenhänge zählen nicht zu den Fragen, die Dir schlaflose Nächte bereiten. Kein

Wunder, die Apanagen trudeln ohnehin in schöner Regelmäßigkeit auf Deinem Konto ein. Wozu also darüber einen Gedanken verlieren!

„Immer das alte Lied“, sagte der Dozent und seufzte. „Sie verwindet es einfach nicht, daß ich die Fabrik nicht übernehmen will.“ Ich überlegte kurz, ob ich an seiner Stelle anders handeln würde. Aber erstens konnte ich mich nicht in seine Position versetzen, und zweitens hatte ich mich ja als Lebens- und Vermögensberater erfolgreich in der Dienstleistungsbranche etabliert. Von dem bißchen Stahl- und Aluminiumindustrie abgesehen, ist Österreich ein postindustrielles Land mit einer für diese Staaten typischen Dominanz der Banken und der Kulturindustrie. Produzierende Unternehmer haben es bei uns schwer. Alle halten die Hand auf, niemand genehmigt neue Anlagen, jeder intrigiert gegen jeden. Und niemand ist zuständig. Und so tat ich einen schweren Unternehmer-Seufzer. Wie von Zauberhand fühlte ich mich danach gleich besser.

Mein Großvater erhielt sogar einen britischen Orden! Für meine Mutter war er aber ein Vaterlandsverräter, daher brach sie den Kontakt zu ihrem Vater ab. Wahrscheinlich ist er irgendwo in der Wüste umgekommen, oder er wurde in einem englischen Landhaus bei einer Schale Tee vom Schlagfluß ereilt. Mutter warf sich den Nazi auch deswegen so bereitwillig in die Arme, weil auch mütterlicherseits nichts für die deutsche Sache zu gewinnen war. Ihre Mutter, meine Großmutter, war eine Slowenischlehrerin in Cilli, eine deutschsprachige Slowenischlehrerin. Hochangesehen bei den Slowenen, die grade in den Wehen der Nationwerdung lagen und sich auf kleine Gewerbetreibende, arme Bauern und das Pro-

letariat der umliegenden Minen stützten. Und verhaßt bei den Deutschen, die das Bildungsbürgertum und die Beamtenschaft stellten.

In den Sommern wohnte Großmutter im Nebentrakt des Windisch-Graetz-Schlosses in Sekirn und wirkte dort als Gouvernante für die Kinder der Adeligen, die auch das Slowenische erlernen mußten. Der Aufstieg der Nazi-Partei war ihr gar nicht geheuer, und als der Nazi-Putschversuch im Juli 1934 in Kärnten in einen tagelangen Bürgerkrieg ausartete, kehrte sie mit ihrer neunjährigen Tochter nach Slowenien zurück und nahm eine Stelle in der Marineschule in Pula an, jener Schule, in der ein paar Jahrzehnte vorher James Joyce Unterricht erteilt hatte. Ihr Mann, der Eisenbahnpionier, hatte schon lang vor dem ersten Krieg den Kontakt zu ihr abgebrochen. In Pula lernte Großmutter einen ehemaligen Korvettenkapitän der k. u. k. Marine kennen und lieben, der aber, er war wesentlich älter, nach wenigen Jahren erkrankte und den Kriegsausbruch nicht mehr erlebte. Sie ging nach Cilli zurück und unterrichtete am Gymnasium. Während der deutschen Besatzung hielt sie, die „Deutsche", Kontakt mit dem Widerstand und rettete nicht wenigen Kämpfern durch rechtzeitige Warnungen das Leben. Kurz vor Kriegsende wurde sie verhaftet und ins berüchtigte Stari Pisker gebracht. Sie war in jener Gruppe, der in einem tollkühnen Manöver der Ausbruch aus dem Gefängnis gelang. Nach dem Krieg lebte sie als angesehene Literatur-Professorin in der Altstadt von Celje direkt am Fluß Savinja. In den fünfziger und sechziger Jahren wurde sie in den Gemeinderat gewählt, drei Jahre lang war sie sogar Vizebürgermeisterin. Sie starb 1971 hochbetagt und geehrt. Bis zum Schluß setzte sie sich für die Herausgabe der Schriften der Weltreisenden und Schriftstellerin Alma Karlin aus Celje ein.

Ihre Tochter Alice war in Slowenien todunglücklich, sie sehnte sich nach dem Wörthersee und dem lockeren Leben mit den schneidigen Jungmännern der SS. Als sie achtzehn war, brach Alice mit ihrer Mutter, quartierte sich wieder in Sekirn ein und schloß sich den Kärntner Jungnazi begeistert an.

Es kam nie zur Aussöhnung mit ihrer Mutter. Die alte Dame hatte erfahren, daß meine Mutter nach dem Krieg mit einem kleinen Mädchen, mir, allein dastand, und wollte helfen. Aber meine Mutter hat jeden Kontakt unterbunden, ich habe Großmutter nie gesehen. Auch das ist ein Grund, warum ich Dich ersuche, Nachschau zu halten. Ich will wissen, wie sie in Cilli lebte. Sollte dein Bericht günstig ausfallen, würde ich mich mit Herrn Kálmán dort gern ein wenig umsehen.

Soviel für heute. Wenn Du Deinen ersten Bericht sendest, setze ich fort.

In Liebe, Mama.

„So höflich war sie das letzte Mal, als ich sie beim Schifahren in Zürs nach einem Sturz aus dem Tiefschnee schaufelte“, sagte der Dozent.

„Der Anreisetag war erfolgreich“, zog ich ein Resümee des Tages. „Wir sind in Kärnten gelandet und haben ein Quartier. Mehr konnte man für heute nicht erwarten. Lassen Sie uns schlafen gehen, auf daß wir morgen Ihrer Mutter einen ordentlichen Bericht schikken können.“

Vor dem Einschlafen las ich in der Broschüre, die Wenzel Schebesta mir mitgegeben hatte. Sie war aus der Militärhistorischen Schriftenreihe des Wiener Arsenals und behandelte die Türkeneinfälle in der Steiermark und in Kärnten von 1526 bis 1683. Ich staunte, wie die türkischen Truppen aus der Gegend des heutigen Bosnien immer wieder bei nur spärlichem Widerstand bis an Mur und Mürz vorgedrungen waren und wie erbittert die Habsburger mit den Provinzkaisern um jeden abgestellten Knecht kämpften mußten. Schon damals zerschellte die Zentralmacht an den Einzelinteressen, dachte ich mir. Schebesta würde das eine „österreichische Naturkonstante" nennen.

Der Dozent hatte seine Ohrhörer aufgesetzt und lauschte einer Mahler-Sinfonie. Der Mann habe im Sommer am Wörthersee in seinem Komponierhäuschen gearbeitet, hatte er zuvor gemeint, und das Häuschen sei gleich hinter dem Windischgraetz-Schloß. Er wolle in Mahlers Musik dem genius loci nachspüren.

Das hätte der Dozent einfacher haben können. Der Lärm der GTI-Open-Air-Discos von Reifnitz zog sich bis zur Drau. Das war genug des genius loci, ich griff zu Ohrstöpseln.

7. Kapitel

Die Bedeutung des VW Golf für Deutschlands Stellung in Europa. Kleine Seenkunde, Abteilung Soziologie: Ruinierte Existenzen, zerstörte Werften und verbotene Tauchgänge

Am nächsten Tag waren wir früh auf den Beinen respektive Rädern. Die Alkoholleichen vom Vortag lagen zwar noch am Straßenrand, Polizei und Rotes Kreuz hatten die Lage aber unter Kontrolle. Ich verwies auf meinen Behindertenausweis und gab an, dringend meinen Arzt in Sekirn aufsuchen zu müssen. Die Polizei geleitete uns mit Blaulicht durch den zernierten Ortskern, der als Partyzone und überdimensioniertes Autoschauhaus ausgestaltet war. Herausgeputzte GTIs standen schräg nebeneinander auf der Straße, obszön, mit offenen Motorhauben, auf daß jeder die in der Sonne gleißenden Eingeweide sehen konnte. Die bleichgesichtigen Besitzer hielten sich an ihren Lustmaschinen fest und schwankten wie Schilf im Wind. Hin und wieder fiel einer nach hinten und blieb auf der von Erbrochenem und Bierflaschen übersäten Wiese liegen. Sofort nahm ein anderer Kämpfer seinen Platz ein.

Die Polizei kapitulierte, der Beamte wünschte uns viel Glück und wendete seinen Wagen, einen VW Passat. Einige Zeit konnten wir weder vor noch zurück. Wir nutzten die Gelegenheit und erörterten vor einem aus Stein gehauenen Modell eines VW Golf an der Seepromenade Geschichte und Zukunft des Volkswagen-Konzerns.

„Vom Kriegsende bis in die siebziger Jahre führte ein alter Nazi namens Northoff den Betrieb“, erklärte ich, „starrsinnig hielt er am Käfer als alleiniges Erfolgsmodell fest. Deutschland solle dorthin folgen, wohin VW es führe – und nicht umgekehrt, war sein Leitspruch. Erst als der Konzern vor dem Bankrott stand, kamen andere Führungskräfte an die Spitze; in letzter Minute lancierten sie das Projekt eines kompakten Mittelklassewagens mit einer für Volkswagen revolutionären Auslegung: Wechsel von Hinterrad- auf Vorderradantrieb, ein Vierzylinder-Reihenmotor statt eines Boxermotors, damit verbunden Wasser- statt Luftkühlung und eine Ablösung des Kraft-durch-Freude-Looks durch ein mediterranes Design. Es stammt von Giorgio Giugiaro und geht mittlerweile bei der siebten oder achten Neuauflage des Golf ins fünfte Jahrzehnt, so wie seinerzeit der Käfer.“

„Das nennt man eine beispielhafte Modellpflege“, sagte der Dozent.

„Tatsächlich hat die Einführung des VW Golf in Deutschland die Nachkriegszeit beendet“, fuhr ich fort. „Mehr als der Kniefall Willy Brandts vor den Opfern des Holocausts in Warschau, war Deutschland mit dem Golf plötzlich mitten in Europa angekommen. Wenn der Wehrmachtsbetrieb ‚Volkswagen‘ solche Autos bauen kann, ist es mit der deutschen Gefahr vorbei, sagten sich viele. Und die jungen Leute in Europa feierten diese Friedensbotschaft, indem sie den Golf millionenfach kauften, und die jungen Leute von heute feiern die Europäisierung Deutschlands jährlich mit einem Fest für Hunderttausende am Wörthersee. Es ist einer der größten Freiluftgottesdienste der Welt, der VW Golf ist der Messias, das Gummi!-Gummi!-Ritual, bei dem Reifen unter Vollgas und angezogenen Bremsen verbrannt werden und weißer Rauch aufsteigt, der die Gläubigen für Minuten einnebelt, ist der Höhepunkt der Messen, die Wandlung."

Ich schaute mich um und sprach mit leiser Stimme weiter. „Das Trinken und Essen von Blut und Leib des Herrn erfolgt mittels Bier und Bratwürsten, und Gott heißt mit Familiennamen Herr Piëch, ist der Enkel Ferdinand Porsches und stammt aus Österreich. Anfeindungen kommen nur von verzweifelten und bösartigen Streifscharen von Opel- und Fordfahrern, mit einem Wort, von automobilen Schergen des amerikanischen Imperialismus."

So habe er das noch nicht gesehen, gestand der Dozent.

„Es gibt keine andere Lesart", beschied ich. „Im übrigen ist der Volkswagenkonzern gerade dabei, sein Ziel – größter Autokonzern der Welt – zu verspielen." Der Dozent sah mich zweifelnd an, ich aber setzte unbeirrt fort.

„Kenner sahen erste Schatten am Konzernhimmel schon nach 1989 heraufziehen. Mit der deutschen Einheit verlor Volkswagen seinen strahlenden Nimbus als Technologie- und Designführer. Indem der Konzern seither beharrlich daran arbeitet, allen Volkswagen eine Einheitsuniform zu geben und den Kampfruf: Ein Volk! Eine Automarke! Ein Design! umzusetzen, arbeitet Volkswagen zielstrebig am eigenen Untergang."

„Tatsächlich weisen Polo, Golf, Passat, Touareg bis hin zum Luxusmodell Phaeton alle dasselbe Design auf", bestätigte der Dozent.

„Es ist kein Zufall, daß die ‚Sonne Kärntens' in einem Volkswagen verunglückte", fuhr ich fort. „Noch im Tod setzte er ein Zeichen aggressiven Deutschtums."

„Erstaunlich, was Sie aus der Autoindustrie alles herauslesen!"

„Es ist nur konsequent, die Dinge so zu sehen", bekräftigte ich. „Bruno Kreisky fuhr Rover, die DDR-Spitze Citroën und spezielle Volvos, die von Bertone in Italien umgebaut wurden – immer schon waren führende Politiker darauf bedacht, mit der Wahl der Staatskarossen keine außenpolitischen Verdachtsmomente aufkommen zu lassen."

„Also ist der Umkehrschluß auch zulässig", erwiderte der Dozent. „Berlusconi fuhr Audi. Was sagt uns das?"

„Denken Sie über die Rolle Deutschlands in Europa nach, und denken Sie an das Schicksal Italiens", erwiderte ich und setzte den Motor wieder in Gang, denn es ging endlich weiter. Nach ein paar hundert Metern aber war die Süduferstraße ein einziger Parkplatz. Wir ließen den Wagen bei der Auffahrt zu Mahlers Komponierhäuschen zurück. Ein Teil der GTI-Leute war damit beschäftigt, wieder ins Leben zurückzukehren, der andere dämmerte noch in den Schlafsäcken und in den Autos dahin.

Wir machten uns zu Fuß auf den Weg, bewehrt mit Kamera und Fernrohr. Der Dozent ging davon aus, daß die Besitzer des Schloßgeländes dem Trubel entflohen waren und im Haus nur Personal zurückgeblieben sei. Wenn uns jemand zur Rede stellen sollte, würden wir als Ornithologen auf der Suche nach einem seltenen Seevogel auftreten.

Wir hätten uns die Überlegungen sparen können. Das Grundstück war größer als erwartet, viel größer sogar. Von der Straße nahm man nur ein hügeliges und bewaldetes Gelände an der Seeseite wahr, das, mit zwei hohen Doppelzäunen und einer Vielzahl von Kameras versehen, mehr an ein Hochsicherheitsgefängnis denn an ein Sommerschloß denken ließ. Wir liefen die

Straße entlang, die Gehsteige waren mit Grillgeräten, Bierkisten und Campingsesseln besetzt. Es ging bergauf und bergab, die Sonne schien, und wir kamen gehörig ins Schwitzen. Der doppelt gesicherte Zaun schien nicht aufzuhören, eine Einfahrt war noch stärker gesichert, sodaß wir darauf verzichteten, uns dem abweisenden Ort zu nähern. Als wir wieder in Seenähe angelangt waren, zogen wir uns in den Schatten zurück, um uns zu erholen. Hilfsbereite GTI-Leute spendeten Zuspruch, der Dozent trank in rascher Folge zwei Flaschen Weißbier.

Ich schlug vor, zurückzukehren und alte Leute in den entlegenen Ortsteilen nach dem Schloß zu fragen. Der Dozent verweigerte. Er ziehe es vor, hier dem genius loci nachzuspüren. Und schon hatte er eine weitere Flasche in der Hand. Die Deutschen amüsierten sich über den Mann in feinem englischem Tuch, der sich unter der glühenden Sonne dem Trunk ergab. Ich wußte, was der Dozent vorhatte. Er wollte sich so weit in Stimmung bringen, daß er mit den GTI-lern kommunizieren konnte, als einer von ihrem Stamm. Sie würden ihm Eindrücke von einer Welt liefern, die er sonst nur in wissenschaftlichen Texten beschrieben fand. Diese Taktik wandte der Dozent gern an, er nannte sie „situationsbasierte Feldforschung". Er vergaß aber immer wieder, daß die Feldforschungen meist in einer mittleren Katastrophe endeten. Schon als Weintrinker war der Dozent schwach, als Biertrinker aber war er vollkommen ungeeignet. Das kommende Schauspiel wollte ich mir ersparen, ich sagte ihm auf seinen hochroten Kopf zu, er solle sich mit wem auch immer verbrüdern, aber er solle aufpassen, daß ihn der Hitzschlag nicht ereile, seine Mamà würde mir sonst Vorwürfe machen, daß ich auf ihren Kronprinzen nicht besser aufgepaßt hätte. Wir würden uns abends im Quartier treffen. Wie er ohne meinen Wagen dorthin kommen sollte, zog ich nicht in Erwägung.

Langsam und bedächtig hantelte ich mich auf der Straße die drei oder vier Kilometer entlang des Zauns zum Wagen zurück. Immer wieder überholten mich GTIs in allen Drapierungen, wie Ritter mit ihren bunten Fahnen auf dem Weg zum Turnierplatz. Die Fahrer waren auch ritterlich, ich fühlte mich keinen einzigen Moment in der Mitte der Straße gefährdet – offensichtlich wußten die GTI-Besitzer, daß man dort als Rollstuhlfahrer am besten vorankam; fährt man auf der Seite, muß man wegen der Wölbung der Straße ständig mit einer Hand arbeiten und kommt nur mühsam weiter. Bei meinem Wagen angelangt, entnahm ich dem Kofferraum eine Militärkarte des Wörtherseegebiets des österreichischen Bundesheers aus den späten fünfziger Jahren – auch sie eine Aufmerksamkeit von Wenzel Schebesta, der mit den Offizieren des Stammersdorfer Heeresspitals auf gutem Fuß stand. Diese Leute waren Berufssoldaten, die bei UNO-Einsätzen gute Arbeit leisteten und im Spital einen Gesundheitscheck durchliefen. Ich hatte vor unserer Abfahrt Fachliteratur studiert, daraus ging hervor, daß gegenüber von Maria Wörth früher eine große Schiffswerft bestanden hatte, die Arbeitsschiffe, Motorzillen und kleine Jollen herstellte. Während des Krieges hatten die Deutschen die Werft zu Rüstungszwecken umfunktioniert, nach dem Krieg übernahmen die Engländer das Gelände und die Baulichkeiten. Wenn ich mit einem Linienschiff in Pörtschach anlandete, müßte es möglich sein, auf der Landseite zum Werftgelände zu kommen. Später würde ich mit einem der letzten Schiffe von Krumpendorf nach Reifnitz zurückfahren.

Ich fand den Anlegesteg in Reifnitz nur spärlich besetzt, von den zweihunderttausend GTI-Leuten waren wohl nur wenige willens oder in der Lage, zwischen zwei Vollräuschen einen Schiffsausflug zu unternehmen. Was immerhin ein interessantes Schlaglicht auf die nautischen Qualitäten dieser Spezies Mensch warf. Vom Anlegesteg sah ich Teile der seeseitigen Gebäude auf dem Grundstück, das der Dozent und ich eben umrundet hatten. Schloßähnlichen Charakter hatten die Bauten nicht, eher handelte es sich um verstreute Villen im Stil kalifornischer Fernsehserien.

Das Linienschiff näherte sich in einem engen Bogen und setzte zu einer seitlichen Punktlandung am Steg an. Der originelle Name des Schiffes – „Wörthersee“ – tat seiner stolzen und eleganten Erscheinung keinen Abbruch. An der geschwungenen Linie des Schiffsrumpfs und der gekonnt zurückversetzten Art des Aufbaus vermeinte ich die Handschrift eines Freundes, des ehemaligen Schiffsarchitekten der Schiffswerft Korneuburg, zu erkennen.

Der Einstieg war problemlos, der Matrose brauchte nur kurz zu helfen. Ich zog einen Platz neben dem Ausstieg einem im Fahrgastraum vor. Halb im Freien konnte ich besser mit dem Fernglas arbeiten. Das Schiff war geschmackvoll eingerichtet, es verströmte eine freundliche, ins Elegante reichende Atmosphäre. Während wir vom Steg abrauschten und ein Schloß nach Zuckerbäckerart passierten, dachte ich an meine Freunde von der Schiffswerft Korneuburg.

Mit einigen zwangspensionierten Schiffsbauern und dem ehemaligen technischen Leiter und Schiffsarchitekten pflege ich einen regen sachlichen Austausch, selbstverständlich an der Donau, bei Herrn Erichs Kiosk an der Rollfähre zwischen Klosterneuburg und

Korneuburg, genannt „der Donaupirat". Die Einrichtung stammte aus dem Nachlaß der Werft, die riesigen Aschenbecher aus Stahlteilen der Schiffsrümpfe erregten immer wieder Bewunderung. Ich mochte den Donaupiraten mit seinem zerknautschten Gesicht und seinem hastenden Nuscheln und fragte mich, wie es ihm wohl in Afrika ging. Nach dem Krebstod seiner Frau und dem schmählichen Ende der Schiffswerft hatte Herr Erich mit Österreich und der Donau für immer gebrochen und war nach Uganda ausgewandert, in die Berge, wo er sich um bedrohte Gorillas kümmert und im Camp der Gorillaforscher für die Verpflegung sorgt. Er war vorher schon einige Male dort gewesen, und jedesmal war der schwerfällige Mann mit leichtfüßig federndem Schritt und leuchtenden Augen heimgekehrt.

„Wenn dir ein neugieriger Gorilla gegenübersteht, fühlst du dich als gleichwertige Kreatur ernstgenommen. Das hat man in Korneuburg nicht", sagte er.

Sein Kiosk an der Donau wurde von einem jungen Kollegen gepachtet, die Qualität der Speisen und Getränke hat nicht gelitten, und im Naturgarten kann man die vorbeistampfenden Frachtschiffe verfolgen. Wenn Kabinenschiffe vorbeiziehen, werden die Augen der Männer feucht, und die Gespräche verebben. Seit dem Beginn der neunziger Jahre, als die Werft vom damaligen Finanzminister samt modernster Maschinen einem Kärntner Industriellen in den Rachen geworfen wurde, der die Werft sogleich filetierte und profitabel ausweidete, hat der Markt für Kreuzfahrten sich verzehnfacht. Allein die Winterüberholungen der vielen Schiffe hätten die Werft am Leben erhalten, und auch die Russen, die über Jahrzehnte Personen- und Transportschiffe für die sibirischen Ströme aus Korneuburg bezogen, wären wieder als Käufer aufgetaucht, denn die Schiffe aus Korneuburg galten als die ausgereiftesten, haltbarsten und ästhetisch anspruchsvollsten ihrer Zeit.

Doch nun ist die Werft Geschichte, tausendsechshundert Arbeitsplätze sind vernichtet, und der Kärntner Resteverwerter machte mit den Maschinen und all dem anderen Equipment so viel Geld, daß er es sich leisten konnte, bei Lavamünd ein Museum in den Berg zu rammen. Er gibt sich dort als weltgewandter Mäzen und stellt Künstler aus, die er mit den Brosamen seiner Raubzüge entlohnt.

Wir hatten das Schlößchen auf der Felsspitze hinter uns gelassen. Ich betrachtete den Bau noch eine Weile durchs Fernglas.

Ob ich denn wisse, wem das Schloß gehört, fragte der Matrose. Ich schüttelte den Kopf. „Es gehört Herrn S., der nach Kanada auswanderte, dort als Autozulieferer reich wurde und sich als Resteverwerter des halbstaatlichen Steyr-Konzerns betätigte. Er hat das Schloß von der Gemeinde zu günstigen Konditionen erworben, er versprach, ein Hotel zu eröffnen, das reiche Touristen anzieht. Aus dem Hotel wurde nichts, das Schloß gehört Herrn S. allein, und die Gemeinde bettelt um eine Ausgleichszahlung."

Der Matrose erweckte mein Interesse. Ein wenig gespielte Naivität wird seinen Redefluß verstärken, dachte ich und fragte ihn nach dem Schicksal des Windisch-Graetz-Anwesens.

„Die Anlage wurde in den siebziger Jahren von der Gattin des Kaufhaus-Milliardärs Horten erworben und das Schloß bis zur Unkenntlichkeit umgebaut", erzählte er. „Als junger Mann hab ich bei den Abrißarbeiten der Nebengebäude geholfen. Da gab's die sogenannte Karinder-Hütte, einen Palazzo aus Holz, die Gästezimmer hatten damals schon Dusche und Bad. Alles wurde abgerissen. Eine doppelte Schande!“

Das war also der Grund für die massive Sicherung des Geländes. Was für eine seltsame Fügung, daß Tausende von GTI-Leuten das Anwesen umstellen wie eine feindliche Armee.

„Ich verstehe. Aber warum doppelte Schande?“

„Weil der alte Horten seine Karriere mit der Arisierung jüdischer Kaufhäuser begann und später, als er den Konzern verkaufte, durch eine gefinkelte Rechtskonstruktion keine Mark Steuer dafür zahlen mußte. Wenn Sie wüßten, wie viele Ariseure und deren Kinder sich am See tummeln! Die Hälfte des Seeufers stünde frei, würde man diesen Leuten den gestohlenen Besitz wegnehmen und Kinderferienlager einrichten. Wo Sie hinschauen, in Pörtschach, Krumpendorf, Velden – überall dasselbe. Wenn Sie dann noch die neuen Raubritter dazunehmen, die in den letzten zwanzig Jahren in Kärnten zu Reichtum gekommen sind, die ‚Generation Hypo‘, die sich am See in Protzbauten verewigt hat, haben Sie die andere Hälfte. Landschaftlich ist der Wörthersee schön, wie alle Alpenseen eben. Aber gesellschaftlich und politisch ist er ein Magnet, der Kriegsverbrecher und Finanzbetrüger und Kinder von beiden anzog und anzieht. Diese Leute haben uns, die wir hier von altersher wohnen, den See weggenommen.“

Der Mann erstaunte mich, und ich fing an zu bedauern, den Dozenten nicht mitgenommen zu haben.

„Ihre Haltung ist nicht gerade typisch für ...“

Er entriegelte das Schiebetor und sagte hart: „Meine Großmutter ist in Theresienstadt umgekommen. Und ihr Mann ist im Spanischen Bürgerkrieg gefallen. Ein Eisenbahner aus Villach. Was soll ich Ihnen noch sagen?“

Das Schiff fuhr im Schatten eines Abhangs, die Fichten reichten bis zum See. Auf einem Felsvorsprung zeigte eine einsame Birke Flagge.

„Bis vor fünf Jahren hatte ich ein Bootstaxi-Gewerbe mit zwei eleganten Schiffen“, fuhr der Matrose fort, während er die Kette vor dem Ausstieg öffnete. „Sie wissen ja, für reiche Leute, die mit dem Boot von Velden nach Maria Loretto zum Abendessen fahren, auf der Fahrt aber nicht auf Champagner verzichten möchten.“

„Aber irgendwann sind die reichen Russen ausgeblieben.“

„Es kamen weniger. Ich konnte die Kredite der Bank nicht mehr bedienen, das war alles. Bei mir war die Hypo nicht großzügig. Im übrigen gilt das für viele Familienbetriebe am See, auf den meisten haben die Banken die Hand drauf. Wirklich gut gehen nur die Fünf-Sterne-Hotels. Das GTI-Treffen deckt die wahren Verhältnisse zu, es halten viele sich grade noch am Leben. Außerhalb der Saison ist der See ja wie ausgestorben.“

Nachdenklich betrachtete er das vorübergleitende Ufer. Maria Wörth kam in Sicht, mit seinem Kirchlein auf einer pittoresken Halbinsel und einem großen Hotel.

„Ein Wellness- und Diättempel für reiche Damen“, sagte der Matrose. „Gehört einem ehemaligen Finanzminister, der über ein Steuerverfahren stolperte und dann selbst Unternehmer wurde, Sie wissen, wen ich meine. Und neben der Kirche befinden sich zwei Häuser, die ebenfalls einem ehemaligen Finanzminister gehören, einem Feschak mit langer Mähne, für den die Unschuldsvermutung gilt.“

„Das ist aber gelungen“, sagte ich. „So können die beiden geschäftstüchtigen Herren sich vom Balkon ihrer Häuser Geschäftstips zurufen.“

Der Matrose lächelte. Wer eine Schiffsreise tut, kann etwas erzählen, dachte ich. Der Dozent wird Augen machen.

Von Maria Wörth dampfte das Schiff weiter Richtung Pörtschach. Ich suchte mit dem Feldstecher nach der alten Werft.

„Sie suchen das Haus von Peter Alexander?“ fragte der Matrose. Ich schüttelte den Kopf.

„Das Schlössel vom Angerer Spitz, in dem Bruno Kreisky Urlaub machte, bis er fand, Kärnten sei ihm zu teuer, und nach Mallorca gegangen ist?“

Wieder schüttelte ich den Kopf. Da kamen langgestreckte Wellblechhütten in Sicht, wie sie auf englischen Militärflughäfen im Zweiten Weltkrieg Verwendung gefunden hatten.

„Wie komme ich von Pörtschach dorthin?“ fragte ich, ohne das Glas abzusetzen.

„Über die Seeuferstraße, aber das sind ein paar Kilometer von der Anlegestelle dorthin. Am besten immer die Bahn entlang, und dann beim ‚Schiffwirt‘ hinunter zum See. Da stoßen Sie auf die Werft, die Straßen heißen auch Bootsbauerweg und Werftstraße.“

„Und wie komme ich mit dem Schiff wieder zurück?“

„Sie fahren dann an der Bahn entlang bis Krumpendorf und nehmen die Seepromenade, dort befindet sich die Schiffsanlegestelle. In drei Stunden kommen wir mit dem Schiff vorbei. Darf ich fragen, was Sie in der Werft suchen? Die ist schon lang stillgelegt.“

„Ich bin Architekturhistoriker“, erwiderte ich. „Mein Spezialgebiet sind Industriebauten des vorigen Jahrhunderts. Schiffswerften in den Alpen gibt’s nicht so viele.“

„Ich verstehe“, meinte der Matrose.

Er verstand, aber er glaubte mir nicht.

„Ich hab schon gedacht, Sie wollen da was erkunden, für Tauchgänge. Die Wehrmacht hat bei ihrem Abzug die Ausrüstung einer halben Division versenkt, einen Teil haben die Engländer raufgeholt. Aber es liegt noch genug unten. Immer wieder kommen nächtens Taucher, einige waren sogar aus Polen und Tschechien da. Aber die wurden angezeigt. Militaria-Tauchen ist verboten."

„Vielleicht sind ja noch Schätze da unten."

„Wenn es welche gegeben hat, sind die längst gehoben. Die Spezialisten vom Innenministerium haben einen guten Überblick. Vor Jahren tauchten sie einen Sommer lang von einer Plattform aus. Seither wird streng kontrolliert, man hat nämlich Granaten gefunden, die waren noch scharf. Einem Polizeikommandanten wurde das fast zum Verhängnis. Der Mann war besessen von der Waffen-Taucherei, die Fundstücke lagen frei in seiner Wohnung herum. Schließlich hat man ihn erwischt, aber es ist ihm nix passiert. Manchen Leuten in Kärnten passiert nie was, egal, was sie aufführen." Das Schiff legte am Seespitz von Pörtschach an, ich dankte dem Matrosen und machte mich auf den Weg zur Werft. Während der Fahrt wurde mir einiges klar. Mit den einfachen Leuten konnte man hier gut auskommen, es war nicht schlechter als in Wien. Aber es waren genau jene einfachen Leute, mit denen ich gut auskomme, die in Kärnten und Wien die rechten Parteien wählen und wüste Ressentiments gegen alles Fremde hegen. Ein Wiener in Kärnten trifft auf Österreich, sagte ich mir.

8. Kapitel

Ich finde die alte Schiffswerft.
Der Dozent findet erotischen Anschluß ans Ruhrgebiet.
Allein gegen eine Stampede

Bei Einbruch der Dunkelheit kehrte ich per Schiff nach Reifnitz zurück. Der Zugang zur Werft war problemlos möglich gewesen, auch konnte man sich frei bewegen. Ein paar Leute machten sich an einer Segelyacht zu schaffen, die über eine Slipanlage zu Wasser gebracht werden sollte. Sie nahmen keine Notiz von mir. Offenbar wurde das Areal von verschiedenen Gruppen genutzt, sodaß jeder einen Fremden als Vertreter einer anderen Gruppe ansah. An einem Austro-Daimler mit Sonnenverdeck wurde heftig herumgeschraubt. Die meisten Wellblechhallen standen leer.

Die Strecke von der Werft bis Krumpendorf war lang, aber abwechslungsreich. Zuerst ging es zwischen der Südbahn auf der einen und Apartmenthotels auf der anderen Seite entlang, dann kam ich an einem ausgedehnten Grundbesitz vorbei, an dessen Nordufer ein ansehnlicher schilfbewachsener Teich lag und dessen Seeseite von einem Baumarktpalast und dem dazugehörigen Musterrasen eingenommen wurde. Ich war einige Zeit stehengeblieben, weil ich drei dunkle Rasenroboter beobachtete, die auf dem Grün wie von Geisterhand bewegt ihre Bahnen zogen, Bäumen auswichen und mit jeder neuen Bahn die gemähte Fläche vergrößerten. Es fehlte nur, daß die Maschinen blökten.

In Krumpendorf stieß ich auf vornehme Villen und ultramoderne, kastenähnliche Häuser am See, die in dunklem Grau lackiert waren, demselben suizidalen Grau, in dem auch das neue Landeskrankenhaus Klagenfurt, auf das der Dozent und ich auf unseren Irrfahrten gestoßen waren, gehalten war. An nebeligen Tagen mußte das militärische Grau das Seine dazu beitragen, Patienten abzuschrecken.

Feldgrau schien bei der Kärntner Elite hoch im Kurs zu stehen, denn auch die neuen Krumpendorfer Villen waren grau, Villen, die von ehemaligen Spitzenfunktionären jener Bank in Auftrag gegeben wurden, die später notverstaatlicht werden mußte.

Der Matrose hatte sich gefreut, mich wiederzusehen, und sofort hatte er mich an seinem Wissen über die Eigentumsverhältnisse am See teilhaben lassen. Der Mann war besser als ein Detektivbüro. Immerhin habe ich vor diesen Villen eine neue Dimension von Luxus gesehen, sagte ich zu ihm: Lifte für die Nobellimousinen, Porsches und Aston Martins. Man stellt den Wagen auf einem Fleck ab, und schon öffnet sich die Erde und verschluckt Mann, Frau und Karosse. Sie gehen mit gutem Beispiel voran, hatte der Matrose grimmig lachend erwidert. In Reifnitz winkten wir uns wie zwei alte Freunde zu, als das Schiff davonrauschte.

Der Dozent sah mich schon von weitem. Er sprang auf und schrie „Gummi! Gummi!“ Eine zierliche junge Frau mit einem blonden Roßschweif zog den Dozenten zu Boden, schwerfällig plumpste er auf die Wiese. Das Lachen der Frau hatte etwas Maschinenhaftes, wie ein Schiffshorn, das in zu kurzen Intervallen betätigt wird.

„Darf ich vorstellen“, sagte der sitzende Dozent mit starkem Zungenschlag: „Das ist Dorte, nein, Dörthe.

Dörthe aus Castrop-Rauxel, ich fand sie in der Bucht von Tauxl." Der Dozent grinste.

Neben den beiden stand ein uralter französischer Kastenwagen aus Wellblech, ein Citroën, der anstelle des Citroën-Doppelwinkels das Volkswagen-Zeichen trug, dessen Winkel sich von jenem des Citroën dadurch unterscheiden, daß die französischen zu Boden zeigen, während die deutschen mit hochgereckten Winkeln als Himmelsstürmer auftreten. Ein VW-Emblem ermächtigte zum Eintritt ins Allerheiligste, der Schein besiegt das Wesen. Eine zierliche Schwarzhaarige mit Kurzhaarfrisur kletterte aus dem Wagen.

„Hallo!" sagte sie. „Ich bin Bente. Ihr Freund hat viel über Sie erzählt." Bente war schön, sehr schön.

„Ich erbleiche", sagte ich.

„Gut, daß Sie das dazusagen", sagte Bente. „Man sieht nämlich nichts davon."

„Innerlich, meine ich."

Sie sah mich spöttisch an und reichte mir ein Glas. Dann schenkte sie Rotwein ein, der zu meiner Überraschung hervorragend schmeckte.

„Toller Wein." Ich betrachtete das Etikett. Der Wein war aus dem Médoc.

„Aus Mis en Bouteille", sagte Bente. „Eine Kleinstadt im Landesinneren. Die Bouteille mündet dort in die Garonne." Bente sah mich ernst an.

Die Frau hat Witz, jetzt wird's gefährlich, dachte ich und konnte den Blick nicht von ihr wenden. Bente sah es und lächelte nachsichtig.

„Ich kenne die Gegend", sagte ich nach einem weiteren Schluck. „Verwandte leben dort. Die d'Artagnans, Sie wissen, die vier Musketiere: Portos, Aramis, Petit Cru und Grand Cru."

„Glauben Sie ihm kein Wort. Er kennt nur Viertelweine aus dem Weinviertel. Er spricht, wenn er den Mund aufmacht“, mischte der Dozent sich ein.

„Sie meinen, er lügt, wenn er ...“, verbesserte ihn Bente.

„Er verdreht mir das Wort im Mund“, jammerte der Dozent. „Wenn ich nur wüßte, wie ich damit umgehen soll.“

Dörthe zog den Dozenten zu sich.

„Sie behandelt ihn wie ein Stofftier“, sagte Bente kühl. „Alkoholisierte Männer liegen ihr.“

„Keinesfalls bin ich alkoholisch verstrudelt“, widersprach der Dozent. „Ich leide an einer Tannin-Insuffizienz in meinen Parametern. Ich bin ein Insufi, ein islamischer Mystiker.“

„Er ist mein Freund“, sagte ich.

Bentes Augen flackerten wie weit entfernte Sterne – als stünde sie mit beiden Beinen in dieser Welt, müßte mit dem weit entfernten Kopf aber ständig in einem Paralleluniversum nach dem Rechten sehen. Vielleicht stand sie auch nur unter Drogeneinfluß. Bentes Stimme war leise und verschattet, selbst banalen Aussagen wuchs aus ihrem Mund etwas Geheimnisvolles zu. Ich hätte ihr stundenlang zuhören können.

Schließlich habe ich das auch getan. Wir redeten über diverse Welträtsel, ich erzählte von der Binnenschiffahrt, sie von ihren Reisen mit Dörthe. Die beiden waren schon viel herumgekommen, meist zog es sie in Industriereviere, zu Tuningmessen, Gokartrennen, Oldtimerausstellungen. Bente arbeitete als Computertechnikerin und entwickelte für die Lufthansa Software im Bereich weltweit abgestimmter Hangarnutzung, da sei viel Geld zu holen. Freundin Dörthe war studierte Theaterwissenschaftlerin und leitete die Bibliothek im Trainingszentrum der deutschen Fußballnationalmannschaft in Malente am Plöner See in Holstein. Die Erfolge der letzten Jahre kämen nicht von ungefähr. Nahezu die halbe Mannschaft stehe mit der Weltliteratur auf Duzfuß. Bastian Schweinsteiger bevorzuge Oskar Maria Graf, Mesut Özil Tschingis Aitmatow, Lukas Podolski sei ein Fan der Simpsons, Per Mertesacker verehre Erwin Strittmatter, Jerôme Boateng sei Albert Camus verfallen, und Manuel Neuer halte es mit Max von der Grün.

Der Dozent und Dörthe hatten sich aus der Unterhaltung ausgeklinkt und waren ganz mit sich beschäftigt. Irgendwann war auch für Bente und mich die Zeit gekommen, mit dem Reden aufzuhören. „Ich würde jetzt gern mit dir vögeln", sagte ich, als würde ich um ein Glas Wein bitten. Wortlos stand sie auf und setzte sich in den Wagen. Interessiert beobachtete sie, wie ich mich vom Rollstuhl aus in den Citroën gleiten ließ. Bente zog die Schiebetür bis auf einen kleinen Spalt zu, durch den ein wenig Licht in den wohnlich eingerichteten Wagen fiel. Sie streifte ihr Shirt ab und begann an mir zu schnuppern. Wie ein junger Hund, dachte ich. Ihre Schulter roch nach frisch geschnittenen Astern, und ihr Atem duftete nach Rosinen mit einem Schuß teurem Motoröl. Eine Cuvée, die mich so sehr in Beschlag nahm, daß ich erst den zweiten und dritten Biß schmerzhaft spürte. Es dauerte, bis ich begriff, daß Bente mich in die Oberarme und in den Hals biß, zuerst schnupperte und dann zubiß, fest und kompromißlos. Dabei keuchte sie, als würde sie im nächsten Moment ersticken. Manchmal saugte sie auch an den Bissen, und ich mußte sie zur Seite stoßen, aber das stachelte sie nur noch mehr an. Ich begann mich zu wehren, zaghaft, um sie nicht zu verletzen, aber sie wollte gar nicht sanft behandelt werden und wollte das Kommando über meine Hand übernehmen. So lieferten wir uns einen leidenschaftlichen Kampf; die ersten paar Runden gingen an sie, aber in der Mitte des Fights holte ich auf und landete eine Reihe von Wirkungstreffern, die Bente mit gutturalen Seufzern quittierte. Zum Schluß hin steigerten die Seufzer sich zum heiseren Blubbern eines Zwölfzylinders. Dann warf Bente sich zur Seite und herrschte mich an, ich solle um Himmels willen jetzt den Mund halten. Ich war gerädert, mit halb ausgerenktem Arm, von Bissen übersät, und ich war so geil, daß ich es auch mit einem Schwarm Piranhas getrieben hätte. Da tauchte Bente ihre Hand in meine Hose. Wenn sie meinen Schwanz auch so behandelt wie meinen Oberkörper, werfe ich sie aus dem Wagen, nahm ich mir vor. Aber Bentes Hand war weich und zielstrebig, und sie blieb zielstrebig, und die Hand packte fester zu, und als ich sicher war, daß in wenigen Momenten alles gut sein würde, wurde die Tür zur Seite geschoben, und der Dozent steckte sein Mondgesicht in den Wagen.

„Benötigen Sie Hilfe? Ich habe Schreie gehört ...“

Dörthe zog ihn weg.

„Gratulation!“ sagte Bente, die sich aufgesetzt hatte.

„Wozu?“

„Du hast überlebt.“

Später saßen wir vor dem Wagen und aßen Bockwurst mit Schrippen, die Nachbarn aus Berlin-Adlerhorst spendiert hatten. Der Dozent setzte zu einem Vortrag an. Über die Bewegung des Geistes im Allgemeinen und des Körpers im Speziellen, sein Steckenpferd. Es gebe keine falschen Bewegungen in einem richtigen Leben, behauptete er, man erkenne das schon daran, daß Menschen, die ein falsches oder verlogenes Leben führten, sich bei genauem Hinsehen eigenartig bewegten, eine Spur zu exaltiert, zu langsam oder zu eckig.

„Wenn es an der Bewegung hapert, dann stimmt mit dem ganzen Menschen etwas nicht", sagte er. „Ich weiß, das klingt sehr nach mechanischem Materialismus, aber ich bin mehr und mehr von der Richtigkeit dieser Beobachtung überzeugt. Wie denken Sie darüber, liebe Dörthe?"

Die junge Frau lächelte dünn und sagte dann: „Ich denke, das ist Unsinn."

„Kompletter Unsinn", assistierte Bente.

„Ich enthalte mich der Stimme", sagte ich. „Bin ja nur der Fahrer."

„So redet sie also von mir. Meine Dörthe aus Castrop-Rauxel. Ich traf sie in der Bucht von Tauxl", sagte der Dozent traurig.

„Er meint die Teixlbucht", kicherte Dörthe und musterte mich eingehend. „Der dunkle Tann reicht bis an den See, die Leute fürchten sich und nennen die Bucht nach dem Teufel, Teixl. Sie haben doch sicher Nestroy gesehen?"

„Tut mir leid, ich gehe selten auf den Fußballplatz", sagte ich. „Muß ja beim Wagen bleiben."

„Ich komme auch nicht aus Castrop-Rauxel. Und mein Märchenprinz da hier kam nicht mit dem GTI, sondern mit dem Fahrer im VW-Phaeton", sagte Dörthe.

Der Dozent warf mir einen flehenden Blick zu. Wie es einem verschwiegenen Chauffeur ansteht, deckte ich die Aufschneiderei.

„Heutzutage wird der Besitzer von Zeus mit einem Blitzschlag niedergestreckt, und nicht der Fahrer", erwiderte ich. „Das ist kein geringer Fortschritt. Ich bin mit dem Himmelswagen stets pfleglich umgegangen. Ich habe die vorgeschriebene Straße zwischen Himmel und Erde nicht verlassen und löste daher auch keinen Weltenbrand aus. Bei meinem Herrn bin ich mir da nicht so sicher. Wenn er am Steuer sitzt, ist es, als seien die Naturgesetze aufgehoben. Er gehört nämlich einem exklusiven Bettlerorden an, der auf geheimnisvolle Weise die Lebensfäden der Menschen vernäht, er ist Großmeister des ‚Ordens vom arbeitslosen Eigentum'." Der Dozent wollte etwas erwidern, aber seine Dörthe verschloß ihm mit einem Kuß die Lippen. Er ruderte mit den Armen.

„Gummi! Gummi!" sagte Dörthe und rülpste. „Tschuldigung. Das Bier."

„In Deutschland macht sie das nie", sagte Bente.

„Kärnten lockert die Sitten", erwiderte ich.

„Die guten Sitten wohnen den Brüsten inmitten", sagte der Dozent und lachte und rülpste ebenfalls.

„Ihr Freund ist ein Dichter?" wollte Bente wissen.

„Er ist nur betrunken. Hofmannsthal war ein Dichter."

„Sind die Zeilen von ihm?"

„Weiß ich nicht. Könnte sein."

„Ist Hofmannsthal auch hier?"

„Wenn er da ist, isser hier", lallte der Dozent. „Wenn nicht, isser auf ein Bier. Der Hoffi, die alte Schnapsdrossel."

Der Dozent sah mich lange an. Dann sagte er: „Ich hab keine Ahnung, was ich mit ihr angestellt habe."

Er war sternhagelvoll. Es hatte keinen Sinn, ihm in diesem Zustand Vorhaltungen zu machen. Der Fehler lag bei mir. Niemals hätte ich den Schöngeist allein lassen dürfen, seine ethnologische Expedition durch die Menschentrauben der GTI-Leute konnte nur in einer

Katastrophe enden. Wenn die Angehörigen der oberen Stände sich mit dem Volk gemein machen, sind standesfremde Konvulsionen programmiert.

Es kostete mich einige Mühe, den Dozenten wieder auf die Beine zu bringen. Ich appellierte an seinen Forschergeist und bot ihm Joseph als Gehhilfe an. Der würde sich glücklich schätzen, seinerseits einmal Hilfe für den Dozenten bieten zu können, fügte ich hinzu. Die beiden Frauen halfen dem Dozenten beim Aufstehen, Dörthe putzte seine Kleidung und verabschiedete sich von ihm mit einem deftigen Kuß. Bente schenkte mir einen Blick, über dessen Bedeutung man tagelang sinnieren konnte. Der Dozent und ich setzten uns langsam in Bewegung, Joseph tat sein Bestes. Wir würden uns wiedersehen, rief Dörthe uns nach, so glimpflich wie diesmal kämen wir dann aber nicht davon, setzte sie hinzu.

„Was meint sie wohl damit?" murmelte der Dozent. „War ich ihr nicht gut genug?"

„Ruhe", sagte ich. „Die Arbeitspause ist vorbei, wir müssen uns jetzt auf unsere Mission konzentrieren. Zuerst suchen wir einmal meinen Wagen."

„Aye, aye", sagte der Dozent und trottete brav neben mir her. Manchmal vergewisserte er sich mit einer Handbewegung, daß Joseph für den Fall der Fälle zur Verfügung stand.

„Wenn unser Wagen nach der nächsten Kurve nicht zu sehen ist, wurde er gestohlen", sagte ich nach einer Viertelstunde, die wir auf der Straße unter vielen GTI-Besuchern zubrachten. Sie waren so wie wir Richtung Reifnitz unterwegs und wollten zum Kulturprogramm, das aus einer Ansprache von Vorstandsvorsitzendem Piëch und einem Korso werkseigener Showautos auf

Golf-Basis bestehen sollte. Den Abschluß würde eine Hip-Hop-Gruppe aus Lemgo machen.

In der nächsten Kurve konnte ich Entwarnung geben. Mein R 5 war noch da, er schien unversehrt zu sein. Bei der Auffahrt zu Mahlers Komponierhäuschen waren drei Autos nebeneinander zu einem „Gummi!-Gummi“-Wettbewerb aufgestellt, ein froschgrüner und ein goldfarbener Golf sowie ein tiefergelegter Käfer mit breiten Walzenreifen. An den Autos klebten je fünf bis sieben Personen, sie hielten sich an der Innenseite der C-Säule oder an den Ausbuchtungen der Radkästen fest und versuchten, den Vorwärtsdrang des Gefährts zu blockieren. Aufgabe des Fahrers war es, mit Vollgas den Wagen zum Durchdrehen der Räder zu bringen. Wer den größten Gummiabrieb und den meisten Rauch produzierte, wurde zum Sieger erklärt. Wer zehn und mehr Ausscheidungen erfolgreich hinter sich gebracht hatte, tat gut daran, neue Reifen aufzuziehen.

Die beiden Golf produzierten viel Lärm, aber wenig Rauch. Die Blockade-Crew kämpfte tapfer gegen den VW-Käfer, der von sechs grimmigen Helfern gehalten wurde, von denen keiner unter hundertzwanzig Kilo auf die Waage brachte. Gegen die geballte Macht waren sie chancenlos. Der Wagen entwickelte so viel Rauch, daß die Zuschauermenge in Rufe der Entzückung ausbrach, es wurde gejohlt, gepfiffen und applaudiert. Der Dozent war von dem Ritual angetan, mehrfach wies er auf den aufsteigenden Rauch und begeisterte sich am häßlichen Pfauchen eines abgewürgten Motors. Mir hatte es der Fahrer des goldenen Golfs angetan, er saß mit entrücktem Blick hinter dem Volant und gähnte in einem fort. Schon setzte er zu einem zweiten Vollgas-Versuch an, übersah aber, daß nur die Hälfte seiner Crew am Wagen hing. Ließ er die

Bremse zu rasch los oder konnten die Helfer den Wagen nicht mehr halten, jedenfalls sprang der Wagen wie ein bockender Stier vorwärts, der Fahrer kurbelte wild am Lenkrad, die Helfer schrien „Bremse! Bremse!“, das Publikum antwortete mit einem kraftvollen „Gummi! Gummi!“, und mit einem Mal fielen die Helfer zur Seite, der Fahrer bleckte die Zähne, und der goldene Golf schoß aus dem Parkplatz auf die Straße. Fußgänger stoben zur Seite, der Wagen beschleunigte weiter, jemand rief „Um Gottes willen“, ein anderer assistierte einem wütenden „Scheiße! Arsch! Scheiße!“, und schon lief der Golf auf den Gehsteig der nächsten Kurve auf, stieg mit dem Bug in die Höhe, überflog ein Grillgerät und mehrere Bierkisten, nahm zum Abschluß eine Hecke und zog mit einer langsam vornübersinkenden Motorhaube dem See zu, wo er ins Wasser knallte und eine Gischtwolke produzierte, die bei „Gummi! Gummi!“ für den Sieg gereicht hätte. Der vordere Teil des Wagens versank bereits im See, dann konnte ich nichts mehr sehen, weil aufgesprungene Aficionados mir die Sicht verstellten. Nach einigen Sekunden der Stille brandete Applaus auf. Offensichtlich hatte der Fahrer sich aus dem sinkenden Fahrzeug befreit.

Wir nutzten die Zeit und den leeren Parkplatz, stiegen in den Wagen und verließen die Szene. Noch konnte man sich durch die disziplinierten GTI-Fans durcharbeiten, was während der Abendstunden hier los sein würde, mochte ich mir nicht vorstellen.

Der Dozent hatte sich in seinem Sitz verkrochen und jammerte leise vor sich hin. Ich versuchte das Jammern auszublenden, schaffte es aber nicht. Wir fuhren im Schrittempo, und die Menschentrauben schlossen sich so eng vor und hinter meinem armen Renault, daß mir angst und bang wurde. Nur jetzt keine Panne, dachte ich, wenn wir jetzt stehenbleiben, fällt die Meute über uns her und zerreißt uns in Sekundenschnelle. Als der Dozent wieder einmal besonders laut seufzte, waren meine Nerven am Ende.

„Hören Sie auf zu jammern, es ist so schon schlimm genug!“ schrie ich ihn an.

„Ist so was überhaupt möglich? Wo bin ich hier? In einer Stampede? Wir sind in einer Stampede! Das ist das Ende. Wie viele Menschen hauchen ihr Leben in einer Stampede aus! Ich bitte, das in den Nachrufen zu berücksichtigen!“

Wir waren jetzt im Ortskern von Reifnitz angelangt und bewegten uns auf einer sanft ansteigenden Straße. Tausende von schwitzenden, lachenden, grölenden Gesichtern tauchten vor der Motorhaube auf und glitten zur Seite. Ich glaubte mich in einem zu rasch abgespielten Stummfilm.

„Wir hätten bei Dörthe bleiben sollen“, jammerte der Dozent. „Bei Dörthe hatt ich’s gut. In den Himmel mit Dörthe, zur Hölle mit Ihnen.“

„Irrtum, bei mir sind Sie sicher. Die Hölle namens Dörthe wird Sie noch einholen, in ein paar Wochen schon.“

„Wieso das?“ Der Dozent wandte sich abrupt zu mir um.

„Weil Sie bald stolzer Vater eines kleinen GTIs, pardon, eines kleinen GTI-Abkömmlings, sein werden. Ich habe mir erlaubt, der jungen Dame Ihre Personaldaten zu geben, das Kind soll nicht ohne Vater aufwachsen. Vielleicht können Sie beim nächstjährigen GTI-Treffen Verlobung oder Schlimmeres feiern.“

„Sie sind verrückt! Das haben Sie nicht getan!“ rief der Dozent.

„Die Zeit ist unser Gebieter, sie gibt und nimmt im Stundentakt. Die Zeit wird es weisen“, antwortete ich ruhig.

„Was für eine Zeit? Was für eine Zeit!? Ich hab zwar mit Dörthe verkehrt, aber nur kurze Zeit, sehr kurz. Dörthe wollte ja ... und ich hab kein Kondom, es war ja nur kurz, man kann doch nicht in aller Kürze ...“

„In der Kürze liegt die Würze“, sagte ich abgeklärt, „und in der Würze finden die Samenfäden immer ins Schwarze.“

„Wie der Schelm denkt, so ist er.“

„Ich denke nicht, ich lenke. Der Wüstling sind Sie, verehrter Herr Dozent. Beischlaf mit einem minderjährigen Mädchen, und das unter Alkoholeinfluß am hellichten Tag. Das gibt ordentlich Alimente. Nur gut, daß es keinen Armen trifft.“

„Wenn meine Mamà davon erfährt ... Sie wird mich nie wieder eines Blickes würdigen.“

„Sie wird Sie enterben.“

„Das glaube ich nicht. Mamà hält zu mir, was immer kommen mag. Blutsbande sind stärker als die Familie. Oder wie der blöde Satz heißt.“

„Ich an Ihrer Stelle würd's nicht drauf ankommen lassen. Es gibt Erfahrungen im Leben, die muß man nicht ...“

„So hören Sie doch auf. Schauen Sie lieber, daß wir keinen Massenmord begehen in diesem Chaos. Ich frage mich schon die längste Zeit, wie Sie in dieser Stampede noch fahren können.“

„Ich fahre nicht. Der Motor ist abgestellt. Wir werden geschoben.“

„Nein! Das ist nicht wahr. Sagte ich bereits, daß ich unter Klaustrophobie leide? Immer wenn ich unter Menschen bin, bekomme ich klaustrophobische Attacken, ich bin dann vollkommen außer mir und weiß nicht mehr, was ich tue!"

Die grölende Menschenmasse begann auch mir Angst einzujagen. „Kaum sind ein paar Leute auf der Straße, drehen Sie durch. Kommen Sie mir nicht mit Klaustrophobie! Klaustrophobie ist nichts als eine bourgeoise Modekrankheit, das können Sie in allen medizinisch-wissenschaftlichen Zeitschriften nachlesen. Oder haben Sie schon einmal gehört, daß Kinder, die zu sechst in einer Besenkammer aufwachsen, klaustrophobisch werden? Sie können besser kratzen und zwikken und auf engstem Raum einen Uppercut landen, das ist alles. An Klaustrophobie leiden nur Menschen, die in zu großen Villen, in zu großen Salons und unter zu großen Müttern aufgewachsen sind, wobei ich nicht die körperliche Größe anspreche. Wenn alles um einen herum zu groß ist, bekommt man ein kleines Herz oder, wie der Lateiner sagt: klaustrophobus post mortem."

„Sie mit Ihrem Geschwätz!" Der Dozent rüttelte am Türgriff. Ich schlug ihm auf die Finger.

„Sind Sie verrückt? Wollen Sie von der blutrünstigen Meute in Stücke gerissen werden? Die ich dann einsammeln muß und Ihrer Mutter ..."

„Alles, alles besser, als Ihnen auch nur eine Sekunde länger zuhören zu müssen!" schrie der Dozent zurück.

„Verzweifeln Sie nicht. Ich gehe als Taufpate!" rief ich. Der Dozent begann vor und zurück zu wippen. „Sie mit Ihren ... Sie machen immer alles noch schlimmer. Wenn etwas irgendwie ist, machen Sie es schlimm. Wenn etwas schlimm ist, und Sie sind in der Nähe, machen Sie es noch schlimmer. Wenn es unerträglich schlimm ist ..."

„Was dann? Was dann?" Ich packte den Dozenten an seiner Jacke und stoppte sein Wippen.

„Drehen Sie mir nicht den Mord im Kopf herum ... sonst muß ich Worte finden, die ich noch nie in meinem Leben ...“

Einige Männer mit nacktem Oberkörper und tätowierten Golf-GTIs auf Stirn und Oberarmen trommelten auf das Stoffdach.

„Was’n das? Ist das ein Golf?“ schrie einer.

„Nee, ein Wurm. Ein Autowurm“, ein anderer.

„Ist hier ein Auto- oder ein Wurmtreffen?“

Wieder krachten Fäuste auf das geflickte Stoffdach. Wenn es brenzlig wird, empfiehlt der große Wenzel Schebesta eine paradoxe Intervention. Mit einer Hand kurbelte ich das Fenster hinunter, mit der anderen schob ich eine Kassette in das Gerät, stellte auf volle Lautstärke, und schon ertönte die Stimme von Udo Jürgens: „Denn immer, immer wieder geht die Sonne auf, und wieder bringt ein Tag für uns sein Licht!“

Die tätowierten Jungs brauchten einige Zeit, bis sie den komplexen Rhythmus und den schwierigen Text intus hatten, dann aber sangen und brüllten sie aus vollem Hals.

Nach einiger Zeit erschien ein Einsatzfahrzeug der Polizei. Zwei Beamte stiegen aus und ermahnten uns, den Lärm bleibenzulassen. Anrainer hätten sich beschwert, die Negermusik sei eine Zumutung. Bei Zuwiderhandeln müßten sie eine Ordnungsstrafe aussprechen, sagten die Beamten. Der Dozent versank kichernd in seinem Beifahrersitz.

9. Kapitel

Was das GTI-Treffen am Wörthersee und die Schlacht im Nordatlantik gemeinsam haben. Der Dozent ist verkatert. Madame Nostitz wird ungeduldig

Am nächsten Morgen – der für den Dozenten um fünfzehn Uhr begann, solange lag er im verdunkelten Zimmer – war er anfangs recht kleinlaut, dann aber, als die Lebensgeister in ihn zurückkehrten, fing er an, mich zu attackieren. Ich hätte meinen Vertrag als Assistent nicht erfüllt, darüber hinaus auch noch die Freundespflicht verletzt. Somit wäre er unabsehbaren Gefahren ausgesetzt gewesen und so fort. Bald hatte er sich so weit erholt, daß er von der Beschimpfung meiner Person in allgemeine Gefilde vorstieß und eine wüste und glänzende Suada hervorbrachte. Ich war so sehr von seiner Leidenschaftlichkeit hingerissen, daß ich darüber den Inhalt seines Ausbruchs vergaß und mich ganz der Bewunderung ergab.

Als er endlich einmal Atem holte, raffte ich mich zu einer Erwiderung auf.

„Ich habe Sie mehrmals darauf hingewiesen, daß Ihr Zeitplan für Recherchen am See denkbar unglücklich gewählt war, er kollidiert mit dem jährlichen GTI-Treffen am Wörthersee, bei dem sich schon in normalen Jahren 120.000 erlebnishungrige junge Leute aus der halben Welt ein feuchtfröhliches Stelldichein geben. Und für dieses Jahr, in dem ein Jubiläum dieser säkularen Automesse begangen wird, geht man von der doppelten Besucheranzahl aus. Sagen Sie nicht, ich hätte Sie nicht gewarnt.“

Der Dozent schwenkte seinen Ringfinger vor meinem Gesicht.

„Ihre Warnung war verklausuliert, schwammig, unbrauchbar – wie ein heiseres Nebelhorn in der dicksten Nebelsuppe des Nordatlantiks“, sagte er müde.

„Selbst wenn es so gewesen wäre, was ich heftig bestreite, weise ich darauf hin, daß die Nebelbänke des Nordatlantiks die einzige Überlebenschance für die kanadischen Geleitzüge zur Unterstützung Englands im Zweiten Weltkrieg waren“, entgegnete ich. „Die armen Kanadier waren nämlich die ersten, die ihre Schiffe zu Konvois zusammenstellten und sie vollkommen ungeschützt über den Atlantik schickten. Das Radar war noch nicht entwickelt, der ENIGMA-Code der deutschen U-Boot-Wolfsrudel noch nicht geknackt, alles, was die Kanadier hatten, war der Nebel, der lebensrettende Nebel.“

„Sie mit Ihren Geschichten zur Geschichte. Sie sollten die Lebensberatung um das Märchenerzählen erweitern“, quengelte der Dozent und stand schwankend auf, setzte sich aber sofort wieder. Er habe einen vorsintflutlichen VW-Bus mit einem kanadischen Kennzeichen gesehen, fügte er hinzu.

Ein medizinisches Einsatzfahrzeug, dachte ich zuerst, aber vielleicht war es nur ein Kanadier, der an dem Autotreffen teilnehmen wollte.

„Wahrscheinlich der Nachfahre eines deutschen U-Boot-Kapitäns“, führte ich seinen Gedanken fort, „die Deutschen setzten zum Schluß blutjunge Männer auf die Schiffe, der jüngste U-Boot-Kapitän war ganze zweiundzwanzig Jahre alt. Wie die jungen Leute, die hier zu Tausenden ihre Räusche in einen

See entleeren, der für seine biologische Reinheit gerühmt wird."

„Gräßlich", sagte der Dozent und schüttelte sich.

„Wenn man es historisch betrachtet, ist das Verhalten dieser jungen Leute keineswegs gräßlich, es verweist im Gegenteil auf den Progreß in der Geschichte", erwiderte ich. „Vor zwei Generationen noch belauerten einander die Jungmänner von diesseits und jenseits des Atlantiks in U-Booten und Radarständen und bereiteten einander einen nassen Tod. Etwa so viele, wie in der Schlacht um den Nordatlantik ums Leben kamen, sind hier um den See versammelt. Auch hier ist die Ausfallsquote hoch, aber nur temporär. Die Räusche sind bald ausgeschlafen, und die Schwerverletzten werden von Rettungshubschraubern ins nahe gelegene Unfallkrankenhaus geflogen. Verglichen mit der Schlacht um den Nordatlantik ist das GTI-Treffen ein Kaffeekränzchen mit Benzinduft. Im Verein mit dem Beach-Volleyball-Turnier, den Harley-Davidson-Tagen und dem Ironman verhindert das GTI-Treffen den endgültigen Finanzbankrott Kärntens und rettet damit das politische Überleben jener Clique, die das Land so weit gebracht hat, daß es von der Republik unter Kuratel gestellt werden mußte."

Der Computer meldete eine Nachricht. Der Dozent rückte das Gerät so, daß ich den Bildschirm einsehen konnte.

Mein säumiger Sohn!

Daß Du Dich nicht meldest, kann zwei Gründe haben. Entweder Du hast nichts herausgefunden und hast daher nichts zu berichten, oder Du hast so viel herausgefunden, daß Du – umständlich, wie Du bist – noch nicht in der Lage warst, das Wichtige vom Unwichtigen zu trennen und in eine geeignete Form zu bringen. Ich will Dir zuliebe von der zweiten Variante ausgehen und gebe Dir in der Folge ein paar Informationen, die Deine Ermittlungen unterstützen können.

„Eine umsichtige und freundliche Dame, Ihre Mutter!" sagte ich.

„Eine Landplage. Hartnäckig wie ein Fußpilz", entgegnete der Dozent.

Er solle diesen Ausdruck mit dem Ausdruck des Bedauerns auf der Stelle zurücknehmen, forderte ich in scharfem Ton. Ich könne es nicht dulden, daß eine ehemalige Auftraggeberin derart niederträchtig beleidigt werde. Der Vergleich eines Menschen mit einer Krankheit sei fixer Bestandteil rechtsextremen Denkens. Außerdem handle es sich um eine schwerwiegende Diskriminierung einer betagten Person, was wiederum der allgemeinen Erklärung der Menschenrechte widerspreche.

Bevor er von mir vor die UNO gezerrt würde, nehme er den Vergleich zurück, sagte der Dozent.

„Mit dem Ausdruck des Bedauerns!" beharrte ich.

„Von mir aus", sagte der Dozent friedlich. „Ich nehme den Fußpilz zurück und ersetze ihn durch Klette. Ist das für Sie tragbar?"

Darüber müsse ich noch nachdenken, erwiderte ich. Eine Klette sei keine Krankheit, und es sei eine bekannte Eigenschaft dieser Pflanze, haften zu bleiben, was noch nichts Ehrenrühriges sei. Im ersten Moment würde ich den Ausdruck durchgehen lassen, es könnten aber Umstände eintreten, die ein Fachgutachten erforderlich machten.

Nun wollte der Dozent wissen, welcher Art diese Umstände seien.

Das hänge von den Entwicklungen der nächsten achtundvierzig Stunden ab, sagte ich kryptisch. Der Dozent schüttelte den Kopf und beugte sich über seinen Computer. Ich tat es ihm gleich.

Mein lieber Sohn, ich hoffe, Du bist wohlauf und aufnahmefähig. Falls nicht, schlaf sechs Stunden und lies den Brief dann weiter.

„Gute Nacht“, sagte ich, rollte zum Bett des Dozenten und schlug die Überdecke zurück.

„Was machen Sie da?“

„Ich halte mich an die Anweisungen Ihrer Frau Mamà. Sie sollten sich zur Ruhe begeben, dann sehen wir weiter.“

„Sie glauben doch nicht, daß ich diesen Unsinn mitmache. Ich bin in keinster Weise beeinträchtigt und damit aufnahmefähig.“

„Es tut mir leid“, erwiderte ich, „aber das stimmt nicht. Wer in ‚keinster Weise‘ beeinträchtigt ist, muß entweder schwer bedient sein, oder er ist österreichischer Parlamentarier. ‚Kein‘ ist nicht steigerbar, zumindest im Deutschen nicht. Sie sind eben doch beeinträchtigt. Was zu beweisen war. Ich wünsche gute Bettruhe!“

Im folgenden Disput gelang es dem Dozenten, mich durch die Aufzählung der fünf größten Containerschiffe der Welt umzustimmen. Ich kehrte zum Computer zurück, nicht ohne zu bemerken, daß ich beim geringsten Anzeichen einer mentalen Schwäche von seiten des Dozenten per Hubschrauber einen Notarzt einfliegen lassen würde.

Ich zitiere nun weiter aus den Aufzeichnungen meiner Mutter Alice:

„Im Sommer 1939 vergingen die Tage am See wie im Flug. Die Windisch-Graetz hatten das Schloß an die SS und die Wehrmacht übergeben, Du kannst Dir vorstellen, was das bedeutete. Mehrmals in der Woche gab es Einladungen zu Tanzveranstaltungen, politischen Kundgebungen, Aufmärschen und Vorträgen, und alles atmete die Gewißheit: Wir bauen ein neues, ein besseres Kärnten in einem revolutionären Großdeutschland, in dem die Arbeiter stolz auf ihre Produkte sind, ob Nähmaschine oder Panzer, und die Fabrikanten stolz auf ihre Belegschaften. Und im Land selbst schauen ernsthafte Männer nach dem Rechten, viele davon in Uniform, Männer, die von ihrer Aufgabe beseelt sind, das deutsche Wesen vor Verunreinigung und blutsfremdem Einfluß zu schützen, und an ihrer Seite wissen sie Frauen, die sich ganz in die Rolle als Mutter und Hüterin des Heimes einleben und zum Mann als Herr und Gebieter aufschauen.

Sosehr wir Mädchen uns auf die Mutterrolle freuten, noch waren wir dafür zu jung, das Leben im weiblichen Ausgedinge konnte noch einige Jahre warten. Wir wollten die Jahre bis dahin, so gut es ging, nutzen, wollten die Welt kennenlernen, alles ausprobieren. So wie die Männer sich auf kommende Waffengänge und die Heimholung deutscher Gebiete vorbereiteten, packten wir das Leben beim Schopf und stürzten uns in immer neue Abenteuer. Abenteuer, das hieß zu jener Zeit Ausfahrten mit deutschen Männern in gewichsten Stiefeln und mit der Uniformkappe unterm Arm. Wir tanzten zu den neuesten Schlagern, hin und wieder legte jemand sogar verbotene Jazz-Musik auf. Wir waren jung, und die Welt kostete nur ein Lächeln.

Ganz Europa blickte damals auf Deutschland, was sage ich, der ganze Planet. Von überall her kamen sie an den Wörthersee zur Erkundung, blieben zur Sommer-

frische und suchten die Nähe der Herren von Partei und SS. Italiener, Franzosen, Engländer, Exilrussen, Spanier und Amerikaner. Ja, damals erschienen freundliche Artikel über Kärnten und die Seen in den großen amerikanischen Blättern, viele Amis sympathisierten ja mit dem Neuen Deutschland, und die Feinde Deutschlands wie dieser lächerliche Komiker Chaplin und der hinterhältige Roosevelt hatten in der öffentlichen Meinung in den Staaten keinen leichten Stand. Der Präsident trug zwar einen deutschen Namen, aber er konnte nicht einmal gerade stehen. Wie ein Kind wurde er in seinem Rollstuhl hin- und hergeschoben, und die Sommer verbrachte er in Kliniken und Sanatorien. Und dieses Häufchen Elend, das nicht einmal seine Frau Leonore halten konnte, eine Megäre, die sich offen mit Weibern einließ, spielte sich auf, als wäre er der Herr der Welt. Wenn jemand ein Anrecht auf dieses Attribut hatte, dann wohl der Führer. Roosevelt, dieser Abkömmling einer dekadenten Ostküstenfamilie, hockte auf seinem Präsidentenrollstuhl, kratzte all seinen Haß auf seine körperliche Hinfälligkeit zusammen und richtete ihn gegen jenes Land, das gesund und stark und stolz einhermarschierte. Was für ein Jammer, daß die Japaner Pearl Harbor verpatzten! Sie waren mutig, aber nicht tollkühn. Hätten sie die Tollkühnheit von uns Deutschen gehabt, wären sie nicht in der pazifischen Einöde herumgeschippert, sondern hätten New York dem Erdboden gleichgemacht!

Es gab aber auch noch das andere, das bessere Amerika, und davon möchte ich Dir erzählen, meine Tochter soll wissen, wie die Dinge wirklich abliefen. Zwei Vertreter dieses besseren Amerika besuchten uns damals im Sommer. Sie waren vom Vater des einen auf Europareise geschickt worden, um politische Erfahrungen zu sam-

meln und die deutsche Aufbauarbeit aus nächster Nähe mitzuverfolgen. Der eine war der Sohn des amerikanischen Botschafters in London, der andere ein Freund, Lem Billings, der sich für Frauen nicht, für Männer aber sehr interessierte. Der Botschafter war ein mutiger Mann. Obwohl er von Roosevelts Partei nominiert worden war – weil er Roosevelt beim Wahlkampf unterstützt hatte –, machte er kein Hehl aus seiner Sympathie für den Führer. Er umgab sich mit den Anhängern des Führers in London, vor allem Lady Astor spielte eine wichtige Rolle, aber auch der deutsche Botschafter in London war nahezu täglich mit seinem amerikanischen Kollegen zusammen.

Der Ami hatte mehrere Söhne, der Älteste, Joe, durchlief als Flieger eine Navy-Karriere, der zweite, John Fitzpatrick, war an einem Rückenleiden erkrankt und bereitete seinem Vater, der große Stücke auf Sport und körperliche Ertüchtigung hielt, schlaflose Nächte. Da er zu nichts Anständigem taugte, studierte er Politische Wissenschaften und schrieb ein Buch, in dem er die Appeasement-Politik der Briten rechtfertigte – was seinen Vater, der als NS-Sympathisant ein strikter Kriegsgegner war, überaus gnädig stimmte. Er ließ Tausende Exemplare aufkaufen und brachte die führenden Journalisten der USA dazu, hymnische Besprechungen des Buches zu verfassen. So wurde der junge Mann über Nacht zu einem Bestsellerautor und bekam Zutritt zu den höchsten Kreisen. Auf Empfehlung seines Vaters besuchte er mit seinem Freund Lem Billings das Italien Mussolinis, Polen, Ungarn und das Altreich und dessen schönstes und bestes Land: Kärnten. Die beiden kamen in einem staubigen Cabriolet mit französischem Kennzeichen und nahmen für einige Wochen Logis im Schloß Windisch-Graetz, das damals grade an die Wehrmacht übergeben worden war und als Erholungsort für hohe Generäle wie Feldmarschall Keitel diente.

Von allem Anfang an nahm John Fitz am regen Gesellschaftsleben teil. Er vertrat die Ansichten der NS-Führung, er war irischer Abstammung, Katholik, wie sein Vater Antisemit und ein fanatischer Kommunistenfresser. Und er war ein unwiderstehlicher Mann, er sah blendend aus, verfügte über Geist und Charme – die Frauen lagen ihm zu Füßen, der zweiundzwanzigjährige John F. Kennedy war die Sensation am Wörthersee. Alle Welt rätselte, welche Frau er wohl als erste beglücken würde, eine gutaussehende Gattin eines führenden SSlers, eine Adelige oder eines der zahlreichen jungen Mädchen, die zur Entourage der uniformierten Herren zählten.

Ich bin heute noch stolz darauf, daß ich es war.

Dieses Mal hab ich mir den Braten nicht vor der Nase wegschnappen lassen, ich war aufmerksam und machte bei der erstbesten Gelegenheit die Beine breit. Meine Freundin Ute lag zwar sehr freizügig auf der Holzpritsche, siegessicher schmauchte sie eine Zigarette um die andere, nicht ahnend, daß John mich schon im Frühstücksraum des Karinder-Hauses genommen hatte, auf einem Tischchen, zwischen hausgemachter Marmelade und einem Topf Akazienhonig. In der ersten Stunde nach seiner Ankunft, und das gleich zweimal. Ich weiß nicht einmal, ob es mir gefallen hat, so schnell geschah alles, aber meine Rechnung ging auf, er war der Amerikaner, der american hero, und wo immer er auftauchte, war ich mit ihm und hatte die älteren Rechte. Er scherte sich zwar keinen Deut darum und war hinter jedem Weiberrock her, aber offiziell galt ich als seine Favoritin. Natürlich hat er Ute auch gehabt, sie konnte die Niederlage ja nicht auf sich sitzenlassen – und außerdem sah er wirklich unverschämt gut aus und lachte gern sein Jungenlä-

cheln, das manche Idioten für unschuldig hielten. Als ich später Fotos von Marylin Monroe sah, wußte ich, daß der gute Jack da ein altes Stück wiederaufführte, das Vorbild für Marylin hieß Ute, und sie schwamm mit Jack in Sekirn um die Wette. Ute siegte immer, und das nicht, weil Jack ritterlich zurückstand. Er war kein großer Sportler, aber er war mit allen Wassern gewaschen und wußte genau, was er wollte. Mich vor dem Frühstück und vorm Schlafengehn, und Ute zum Dinner.

Er suchte die Nähe der Mohrenschildts und der Bokkelmanns, weil er gehört hatte, daß der alte Bockelmann Bankier in St. Petersburg gewesen war und vor den Bolschewiken flüchten mußte, er wollte Informationen aus erster Hand über die Roten haben. So pendelten wir zwischen Ottmanach, wo die Bockelmanns ihr Schloß hatten, und dem benachbarten Schloß Freudenberg der Mohrenschildts, wo sich die SS-Größen Globocnik, Rainer, Lerch und all die anderen einfanden, anständige Herren allesamt. Was man von den Bockelmanns nicht behaupten konnte. Der Sohn der Bankiers war zwar in der Partei, ließ sich in den letzten Kriegstagen aber zu fahnenflüchtigem Verhalten herbei – er verbrachte seine Familie nach Schleswig-Holstein, in die Nähe der Engländer, und wurde dafür ein paar Wochen in Klagenfurt eingesperrt. Nach dem Krieg gab er sich dann als Gegner des Regimes aus und kam ungeschoren davon. Welch Geistes Kind dieser Bockelmann war, kann man auch an den „Karrieren" seiner Söhne nachvollziehen, der eine beschäftigt sich mit antideutscher Malerei, der andere saugte die Musik der Negerghettos in sich auf und vergiftete damit das deutsche Volkslied. Nicht genug damit, verunglimpfte er unseren Landeshauptmann und dessen Sicht der Geschichte. Diesbezüglich war Herr Jürgens sowohl Schreibtisch- als auch Wiederholungstäter. Für seinen Judasdienst an der Heimat wurde er vom internationalen Finanzjudentum mit Schallplattenverträgen und Preisen überhäuft. Die Charakterlosigkeit dieser „Künstler" wurde nur von der Liebedienerei der Deutschen und Österreicher übertroffen, die auf dem Boden gekrochen kamen, um ein Bild oder eine Schallplatte zu erwerben. Daß die beiden immer noch unbehelligt unter uns leben, ist ein Zeichen unserer Großzügigkeit und Toleranz. Wenn es allerdings nach mir gegangen wäre, hätte ich es nicht soweit kommen lassen."

„Ich brauche eine Pause", sagte ich. „Das ist starker Tobak."

„Ich auch", sagte der Dozent. „Da ich nicht rauche, muß ich mich übergeben."

Eine Viertelstunde später standen wir auf der Veranda unserer Quartiergeberin, selbstverständlich hinter einer mannshohen Forsythie und für fremde Blicke verborgen. Niemand sagte ein Wort. Mein Ekel war kaum schwächer geworden, aber die Neugier war groß, als wir an den Computer zurückkehrten. Es war gut, daß wir Luft geschnappt hatten, denn schon die nächsten Zeilen hatten es in sich.

Mein lieber Sohn, nun bewahre Ruhe. Es ist schlimm, wenn eine Mutter dies zu ihrem Kind sagen muß, aber wer sich einmal entschlossen hat, der Wahrheit eine Gasse zu schlagen, darf nicht beim ersten Hindernis innehalten.

Ich muß Dir einige Dinge mitteilen, die Dein Bild von Deinem Vater möglicherweise beschädigen werden. Aber zuvor berichte ich von Deinem Großvater.

Großmutter Alice schreibt, daß ihr Mann Kurt während des Krieges im Generalgouvernement war, vom Mai

1942 bis zum Juli 1943, als die „Aktion Reinhardt" in Ostpolen ablief, verbrachte er die meiste Zeit dort, sie kann sich nur an zwei Besuche in der Heimat erinnern.

Die „Aktion" hatte ihren Namen nach Reinhard Heydrich, dem Leiter des Reichssicherheitsdienstes, der im Februar 1942 von bolschewistischen Tschechen ermordet wurde. Ziel der „Aktion Reinhardt" war es, polnische Juden und polnische Intelligenz zu dezimieren, sodaß Lebensraum für deutsche Auswanderer geschaffen werden konnte. Himmler hielt viel von Globocnik, der als Ingenieur bei den Kärntner E-Werken in den zwanziger Jahren Kraftwerke errichtete und technische und organisatorische Erfahrung dabei erwarb. Globocnik war zwar als Gauleiter von Wien nach wenigen Monaten abberufen worden, weil er es mit der Arisierung etwas zu genau genommen und sich allzu offen bereichert hatte. Seine organisatorischen Fähigkeiten standen für Himmler aber außer Zweifel. Also gab er Globocnik mit der Leitung der „Aktion Reinhardt" eine zweite Chance, die dieser auch zu nutzen wußte. Die Mitarbeiter für die Massenvernichtung von rund zwei Millionen Menschen binnen eines Jahres rekrutierte Globocnik unter seinen Kärntner SS- und Gestapokameraden, rund sechzig Kärntner befanden sich während der Aktion in leitender Stellung. Ihnen zur Seite standen rund neunzig Mitarbeiter der „Aktion T 4", der Euthanasie an behinderten, kranken und politisch mißliebigen Menschen. Fahrer von Gaswagen, Gaskammer-Personal, untere Chargen, die sich bei der Arbeit mit den Opfern hervorgetan hatten, wurden für den Aufbau der „Aktion Reinhardt" den leitenden Kärntner SSlern unterstellt. Auch Mohrenschildt, der Vater von Mutters Freundin Ute, war im Stab Globocniks, er hat von allen Verbrechen gewußt und auch daran teilgenommen.

Ebenfalls im Stab von Globocnik arbeitete dein Vater Kurt, er war damals noch sehr jung, „bewährte" sich aber und ging dann mit Globocnik und Rainer nach dem Vormarsch der Russen im Jahr 1943 nach Triest.

Der Dozent wetzte nervös auf seinem Stuhl hin und her. Ich wollte ihn schon bitten, damit aufzuhören. Aber als ich weiterlas, verzichtete ich darauf.

Mein lieber Sohn, ich habe immer gesagt, daß Dein Großvater Kurt zwar bei der SS war, dort aber nur untergeordnete Funktionen bekleidete und bei Kriegsende ums Leben kam. Tatsächlich war es aber so, daß er kein Mitläufer bei der „Aktion Reinhardt" war, sondern Verbindungsoffizier zwischen Globocnik und Eichmann. Dein Großvater stand also im Zentrum von Menschheitsverbrechen.

Er kam auch nicht ums Leben, sondern flüchtete nach dem Krieg nach Ägypten und Syrien, um dort mit anderen deutschen SSlern und Gestapo-Leuten wie Alois Brunner die politische Polizei aufzubauen. Schließlich wurde es ihm auch dort zu heiß, und er nutzte die Verbindungen von Bischof Hudal im Vatikan, um nach Argentinien zu kommen. Er war ja noch ein junger Mann Mitte der Dreißig, und er schaffte es, wieder gemeinsam mit alten Kämpfern, in den Anden ein Schisport- und Trainingszentrum aufzubauen, in dem es ihm sehr gut erging. Die österreichische Schi-Nationalmannschaft war jahrelang bei ihm zu Gast.

Der Dozent zappelte, daß einem angst und bange werden konnte. Ich fürchtete, daß der Sessel zusammenkracht und unsere Wirtin mit einer entsicherten Maschinenpistole im Zimmer steht. Da beruhigte sich der Dozent endlich, sein Oberkörper straffte sich, und er las weiter.

Was ich Dir aber auch erzählen muß – und Du mir kaum glauben wirst –, ist dieses: SS-Obersturmführer Kurt M. hat nicht nur Dich gezeugt, sondern auch mich. Zum Mitschreiben: Dein Vater ist ident mit meinem Vater. Ich bin Kurts Tochter, gezeugt im Sommer 1939 am Wörthersee. Du bist Kurts Sohn, gezeugt 1961 während meiner Reise in die Anden, mit Deinem vermeintlichen Vater Ludwig. Dein Vater ist also gleichzeitig Dein Vater und Dein Großvater, und wir beide sind Mutter und Sohn, und gleichzeitig sind wir auch Geschwister. Ohne es zu wissen, habe ich mit meinem Vater ein Kind gezeugt. Ich habe lange gebraucht, bis ich es glauben und annehmen konnte, immer wieder habe ich die biografischen Angaben auf Zettel geschrieben und hin und her gewälzt, ich habe lange, sehr lange gebraucht, um aus den Angaben meiner Mutter die einzig richtigen Schlüsse zu ziehen. Bevor Du mich für verrückt hältst, laß mich Dir noch einmal sagen, daß ich wirklich nichts davon wußte, daß der Mann, mit dem ich in Bariloche Verkehr hatte, mein Vater ist. Aber jetzt, nach der Lektüre der Briefe meiner Mutter, besteht daran kein Zweifel. Der Mann, der über Ägypten und Syrien nach Argentinien flüchtete, ist derselbe, mit dem ich 1961 zusammen war. Ich hab meinen Vater ja nie kennengelernt, erst hieß es, er sei vermißt, dann wurde aus einem Vermißten ein Gefallener im Kampf gegen Partisanen, aber niemand konnte sagen, wo er denn sein junges Leben für den Führer ausgehaucht hatte.

Der Dozent schüttelte ungläubig den Kopf.

„Was für ein Unsinn! Ich glaube, meine Mutter leidet an Alzheimer."

„Weiterlesen", sagte ich.

Ich weiß, daß ein neuer Vater für Dich keine geringe Überraschung darstellt, mein Sohn, aber Du sollst wis-

sen, wie es wirklich war. Der Mann, den Du bis jetzt für Deinen Vater ansahst, mein Mann Ludwig, war in Italien im Krieg und wurde in einem Gefecht in den Bergen hinter Bologna schwer verwundet, er überlebte nur mit viel Glück. Wir haben nie davon gesprochen, aber Du kannst dich sicher erinnern, daß Ludwig länger im Badezimmer brauchte und immer wieder für ein paar Tage ins Spital mußte, wo wir ihn dann in der Urologischen Abteilung besuchten. Der Unfall hatte Ludwig auch unterhalb des Bauchs schwer getroffen. Sagen wir es in der Medizinersprache: Unterhalb des Nabels herrschten bei Ludwig, Deinem (jetzt muß man wohl sagen: vermeintlichen) Vater, keine regulären Verhältnisse.

Das war so unmittelbar nach dem Krieg, und es wurde später nicht besser. Dennoch haben wir beide gut zusammengelebt, und ich habe, was das Intimleben anlangte, nichts vermißt. Ludwig war ein phantasievoller und aufmerksamer Liebhaber, einen besseren konnte ich mir nicht wünschen. Er war gut im Bett, aber er war nicht zeugungsfähig. Definitiv nicht zeugungsfähig. Wie bin ich aber zu Dir und Deiner Schwester gekommen? Beide Male auf demselben Weg. Durch einen anderen Mann. Ich wollte unbedingt Kinder haben, scheute aber vor einer Adoption zurück. So haben Ludwig und ich uns abgesprochen, daß ein vertrauenswürdiger Mann der Natur auf die Sprünge helfen sollte. Wie Du weißt, war auch Ludwig bei der SS, und da lag es nahe, einen Kameraden mit der heiklen Aufgabe zu betrauen. Die SS hat ihre Leute auf Herz und Nieren untersucht, sie sollten ja den Grundstock für die neue Elite bilden, die dereinst die Weltherrschaft ausüben sollte. Außerdem galt in der SS der Grundsatz, daß es nicht so wichtig ist, mit wem man die Kinder hat. Hauptsache war, daß die reinrassigen Germanen sich in hoher Anzahl vermehr-

ten und den demographischen Angriff der Minderrassigen zurückschlugen.

Ludwig erinnerte sich an einen Jahrgangskollegen an der SS-Junkerschule von Bad Tölz, er hatte ihn später noch ein paarmal getroffen. Die beiden konnten gut miteinander, der eine, Ludwig, ein Oberösterreicher aus dem Eferdinger Becken mit einer Kärntner Tangente mütterlicherseits, der andere ein Oberkärntner mit einer oberösterreichischen Tangente (Salzkammergut) väterlicherseits. Über die ODESSA, die Organisation der ehemaligen SS-Angehörigen, erfuhr Ludwig, wo Kurt steckte, und nahm Kontakt mit ihm in Südamerika auf – ohne ihn aber in seinen Plan einzuweihen. Daß Kurt weit vom Schuß war, war für Ludwig ein wesentlicher Grund, sich auf die Sache einzulassen. Kurt hatte in den Anden viel Geld gemacht, es war nicht zu erwarten, daß er in das vom Krieg verheerte Österreich zurückkehrte – noch dazu, wo er mit einer wohlhabenden Chilenin verheiratet war und Kinder mit ihr hatte.

Wir flogen also über Rom und Madrid nach Buenos Aires und fuhren von dort mit der Eisenbahn und einem Privatwagen weiter in die Anden. Schon am Abend unserer Ankunft gelang es Ludwig, seinen Kriegskameraden bei ein paar Flaschen Rotwein zur Hilfeleistung zu gewinnen. Es sei gar nicht schwierig gewesen, erzählte Ludwig. Ich war damals ja eine überaus attraktive Frau, und es gab viele Männer, die man nicht hätte überreden müssen, mit mir zusammen zu sein. Was die Sache weiter erleichterte, war der Umstand, daß ich sehr wohl Gefallen an Kurt fand und mich in den schlank gewachsenen, höflichen Mann mit den dunklen Haaren und dem Oberlippenbärtchen, das ihn wie einen Spanier aussehen ließ, Hals über Kopf verknallte. Irgendwie schaffte es Ludwig, mich öfter mit Kurt allein zu lassen, und an einem

Abend, an dem Kurt Unpäßlichkeit vorschützte und auf dem Zimmer blieb, geschah es zum ersten Mal – in der Bergstation einer Seilbahn. Nach dem zweiten Mal in Kurts Geländewagen beichtete ich Ludwig unter Tränen meinen Fehltritt. Ich erwartete eine Ohrfeige oder eine schlimme Kränkung, aber er nahm mich nur in die Arme und sagte nichts. Kurt sei für ihn wie ein Bruder, meinte er, er sei nicht eifersüchtig. Und ich Dummchen hab nicht gerochen, daß die beiden mich verschachert hatten. Weißt Du, was seltsam war? In den drei Wochen, die wir in den Anden verbrachten, haben Kurt und ich oft miteinander geschlafen, aber ich schlief damals auch mit Ludwig, und ich konnte von ihm nicht genug kriegen. Natürlich dachte ich daran, daß ich schwanger werden könnte, ich wollte es sogar. Ich liebte den Mann, mit dem ich keine Kinder haben konnte, mit jedem Tag mehr, und ich begehrte den Mann, mit dem ich nicht zusammenleben wollte, weil ich ja Ludwig liebte. Schließlich dachte ich mir: Außergewöhnliche Situationen erfordern außergewöhnliche Maßnahmen, und nahm es, wie es war.

„Typisch Mamà", sagte der Dozent. „Im größten Überschwang bleibt sie pragmatisch."

„Wahrscheinlich ist das die Voraussetzung, um eine Fabrik leiten zu können", sagte ich ganz ohne Ironie.

Der Dozent schaute mich skeptisch an. „Wollen Sie mich mit Unternehmer-Propaganda füttern?"

„Ich will, daß wir weiterlesen."

Nachdem es mit Dir so gut gelaufen war, wagte ich fünf Jahre darauf eine Wiederholung der Aktion, wieder fuhren Ludwig und ich in die Anden, blieben drei Wochen, und wieder kam ich schwanger zurück – mit Deiner Schwester, die ich, nicht ahnend, daß meine Mutter eine derart hochgradige Nazisse war, ihr zuliebe auch noch Alice taufte. Dieses Mal waren aber alle eingeweiht, und wir ersparten uns die Heimlichkeiten. Wiederum war erstaunlich, daß die beiden Männer sich nicht verkrachten. Offensichtlich war das Kameradschaftsgetue der SS-Männer nicht nur ein leeres Ritual. Die beiden sahen einander noch zweimal am Ulrichsberg beim Treffen der SS-Veteranen, ich habe ein Zusammentreffen mit Kurt aber vermieden. Die Treffen der Ehemaligen waren für die beiden von großer Bedeutung. Es war Balsam auf ihre Wunden, daß es in Europa noch einen Platz gab, an dem die Elite des Dritten Reiches sich ungezwungen bewegen konnte und mit allerlei Ehrenbezeigungen vom Landeshauptmann abwärts bis zu Verteidigungsministern, dem hohen Klerus und den Traditionsverbänden hofiert wurde. Kärnten war für sie, als hätten sie den Krieg gewonnen. Eine lebende Enklave ihrer Jugend.

Einmal tauchte auch die Jugendfreundin meiner Mutter, Ute, bei diesen Veranstaltungen auf, sie hatte ein schwieriges Leben hinter sich. Sie wollte 1940 auf keinen Fall ein Kind des Amerikaners bekommen. Ramsauer vermittelte sie zu einem befreundeten Gynäkologen, der prompt die Abtreibung verpfuschte. Ute überlebte, laborierte aber zeitlebens an Unterleibsbeschwerden, sie war damals erst dreiundzwanzig Jahre alt. Daß sie auch unfruchtbar geworden war, kam noch dazu. Man kann sagen, daß nach dem Kennedy-Sommer Utes Leben zerstört war. Sie hat sich körperlich nie wieder erholt, und die Niederlage Nazideutschlands versetzte ihr einen weiteren Schlag. In den sechziger Jahren war sie längere Zeit bei Freunden in Deutsch-Südwest-Afrika, wie sie zu sagen pflegte. Und sie unternahm ausgedehnte Kreuzfahrten, ganze Weltreisen. Geld war ja genug da, davon hatten die Nazi genügend zur Seite geschafft.

Immer schon hatte sie viel getrunken, aber irgendwann war es so weit, daß sie nicht mehr außer Haus ging, sich in ihrer arisierten Seevilla in Krumpendorf verschanzte und zu Tode soff. Ich habe die Treffen der Veteranen, wie gesagt, nicht besucht, weil mir die braune Gesellschaft nicht lag. Ich war zwar keine prononcierte Antifaschistin, wie Du sagen würdest, aber eine gewisse Reserviertheit war schon in mir. Wurden Judenwitze gerissen, hab ich nie mitgelacht.

Außerdem hatte ich mich ja in meinem Leben gut eingerichtet. Die Fabrik florierte, Ludwig genoß seine Stellung im Ministerium, Deine Schwester und Du, ihr wart entzückende Kinder, was will eine Frau mehr? Kurt wiederzusehen hätte mich möglicherweise aus der Bahn geworfen. Ludwig reagierte angesichts meines Fernbleibens mit Verständnis und ein klein wenig Freude, zeigte es ihm doch, daß ich das Leben mit ihm schätzte.

Als Ludwig ein paar Jahre später bei dem gräßlichen Autounfall auf den Strengbergen starb, war meine Trauer groß. Du wirst Dich erinnern, daß ich ein Jahr lang Trauerkleidung trug und es vieler Diskussionen mit Freundinnen bedurfte, bis ich mich wieder ohne Schwarz in der Öffentlichkeit zeigte. Daß Ludwig seit Jahren ein Verhältnis mit einer jungen Abteilungsleiterin der Wirtschaftskammer hatte, habe ich erst in der Trauerzeit erfahren, und zu meiner Überraschung hat mich das nicht getroffen, sondern auf eine fast liebevolle Art amüsiert. Er hat sich nur das genommen, was er einst mir zugestanden hatte, dachte ich. Zu Hause war er der beste Ehemann, ausgeglichen und aufmerksam und keineswegs liebesmüde. Daß sich kurz nach seinem Tod herausstellte, daß er einer der führenden Köpfe des Bauskandals um die Strengberge gewesen war, was in der Folge zu Ministerrücktritten und Anklagen führte, störte mich da schon mehr.

Der Dozent lächelte, in seiner Miene las ich Wehmut und verhaltene Freude über vergangene Zeiten. Wenn er seinen Vater geliebt hat, und alles spricht dafür, und wenn diese Liebe stark war und ist, werden ihn diese Enthüllungen nicht aus der Bahn werfen, dachte ich. Auf der ganzen Welt sind Baufirmen und genehmigende Beamte korrupt, das gehört zum Pflichtenheft und ist Ausdruck sozialer Intelligenz.

Was die Sohnesliebe des Dozenten betraf, lag ich richtig. Nicht im Traum hätte ich mir allerdings vorstellen können, was in dem Brief noch folgen sollte.

Unsere Wirtin klopfte an der Tür. Sie lud uns zum Abendessen und ermahnte uns, kein Licht brennen zu lassen.

10. Kapitel

Die Geschichte von Ivo und Dana

Das Abendessen war von großer Art. Auch der Dozent war angetan; in seiner Dekadenz nannte er die Mahlzeit „frugal“. Hauswürste, dunkles Hausbrot, Paradeiser und Gurken und dazu vorzügliches „Laško Pivo“ aus Slowenien. Zum Dessert wurden Apfelstrudel und selbstgebrannter Sliwowitz gereicht. Der Schnaps brannte höllisch, aber er reinigte die schmutzige Seele des Dozenten, der mit der Vergangenheit seines „neuen“ Vaters haderte und meinte, sein Leben neu durchdenken zu müssen. Beim Durchdenken eines Lebens wünsche ich Glück, erwiderte ich. Vom Durchdenken zum Durchtauchen sei es nicht weit.

Der Dozent protestierte und haderte daraufhin mit seiner Mutter. Nie habe sie sich ihm gegenüber geöffnet, und nun konfrontiere sie ihn mit Informationen, die das Fundament seiner Existenz erschütterten. Es wäre besser gewesen, seine Mutter hätte die Briefe ihrer Mutter ungelesen verbrannt.

Schließlich haderte der Dozent mit Österreich und seiner Geschichte. Wie komme ein Nachgeborener dazu, sich mit der Schuld der Väter auseinandersetzen zu müssen! Er habe sich seine Eltern und deren Vergangenheit nicht ausgesucht, was solle er mit den neuen Einsichten anfangen und so weiter.

Unsere Wirtin warf mir einen wissenden Blick zu, als wolle sie sagen: So sind sie, die Nachgeborenen der

Nazi. Sie jammern und flennen, sie wollen ihren Reichtum ohne schlechtes Gewissen genießen.

Ich wollte den Dozenten schon aufs Zimmer schleppen, da lehnte sich unsere Wirtin zurück, sah den Dozenten lang und gar nicht feindselig an und fragte: „Darf ich Ihnen eine Geschichte erzählen? Eine kleine Geschichte, wie sie hier viele erlebt haben."

Der Dozent schlug den Blick verschämt nieder.

„Bitte, erzählen Sie!" sagte ich.

„Es ist die Geschichte von zwei Geschwistern, Ivo und Dana", sagte die Wirtin und goß sich ein Glas Sliwowitz ein.

„Wir schreiben das Jahr 1941, Anfang September, die Schule hat noch nicht begonnen. In den Karawanken ist schon der erste Schnee gefallen. Weidetiere finden nur mehr mühsam Nahrung. Der achtjährige Ivo und seine zehnjährige Schwester Dana werden in einem slowenischen Dorf mit ein paar Schafen und drei Kühen von ihren Eltern in den Wald geschickt, sie sollen nach Grünfutter suchen. Mittags würden die Eltern wie immer die Stallglocke läuten, dann sollten die Kinder mit den Tieren nach Hause kommen. Mittag ging vorüber, es wurde nicht geläutet. Noch eine Stunde verging, noch immer blieb es still. Die Sonne hatte den Zenit längst überschritten, als die Kinder den Wald verließen und mit den Tieren zurückkehrten. Niemand war zu sehen, der Hof war menschenleer. Aber in der Stube machte sich ein ekelhafter Gestank breit. Es rauchte aus einem Topf auf dem Herd. Milch war angebrannt.

Der Topf wurde zur Seite gestellt und mit Wasser gelöscht, aber die Angst der Kinder um ihre Eltern war nicht zu löschen. Die Eltern blieben verschwunden. Als es dunkel war, kamen Nachbarn und berichteten von einem Trupp deutscher Soldaten, der die Eltern abgeführt und mit einem Lastwagen, auf dem schon andere Gefangene saßen, weggebracht hatte. Man warf ihnen vor, sie hätten aus der Krankenkammer geflüchtete Insassen des KZ Loibl mit Lebensmitteln versorgt. Der SS-Arzt Ramsauer ließ daraufhin in den umliegenden Dörfern eine Razzia durchführen.

Den restlichen Krieg über blieben die Kinder auf dem Hof, bestellten die Felder und betreuten das Vieh. Die Schulbehörden kümmerten sich nicht um sie. Waren ja nur slowenische Untermenschen, was brauchen die eine Schule.“

Unsere Wirtin zupfte an ihrer Schürze und fuhr fort.

„Irgendwie erfuhren die beiden Kinder, daß die Mutter im KZ Ravensbrück gefangen war. Sie baten die Nachbarn, auf das Vieh zu schauen, und machten sich per Eisenbahn auf, der Mutter ein mühsam zusammengesammeltes Lebensmittelpaket zu bringen. Sie schafften es auch bis Ravensbrück, in der Nacht marschierten sie mit dem Paket bis vor das Lager und übernachteten am Bahndamm im Freien. Am nächsten Morgen übergaben sie das Paket einem verdutzten SS-Meldefahrer, der mit seiner Maschine zum Kommandohaus unterwegs war, und fuhren wieder zurück. Die Nachbarn halfen, so gut es ging, aber auch bei ihnen fehlten nicht wenige Männer und Frauen. Die beiden Kinder sahen ihre Eltern nicht wieder. Der Vater starb in Majdanek, die Mutter in Bergen-Belsen.

Nach dem Krieg bekamen Ivo und Dana keinerlei Unterstützung oder Entschädigung. Sie holten ein wenig Schule nach und arbeiteten, Ivo als Bauarbeiter und Dana als Köchin in einem Gasthaus am Wörthersee. Nach Klagenfurt fuhren sie nie, denn nach Klagenfurt, soviel hatten sie erfahren, hatte man ihre Eltern in ein Sammellager gebracht, bevor sie in die Konzentrationslager aufgeteilt wurden. Klagenfurt war für die Jugendlichen die Stadt des Sammellagers, auch später, als sie erwachsen waren, fuhren sie nie dorthin. Sie hatten keinen Schwur getan, es war nur so, daß zwischen den beiden ein stilles Einverständnis herrschte, das lautete: Was ein Mensch ist, der geht nicht nach Klagenfurt. Wenn man schon in eine Stadt muß, dann höchstens nach Villach.

Dana heiratete später einen Volksschullehrer in Ledenitzen, aber der Mann war trunksüchtig und schlug sie vor den Augen der Kinder. Das ging so einige Zeit. Die Schläge wurden härter, im Dorf tuschelten die Leute über ihr malträtiertes Gesicht. Sie konnte sich ihre Zukunft ausrechnen. Eines Tages würde sie die Schläge nicht überleben, und dann wären ihm die Kinder schutzlos ausgesetzt. Als er es einmal besonders arg trieb und in der Küche seinen Rausch ausschlief, löste sie das Problem mit einem Vorschlaghammer. Sie ließ ihren Mann mit zerschmettertem Schädel in der Küche sitzen, schnappte die beiden Mädchen und verschwand. Wir haben nie wieder etwas von ihr gehört. Vor Jahren hat ein Nachbar erzählt, er habe in der Therme Dobrna in der Nähe von Celje eine Pflegerin gesehen, die Dana zum Verwechseln ähnlich sah, er wette Stein und Bein, daß er Dana gesehen habe. Da seit ihrer Flucht dreißig Jahre vergangen waren, glaubte ihm niemand. Wie kann jemand nach dreißig Jahren unverändert aussehen? Aber slowenische Frauen können das, glauben Sie mir.“

Wieder zupfte die Wirtin an ihrer Schürze herum. Der Dozent goß sich Sliwowitz nach. Die Wirtin fuhr fort.

„Und so sagten die Leute im Dorf zu dem Mann, der angab, Dana gesehen zu haben, wenn er nicht den Mund halte, werde man ihn in der Drau ertränken.

Ivo war allein. Ob er Kontakt mit Dana hatte, weiß keiner, und er hütete sich, über seine Schwester zu sprechen. Als Straßenarbeiter hatte er ein kleines, aber sicheres Auskommen. Den elterlichen Hof hielt er in Schuß. Und immer stand ein Topf mit frischer Milch auf dem Herd."

Der Dozent rutschte auf dem Stuhl hin und her. Unsere Wirtin goß ihm Schnaps nach. Der Dozent trank und beruhigte sich. Die Wirtin fuhr fort:

„Der kleine Hof der Geschwister lag neben der Drau. Als Kinder tollten wir auf den Schotterbänken und Inselchen umher. Dann, in den sechziger und siebziger Jahren, wurden die Draukraftwerke errichtet, und aus dem Fluß wurde ein breiter Kanal. Kurz vor Baubeginn meldete sich ein Diplomingenieur der Kärntner Elektrizitätswerke bei Ivo und teilte ihm mit, daß sein Hof durch den Aufstau überschwemmt werden würde, er solle verkaufen, die E-Werke würden ein gutes Angebot legen. Ivo hatte Angst vor Behörden, der Mann trat sehr autoritär auf, und außerdem stammte er aus Klagenfurt. Ivo befürchtete, wie seine Eltern verschleppt zu werden. Es waren die Jahre des Ortstafelsturms, als die Abwehr- und Heimatverbände gegen alles Slowenische mobil machten. Selbst der Bundeskanzler Kreisky mußte ja vor den Braunen aus der Klagenfurter Arbeiterkammer durch einen Lieferanteneingang flüchten, sonst hätten die Kärntner Nazi ihn gelyncht. Und die tapferen Polizisten standen tatenlos daneben und schauten zu. Was sollte Ivo tun? Er unterschrieb. Der Herr von den E-Werken bekam Ivos Hof für ein paar Monatsgehälter des Straßenarbeiters. Ivo zog hier herauf, zu uns auf den Berg. Natürlich wurde sein Hof nicht überflutet, der Herr Diplomingenieur sagte, die Pläne seien geändert worden. Und so baute der Herr Diplomingenieur Ivos und Danas Haus zu einer Villa an der aufgestauten Drau um. Nicht genug damit, Ivo geht heute noch hinunter und erledigt Handwerkerarbeiten in seinem ehemaligen Haus. So kann ich es doch hin und wieder sehen, sagt er.

Jetzt ist Ivo achtundsiebzig Jahre alt, der Rücken tut ihm von der jahrzehntelangen Plackerei weh. Voriges Jahr traute er sich zum ersten Mal in seinem Leben zu einem Arzt, einer Doktorin im Nachbardorf, die eine neue Ordination aufgemacht hat, eine gute Frau. Man darf in der Ordination slowenisch reden. Bei ihrem Vorgänger wurde man hinausgeworfen, wenn man ein slowenisches Wort von sich gab."

Die Wirtin leerte ihr Glas.

„Wo ist Ivo jetzt?" fragte der Dozent.

„Er arbeitet bei den GTI-Leuten, als Hilfskraft", sagte die Frau. „Er hilft beim Aufbau der Bühnen."

„Ich meine, wo wohnt er jetzt?"

Ich schaute den Dozenten scharf an. Der Mann hatte nicht die Spur von Respekt.

„Er wohnt in der Nähe", antwortete die Wirtin.

„Ich glaube, wir gehen jetzt schlafen", sagte ich. „Wir danken für die Geschichte."

„Ja, vielen Dank", sagte auch der Dozent. „Vielen Dank."

„Lahko noč", sagte die Wirtin.

Der Dozent und ich gingen schweigend zu Bett. Den Brief seiner Mutter würden wir morgen fertig lesen. Als ich das gleichmäßige Atmen des Dozenten hörte, stand ich noch einmal auf, öffnete die Tür zur Toilette und schloß sie, nachdem ich drinnen Licht gemacht hatte. Dann rollte ich in die Küche. Joseph half mit, Gestänge und Reifen gaben keinen Laut von sich. In der Küche war das Mondlicht hell genug, daß ich den Herd auf Anhieb sah. Auf einer Platte stand ein Topf. Ich steckte den Finger hinein und spürte eine Flüssigkeit. Ich schleckte den Finger ab. Frische Milch.

11. Kapitel

Ein Anruf aus Hermagor oder Königskinder sind eine einsame Spezies

Lange noch lag ich wach und dachte über die Verstrikkungen der Menschen in die Historie nach. In den wenigen Stunden, die ich in Kärnten zugebracht hatte, war mir eines klar geworden. In diesem Landstrich vor den Karawanken liegt die Geschichte wie ein Schatten auf den Lebenden; was vor sechzig, siebzig Jahren geschah, setzte sich in der Zweiten Republik bis zur Gegenwart fort. Dieses Land ist ein Land des gefrorenen Alptraums, ein Land der Sieger und der Getretenen, und wo immer man mit dem Fuß im Boden kratzt, muß man Angst vor dem haben, was da erscheint. Es war, als spielte das Land mir eine schreckliche Komödie vor, in der die Menschen zwischen schmucken Häusern, herausgeputzten Schlössern und türkisgrünen Alpenseen ihre zugewiesenen Plätze einnehmen, manchmal zur Rampe vortreten und in schwerem Dialekt und mit vor Aufregung schlotternden Knien die sprachlichen Geröllbrocken in das schwarze Loch des Zuschauerraums kippen. Die Karawanken sind hoch und unnahbar, und nichts und niemand ist vergessen und niemand hat vergessen. Es ist, als ob das Land vergessen hat, wie man vergißt. Das Vergessen nämlich, sagt Schebesta, muß man organisieren, es kommt nicht von selbst, man muß beharrlich am Vergessen arbeiten, um Platz fürs Leben zu schaffen. Und jene, die sagen, sie stünden über den Dingen, sorgen erst recht dafür, daß das Alte nicht sterben kann und jeder neue Tag mit Haß und Häme vergiftet wird. Sie setzen die alte Politik der Aussonderung und der Unterdrückung mit den Waffen der Medien fort und schaffen es nicht einmal zu verhindern, daß die paar neuen Ortstafeln, die man der „Volksgruppe" in einer beschämenden Farce zugestand, nicht andauernd mit SS-Runen beschmiert werden.

Es sind jene, die tagein, tagaus hinaustrompeten, daß sie und nur sie Garanten der Aussöhnung seien. Sie nehmen die Opfer in den Würgegriff und brüllen ihnen „Versöhnung!" ins Gesicht. In Kärnten zwingen die Kinder der Täter die Kinder der Opfer zur Aussöhnung in den Staub.

Der Dozent wälzte sich von einer Seite auf die andere. Sein Unterbewußtsein arbeitete an den neuen Erkenntnissen über die Familie. Irgendwann muß ich dann doch eingenickt sein, denn als mein Mobiltelefon läutete, glaubte ich zuerst an einen Traum und brauchte lange, bis ich die Suche nach dem Handy im Rollstuhlnetz aufnahm. Nur drei Menschen wußten, daß ich mir für die Expedition nach Kärnten ein Handy zugelegt hatte, falls ich in unwegsamem Gelände festsitzen sollte oder einen dringenden Rat von den Mitgliedern des „Ausschusses zur Lösung sämtlicher Welträtsel" brauchte, der beim Binder-Heurigen in Wien-Floridsdorf tagt. Ansonsten lehne ich die Verwendung eines eigenen Handys strikt ab, man kann damit allzu leicht geortet werden.

Es war nicht erforderlich, die Nachttischlampe zur Seite zu drehen, die 25-Watt-Birne und der schwärzliche Überzug erlaubten ohnehin nur die Lichtstärke einer Geisterbahn. Das Telefon war längst verstummt, als ich es endlich in der Hand hielt. Der Dozent hatte sich auf einen Ellbogen gestützt und schaute mich entsetzt an. Ich wählte die Nummer des Anrufers.

„Groll! Bist du's?"

„Nein. Wer sind Sie, und woher haben Sie meine ..."

„Groll, du Trottel! Bist du betrunken?"

„Bella!"

Eugen hatte meine Nummer, er mußte sie an Bella weitergegeben haben. Eugen feierte heute seinen Polterabend auf der Mittelstation einer Bergbahn. Ich würde morgen nachmittag aufs Standesamt nach Hermagor kommen und den Trauzeugen für Bella machen, Eugen hatte seinen Bruder vorgesehen.

„Bist du bei Eugen?"

„Groll!" Sie schluchzte. Bella war eine starke Frau; wenn sie so aufgelöst war, mußte etwas Schreckliches passiert sein. Ich vermeinte, in ihrem Schluchzen auch eine große Portion Zorn wahrzunehmen.

„Bella, so sag doch. Habt ihr euch zerstritten? Läßt er die Hochzeit platzen? Will er dich nicht mehr heiraten – oder du ihn? Hat er eine andere, so red doch!"

„Na! Na! Es is' ..." Wieder schluchzte sie los, und ich mußte warten, bis sie sich ein klein wenig beruhigt hatte.

„Es is' alles vui schlimmer. Vui, vui schlimmer. Und ich hab so einen Zorn, ich könnt zerplatzen vor Zorn. Ich Urschel, ich antritschte, ich hätt' mir das nie g'falln lassen dürfen, daß er allein geht. Ich hätt' mit dabei sein müssen ... Ich hab ihn im Stich gelassen! Verstehst du, Groll! Ich, die Isabella Tschaundlinger, hab meinen Bräutigam im Stich lassen, wo er mich am dringendsten gebraucht hätt'. Da hat man endlich einen, der wo einen heiraten tät', und dann passt man nicht auf ihn auf. Ich Rindvieh, ich rollerts Rindvieh!"

Ich fühlte es kalt von den Beinen aufsteigen. Eine schreckliche Ahnung begann sich in mir auszubreiten.

„Bella, was ist mit Eugen? Hat er eine Schlägerei gehabt am Polterabend, ist er verletzt?“ Meine Stimme war plötzlich heiser.

„Wenns nur so wär, Groll!“ rief sie. „Nix is’ er verletzt, gar nix verletzt! Hin is’ er, der Eugen! Tot is’ er, mein Bräutigam! Und ich bin eine Witfrau, ohne g’heiratet zu haben. Das kann auch nur mir passieren!“ Wieder wurde sie von einem Weinkrampf geschüttelt.

Ich ließ das Handy sinken und atmete tief durch.

„Schlimme Nachrichten?“ fragte der Dozent erschrocken.

Ich schluckte und nickte, und dann schluckte ich noch einmal und hob das Handy wieder ans Ohr. Ich bemühte mich, ruhig zu sein, dennoch zitterte meine Stimme.

„So, Bella. Jetzt sagst du mir, was geschehen ist. Der Eugen is’ auf die Mittelstation zum Polterabend gefahren. Nicht mit dem Quad, sondern mit der Gondel. Richtig?“

„Ja“, sagte Bella. „Und dann haben s’ dort g’feiert und g’soffn, wie sich’s g’hört, und der Eugen is’ eh schon früher gegangen, weil er ja zu mir ... er wollt ja noch vögeln mit mir ...“ Sie verstummte.

„Und dann? Was ist passiert? Bella, laß dir nicht jedes Wort aus der Nase ziehen! Red jetzt, oder ich leg auf.“ Sie zog hörbar Luft ein und sagte dann, sehr klar: „Er is’ nie an der Talstation ankommen. Das heißt, ankommen is’ er schon. Mit einer Pistenraupen, weil die Gondel, in der er losgefahren is’, die Gondel war leer, als sie in der Talstation ankommen is’. Die Gondel war leer, und die Tür war offen. Dann haben s’ die Pistenraupen raufgeschickt und haben ihn nicht gefunden. Erst beim Runterfahren haben s’ ihn gesehen, er is’ aus der Gondel gestürzt und muß noch gelebt haben, weil er is' noch ein ganzes Stück Richtung Piste gerobbt, bis er ..."

„Bis er was?"

„Bis er hin war. Bis ihm die Kraft ausgangen is. Bis er die Verletzungen vom Sturz ... Was weiß denn ich. Und überfahren haben s' ihn auch."

„Wo bist du jetzt, Bella?"

„In der Talstation, beim Eugen. Bei mein' Bräutigam. Bei meiner Leich. Himmelsakrament! Scheißhimmelsakrament!" schrie sie. „Und gleich holen s' ihn ab und bringen ihn nach Villach ins Leichenschauhaus, oder was weiß ich, wo man die hinigen Bräutigame bei euch hinschafft." Sie wimmerte.

„Bella, du machst jetzt folgendes", sagte ich streng und fügte hinzu: „Du bleibst jetzt beim Eugen ..."

„Eh nicht! Nie wieder geh ich von mein' Eugen fort. Das brauchst mir nicht sagen. Groll, du Trottel, du damischer."

Sie war wieder ansprechbar, gut. „Ruhe!" sagte ich scharf. „Du bleibst bei Eugen und lasst niemanden zu ihm. Sag, du mußt dich von ihm verabschieden, du brauchst eine Stunde zum Verabschieden. Die müssen s' dir geben."

„Mach ich", sagte Bella. Und dann fügte sie kleinlaut hinzu. „Und was machst du?"

„Ich bin in einer Stunde bei dir", sagte ich und drückte den Trennknopf. Ich begann mich anzukleiden.

„Was ist passiert?" wollte der Dozent wissen.

„Eine Katastrophe. Ich muß weg."

„Ich komme mit."

„Kommt nicht in Frage, Sie bleiben hier und recherchieren weiter."

„Das hat Zeit. Ob Sie wollen oder nicht, ich komme mit." Er sprang aus dem Bett und war natürlich rascher angekleidet als ich.

Es dauerte, bis wir über kleine Straßen bei Velden auf die Autobahn kamen. Dort holte ich aus dem Motor des alten Renault heraus, was möglich war. Warum war der Notarzt nicht bei Eugen? Warum war er nicht längst im Krankenhaus? Irgend etwas stimmte da nicht. War Bella durch den Schock unzurechnungsfähig? Ich hatte sie als gut organisiert in Erinnerung, neben ihrer resoluten Bayernliebe war es doch gerade das, worum ich Eugen beneidete. Eine liebevolle und umsichtige Frau, die dafür sorgte, daß der chaotische Bub nicht aus der Kurve flog. Ein Münchner Kind vom Grund, das schon viel erlebt hatte und nicht so leicht zu erschüttern war. Nein, ich konnte mir nicht vorstellen, daß Bella Tschau bei großer nervlicher Anspannung dekompensiert.

An der Einmündung der Tauernautobahn in die Südautobahn am Villacher Kreuz gab es einen Stau, ein großer BMW war in einen Lastzug gedonnert, der halbe Wagen steckte unter dem Anhänger. Die Feuerwehr war dabei, die Insassen des BMW mit Schneidbrennern zu bergen.

„Wo wir hinkommen, gibts Ärger mit den bayrischen Schlachtschiffen", sagte der Dozent. Ich nahm mir vor, das Problem dem Ständigen Ausschuß vorzutragen. Da stand eine Generallösung an. Mit gekochten Erdäpfeln kam man da nicht mehr durch.

Nach dem Rasthaus Dreiländerecke tauchte endlich die Abzweigung ins Gailtal auf. Eine scharfe Rechtskurve, und schon ging es entlang des Flusses durch einen Nadelwald. Es herrschte kaum Verkehr, der Mond gab ein fahles Licht, und ich betätigte mich als Rallyefahrer.

„Gott sei Dank haben Sie keinen BMW", sagte der Dozent und klammerte sich an Handbremse und Seitengriff.

„Sie haben mir nichts davon gesagt, daß Sie zu einer Hochzeit ...“, meldete er sich nach ein paar Kilometern wieder.

„Ich wär heut mittag zur Hochzeit gefahren, am Abend wär ich längst wieder bei Ihnen gewesen.“

„Davon haben Sie mir aber nichts gesagt.“

Wir passierten eine Brücke, an deren Ende driftete ich durch eine langgezogene Kurve. Die Hinterräder rumpelten über ein Stück Gras. „Es hätte Sie nur beunruhigt. Außerdem bin ich davon ausgegangen, daß Sie sich ohnehin wieder ins erotische Getümmel werfen.“ Der Dozent hatte sich so fest am Türgriff festgehalten, daß dieser aus der Verankerung rutschte.

„Danke, daß Sie sich so fürsorglich um meine Psyche kümmern“, sagte der Dozent und warf den Griff auf den Boden.

„Nicht wegwerfen“, sagte ich. „Den kann man wieder anschrauben.“

Der Dozent hob den Griff auf und legte ihn zwischen seine Oberschenkel. Nach der Ortschaft Nötsch begehrte er noch einmal auf.

„Es wäre ein Vertrauensbeweis gewesen“, sagte er trotzig.

„Richtig“, erwiderte ich.

Dann schwiegen wir. Nach einer halben Stunde kam die Ortstafel von Hermagor in Sicht.

„Der Eugen und die Frau sind da drin“, antwortete der Mann an der Talstation des Lifts auf meine Frage und deutete auf die Tür hinter ihm. „Wer sind Sie?“

„Der Trauzeuge des Bräutigams. Das da ist mein Freund, ein Oberst bei der Kriminalpolizei in Wien.“ Der Dozent zeigte gelangweilt eine Dienstmarke vor und steckte sie wieder ein. Ich hatte ihn die Gedächtnisplakette des Pfingstturniers auf dem Wien-Nord-Platz im Jahr zweitausendfünf aus meinem Rollstuhlnetz fischen lassen. Wenzel Schebesta ist ein weitblickender Mann.

Der Liftwart klappte die Zeitung zusammen und sprang auf.

„Weitermachen“, sagte der Dozent.

Der Mann ließ sich auf den Sessel fallen und warf dem Dozenten einen hündischen Blick zu.

„Wir werden uns jetzt da drin ein wenig umschauen“, sagte ich. „Bereiten Sie einstweilen die Prüfberichte der letzten Jahre vor.“

„Aber ich bin nur ... Im Büro kenn ich mich ...“

„Sie werden sich schon zurechtfinden“, sagte ich freundlich. „Wie komme ich zur Gondel?“

Der Mann deutete auf eine Tür.

„Dort hinaus. Aber die Gondel ist in Ordnung“, sagte der Mann weinerlich.

„Ist sie offen?“

Er nickte.

Ich holte den Dozenten zu mir und flüsterte ihm zu, er solle den Mann weiter einschüchtern und verhindern, daß er Hilfe herbeiholt. Der Dozent, der dem Mann strenge Blicke zuwarf, nickte.

Ich machte mich auf in die Gondelhalle. Eine gelb gestrichene Vier-Mann-Gondel stand abfahrbereit. Der Eingang war barrierefrei. Seltsames Land, dachte ich. Hotels und Restaurants haben Stufen, die Seilbahnen sind behindertentauglich – beim WC-Zeichen an der Wand befand sich auch das Piktogramm einer Rollstuhl-Toilette. Und dann dachte ich daran, daß Eugen sonst nicht auf der Mittelstation gefeiert hätte, er war da ähnlich konsequent wie ich, über Stufen lassen wir uns nur in Notfällen schleppen. In diesem Fall war die

Barrierefreiheit Eugen aber zum Verhängnis geworden. Unsereins kann man es nicht recht machen.

Ich inspizierte den Innenraum der Gondel und fand ein paar Kratzer an der Scheibe, den Teller eines abgebrochenen Schistocks und den Bremshebel eines Rollstuhls. Da mußte jemand kräftig dagegengetreten haben, die Bremsen halten einiges aus. Hatte jemand versucht, mit einem Fußtritt Eugen samt Rollstuhl aus der Kabine zu befördern? Und was war mit dem Teller des Schistocks? Als ich mich bückte, sah ich vor der Tür Reifenspuren von Eugens Rollstuhl und zwei deutliche erdfarbene Abdrücke von Schuhen oder Stiefeln. Daraufhin untersuchte ich den Boden noch genauer und fand, daß hastig aufgewischt worden war, Eugens Rollstuhlspuren fehlten in der halben Kabine, und in einer Ecke fand sich ein Abdruck des Stiefels, der zur Hälfte verwischt war und in Schlieren überging.

Ich kehrte zum Gondelwart zurück.

„Wo sind die andern? Die mit Eugen gefeiert haben?"

„Die sind noch oben, sie übernachten im Hotel neben der Station. Und jetzt werden sie wohl schon rauschig sein."

„Kennen Sie Eugen?"

Der Mann schaute mich verständnislos an.

„Den Eugen? Wer kennt den nicht, den Verrückten! Wenn einer mit hundert durch die Fußgängerzone rast und sich auf seine Behinderung ausredet, dann kennt man den."

Es war seltsam. Ich stand irgendwo in den Bergen in der Talstation einer Seilbahn, im Nebenraum lag die Leiche eines Freundes, und vor mir saß ein Liftwart, der den Anschein erweckte, als würde er täglich Leichen bergen. Er war so unbeeindruckt, daß man hätte schreien können. Der Dozent mußte meine Gedanken erraten haben.

„Warum kommt kein Rettungshubschrauber?“ fragte er.

„In der Nacht fliegen die nicht“, erwiderte der Liftwart. „Die fliegen nur bis zum Einbruch der Dunkelheit, in klaren Nächten fliegen sie Überstellungsflüge von Villach nach Klagenfurt und halten sich an die Lichter der Autobahn.“

„Und warum ist die Polizei nicht da?“ fragte der Dozent weiter. „Sobald die Meldung an die Rettung rausgeht, wird doch auch die Polizei informiert.“

„Die war schon da.“

Der Dozent sah mich verblüfft an.

„Und was haben die Kollegen veranlaßt?“ fragte ich betont gleichgültig.

Der Liftwart schaute verständnislos.

„Was sie gemacht haben“, erläuterte der Dozent.

„Ach so. Also, direkt gemacht haben die nix. Die haben den Eugen angeschaut, dann sind sie in den Ort, weil sie den Doktor holen wollten. Wegen des Totenscheins.“

„Und? So reden Sie doch!“ Der Dozent spielte seine Rolle recht glaubwürdig.

„Sie werden ihn nicht finden. Der Doktor is’ ja auf der Mittelstation und feiert mit.“

„Das hätten Sie den Kollegen aber schon früher sagen können.“

„Ja, schon.“

Und wieso haben Sie’s nicht gesagt?“ Der Dozent war jetzt besonders freundlich.

„Weil ich’s vergessen hab. Ich bin erst draufgekommen, als die schon weg waren.“

„Sie hätten die Kollegen anrufen können.“

„Ja, schon.“

„Aber ...?“

„Was hätt’s denn genutzt? Den Eugen weckt sowieso keiner mehr auf. Und so hat seine Verlobte wenigstens Zeit, sich von ihm zu verabschieden.“

Der Liftwart wollte aufstehen, um ins Büro zu gehen. Diese Antwort hätte ich ihm nicht zugetraut. Und ich ermahnte mich, die Menschen hier nicht zu unterschätzen. Sie wirkten zwar schwerfällig und stumpf, aber hinter der ländlichen Fassade blitzte hie und da ein wacher Verstand auf.

Der Dozent war vor dem Schreibtisch des Liftwarts auf und ab gegangen. Abrupt drehte er sich um und sagte mit schneidender Stimme:

„Daß in der Nacht nur wegen einer Fahrt die Seilbahn in Betrieb gesetzt wird, ist aber schon ungewöhnlich!“

Der Mann nickte. „Weil s’ spinnen, die oberen Herren. Ich hab’s ja gesagt, der Eugen hat bei uns Narrenfreiheit gehabt. Für den Eugen hätten die auch die Schneekanonen eingeschaltet.“

Das hätte immerhin ein schönes Foto gegeben, dachte ich. Eugen und Bella kommen aus dem Standesamt und sind umringt von Schneekanonen, die anstelle von Konfetti weiß glitzernden Maschinenschnee in die Luft feuern. Eine Hochzeit im Hochgebirge.

„Haben Sie die Pistenraupe gefahren?“ fragte der Dozent weiter.

Der Mann schüttelte den Kopf. „Ich war die ganze Zeit hier.“

„Aber Sie müssen doch gehört haben, wenn jemand mit der Pistenraupe gefahren ist! Die steht ja gleich nebenan.“

„Ich hab Fernsehen geschaut.“

„Ich sehe hier kein Fernsehgerät.“

„Drinnen ist einer“, sagte der Liftwart und deutete auf die Tür hinter sich.

„Wieso haben Sie die Rettung nicht gerufen? Oder den Notarzt?“ fragte ich weiter.

Der Mann zuckte die Achseln. „Wozu? War ja schon mausetot, wie ich ihn vor der Station gefunden hab. Außerdem hab ich schon angerufen, die müssen jeden Moment da sein.“

„Und Sie haben Eugen dann hereingezerrt.“

Der Liftwart nickte. „Kann ihn ja nicht liegen lassen. Bei der Kälte.“

Es hatte keinen Sinn, ihn weiter zu befragen.

Der Dozent ging im Raum auf und ab. „Wie ist denn der Verunglückte hierhergekommen?“ Er fragte, ohne innezuhalten.

„Mit der Raupe.“

„Also doch. Und wer ist mit der Raupe gefahren?“ Der Dozent kam näher und musterte den Mann.

„Wenn ich's nicht weiß, dann weiß ich's nicht“, sagte der Liftwart trotzig. „Ich hab nur den Rollstuhl in der Gondel gefunden. Und dann den Toten vor der Tür.“

„Haben Sie die Gondel aufgewischt?“

„Ich? ... Freilich hab ich aufgewischt. War ja alles schmutzig. Morgen muß die Gondel wieder fahren. Sonst krieg ich eine Verwarnung.“

Jemand hatte Eugen aus der Gondel geworfen, in der Hoffnung, daß das schon reichen würde. Aber Eugen war auf die Piste gerobbt, worauf dieser Jemand sich in die Pistenraupe setzte, um sein Werk zu vollenden. Immerhin konnte er ja behaupten, daß er nicht damit rechnen konnte, in der Nacht einen Menschen auf der aperen Schipiste vorzufinden. Und warum war er dann mit der Raupe losgefahren? Der Raupenfahrer war der Mörder.

Die Tür zum rückwärtigen Raum ging auf. Bella saß in ihrem Dreiradrollstuhl.

„Endlich", sagte sie tonlos und fuhr voraus. Ich folgte ihr, schloß die Tür und nahm sie in die Arme. Sie weinte lautlos. Eugen lag auf einer Bahre, seine langen Haare hingen wirr in die Stirn. Sein Rollstuhl stand an der Wand. Eine Decke mit dem Emblem der Seilbahn war halb zur Seite gezogen. Wahrscheinlich hatte Bella ihn geherzt und geküßt, Eugens Gesicht war naß, als käme er aus dem Regen.

„Die kommen jeden Moment und holen ihn ab", sagte Bella und rollte Eugens Rollstuhlnetz zusammen.

„Ist vielleicht besser, wenn man uns hier nicht sieht", sagte ich. „Wohnst du im Haus von Eugens Bruder?"

„In Eugens Zimmer."

„Da ist was faul, Bella. Die Polizei müßte längst hier sein. Ich schau mich noch kurz um und verschwinde dann. Wir treffen uns im Haus."

„Und wer is' jetzt der da?" fragte sie.

„Das ist mein Kollege, der Dozent. Ich hab dir von ihm erzählt."

„Weiß schon", sagte sie. „Der aus der Schickeria." Der Dozent sah mich böse an.

„Liegt der Schlüssel für die Hebeplattform auf dem Fenstersims?"

Bella nickte.

Ich rollte zu Eugen und versuchte mir alles einzuprägen. Ich schaute in sein Gesicht, betastete den Hals, durchsuchte die Taschen seiner Jacke. Aber ich fand nur eine Packung Taschentücher.

„Hab schon alles rausgetan", sagte Bella. „Messer, Schlüssel und all das Zeug."

Ich brummte zustimmend, umrundete den Leichnam und schob die Decke an der Bella abgewandten

Seite zurück. Eugens rechte Hand war zu einem blutigen Klumpen zerquetscht, die rechte Brustseite war eingesunken und ebenfalls blutig. Als hätte ihn ein Panzer überrollt. Oder eine Pistenraupe. Ich legte die Decke wieder über den Toten.

„Hab schon gesehn, wie kaputt er ist“, sagte Bella. „Wegen meiner brauchst nix verstecken.“

„Ich tu's nicht wegen dir. Ich will wissen, ob die Polizei der Sache nachgeht.“

„Eigentlich muß der Eugen ... muß er ja obduziert werden“, sagte Bella.

„Wird er auch. Bei den Verletzungen und den besonderen Umständen ist das gar nicht anders möglich.“

„Muß dir noch was zeigen“, sagte Bella und gab mir eine schwarze Mappe, die drei Finger dick war.

Ich schaute sie fragend an.

„Nix reden“, sagte sie. „Steck's ein.“

Ich verstaute die Mappe tief in meinem Rollstuhlnetz.

Wenige Minuten später kamen der Dozent und ich vor dem Haus von Eugens Bruder an. Eugens Quad stand im Schuppen, offensichtlich hatten Freunde ihn zur Talstation mitgenommen, sodaß er nicht betrunken nach Hause fahren mußte. Der Schlüssel für die Hebeplattform lag auf dem Fenstersims. Der Lift ächzte und stöhnte erbärmlich. Der halbe Ort mußte hören, wenn damit jemand fuhr. Für sein Quad war Eugen kein Weg zu weit und kein Aufwand zu groß, aber um den Hebelift kümmerte er sich nicht.

Die Hebeplattform dockte vor Eugens Zimmer an, man mußte nur die Schiebetür aufmachen und war in Eugens Reich. Ein zerwühltes Bett, Poster von Motorrädern und Samurai-Kriegern. Und ein kleines Foto der lachenden Bella auf dem Nachttisch.

Der Dozent trat ans Fenster.

„Was jetzt?“

„Wir schauen nach, ob Eugens Bruder da ist“, sagte ich. „Das heißt, Sie schauen nach, hinter dieser Tür ist eine Treppe ins Erdgeschoß.“

Der Dozent verschwand im Flur. Ich zog die schwarze Mappe aus dem Rollstuhlnetz und fand mehrere Dutzend Tabellenseiten eines Computerausdrucks und eine CD mit der Aufschrift „Karawanken-Dossier“. Die Schrift des Computerausdrucks war so klein, daß ich mit meiner Lesebrille nicht das Auslangen fand. Also holte ich mein Schweizer Armeemesser hervor, klappte die Lupe aus und studierte die Tabellen. In der ersten Spalte standen Vornamen, Kosenamen, Namen von Staaten oder Autobezeichnungen, interessanterweise waren einige BMW und ein Audi Q7 darunter, es fanden sich aber auch die Namen Picasso und Madonna sowie Namen, die ich nicht einordnen konnte, wie Petzen, Arthur Lemisch, Stockenboj, Gallizien und Sepp Puschnig. Neben dieser Spalte befanden sich ein- und zweistellige, meist runde Ziffernkombinationen, sie reichten von 3.000. bis 60.000. oder 85.000. Beim Weiterblättern stieß ich auch auf Beträge, die die Hunderttausendermarke überschritten, zweimal waren es sogar Millionenbeträge, unter „Kornaten“ standen einmal drei Komma fünf Millionen und einmal sieben Millionen. Eine Menge Geld und eine Menge Überweisungen oder Einzahlungen für eine kleine Provinzbank, dachte ich, weil ich davon ausging, daß die Daten von der Regionalbank stammten, in der Eugens Bruder Filialleiter war. Oder stammten die Daten aus einer Großbank?

Dann gab es noch eine weitere Kolonne, die das Datum der Überweisungen oder Transaktionen festhielt. Die Angaben reichten bis ins Jahr 2000 zurück. Schließlich war da noch eine Rubrik mit Kontonummern und eine mit Bemerkungen wie „nachfr.“, „verst.??“, „mit H. sprs.“ und so weiter, aber es waren nicht viele. Ein Teil der Namen kam mehrfach vor.

Ich hatte eine Aufstellung von Zahlungen oder Einzahlungen vor mir, die allerdings mit Codenamen versehen waren. Ohne den dazugehörigen Namensschlüssel war damit nicht viel anzufangen. Wenn man nur ein oder zwei Namen identifizieren könnte, wäre es vielleicht möglich, auf die anderen zu schließen. Auf jeden Fall würde es sich um ein langwieriges Unterfangen handeln.

Ich packte die Papiere wieder ein und steckte sie ins Netz. Von der Treppe waren Schritte zu vernehmen. Kaum war der Dozent wieder im Zimmer, hörten wir das Geräusch der Hebeplattform, es erinnerte an das metallische Rasseln und Quietschen von Panzerketten. Bella war mit ihrem elektrischen Dreirad von der Talstation in Windeseile hierhergefahren. Durch den Fahrtwind hatte ihr Gesicht einen bronzefarbenen Teint, und die flatternden, grausträhnigen Haare trugen das Ihre dazu bei, daß ich meinte, eine Indianerin vor mir zu haben.

„Haben sie Eugen abgeholt?“

Sie nickte und wischte sich Tränen ab. Ich legte ihr eine Hand aufs Knie.

„Au!“ rief sie.

„Entschuldige. Bist du verletzt?“

Sie schüttelte unwillig den Kopf. „Nur eine kleine Prellung. Der Eugen is’ ja ein ganz Wilder ...“ Bella starrte ins Leere.

„Hast du außer dem Liftwart jemand in der Talstation gesehen?“

Bella schüttelte den Kopf. „Ich war ja ... verstehst, Groll."

„Geschockt", half der Dozent aus.

Dann lief er im Zimmer auf und ab, bis ich ihn dringend einlud, auf dem Bett Platz zu nehmen.

„Ich verstehe nicht, warum so lax ermittelt wird", sagte er. „Es muß eine Erklärung dafür geben."

Ich antwortete mit einer Geschichte.

„In Floridsdorf gab es einmal eine Lokomotivfabrik", sagte ich, „die größte in der Monarchie, und die Zufahrtsstraße war eine kurze Allee, da sind die Arbeiter entlanggegangen, die Allee reichte bis zum Werkstor. Und auf den Alleebäumen hingen Tafeln, darauf stand: ‚Mitdenken, Kollege!'"

„Eine steinzeitliche Methode", sagte der Dozent abfällig.

„Innerbetriebliches Vorschlagswesen. Ist heute noch nicht überholt", erwiderte ich und betonte den letzten Satz deutlich.

„Mitdenken!" rief da der Dozent aus. „Jetzt versteh ich, was Sie sagen wollen. Wenn wir wissen, warum Eugen ..."

„Jesses", unterbrach Bella und klatschte in die Hände. „Gibt's denn das! Ich blöde Kuh!"

Sie kramte einen mehrfach gefalteten Zettel aus ihrer Börse hervor.

„Meinst du vielleicht das da?"

Ich strich den Zettel auf meinen Oberschenkeln glatt. Es war der Namensschlüssel, handgeschrieben. Neben den Codes standen Namen, darunter einige, die ich aus den Wirtschaftsseiten der Tageszeitungen kannte, und solche, die ich in Zusammenhang mit den Malversationen und Kreditvergaben in den Zeitungen gelesen hatte. Auch die Namen einiger ehemaliger und zweier gegenwärtiger Minister waren auf der Liste, oder es war derselbe Nachname, aber die Vornamen differierten, wahrscheinlich Ehegatten oder Kinder. Oder Schwiegermütter. Dann fanden sich noch die Namen von Waffenproduzenten, Holzhändlern, Erzeugern von Solarenergieanlagen und viele, viele andere Namen, nicht nur aus Kärnten, auch aus Wien und, besonders auffällig, der Steiermark. Schließlich waren etliche Namen aus Kroatien, Italien und Slowenien angeführt, neben den Namen stand das internationale Kürzel der Autokennzeichen. Immer wieder gab es auch Stiftungsnamen, die ich nicht zuordnen konnte. Soviel aber war klar: Ich hatte eine umfangreiche Geheimliste der besseren Gesellschaft vor mir, die vom Adel über das Besitzbürgertum bis zu den Parvenüs aus dem Umfeld der herrschenden Partei in Kärnten reichte.

„Eugen hat ihn mir heut abend gegeben, bevor er zum Polterabend weg is'", sagte Bella. „Und er hat mir eingeschärft, daß ich die Computerliste und den Zettel ja nicht am selben Ort aufheben darf. Und daß niemand ... Er war streng, wie er das gesagt hat. Ich mag den Eugen, wenn er streng ist. Dann is' er keine jugendliche Wildsau, sondern ganz erwachsen, ein richtiges Mannsbild halt, den wo man überall angreifen will zu jeder Zeit ..."

Sie weinte. Und zornig fügte sie hinzu:

„Und so gut riechen tut er auch. Und zu Mittag is' er eine stinkerte Leich!"

Sie drehte ihren Rollstuhl, sodaß sie uns den Rükken zuwandte, und schluchzte laut auf.

Der Dozent und ich schauten betreten zur Seite und taten einige Zeit gar nichts. Dann sagte ich: „Wir müssen etwas besprechen, Bella. Es ist dringend."

Sie wendete.
„Geht's?" sagte ich.
„Es rollt", sagte sie und schniefte.

Später saßen wir über den Listen und versuchten, uns einen Reim auf das Geschehene zu machen. Der Dozent hatte im Erdgeschoß Spuren eines überhasteten Aufbruchs vorgefunden, Bella vermißte auch den Wagen des Bruders. Ich fragte, ob Bella Eugens Bruder, den Filialleiter, angerufen habe. Sie bejahte.

„Das war ein Fehler."

Sie sah mich erschrocken an.

„Das heißt, eigentlich war es kein Fehler", korrigierte ich mich. „Es ist sogar gut, daß du ihn angerufen hast. Wie hat er reagiert?"

„Komisch. Er hat gar nicht gefragt, was passiert ist. Er hat nur gesagt, ich soll schauen, daß ich nach Haus komm. Dann hat er aufgelegt. Vielleicht war das der Schock."

„Wenn er nicht zur Talstation gefahren ist ..."

„Ist er nicht, ich hätt' ihn gesehn", sagte Bella.

„Dann wissen wir, daß er mit den Listen in Verbindung steht und geflüchtet ist." Daß damit auch klar war, daß Eugen nicht durch ein Mißgeschick unter die Pistenraupe gekommen war, sondern daß da jemand nachgeholfen haben mußte, behielt ich für mich.

„Wieso bist du an der Talstation gewesen, Bella? Hat man dich verständigt? Und wenn ja, wer?"

„Ich hab ja gewußt, daß der Eugen nicht so spät kommen will, da hab ich mir gedacht, ich mach ihm eine Freud und hol ihn ab. Wenn man so narrisch verliebt is' ..."

„Ich verstehe." Das war also der Grund dafür, warum die Liftkabine nur nachlässig gereinigt worden war. Eugens Mörder wollte nicht gesehen werden, zumindest nicht von Bella.

„Da fällt mir ein ... Eugen hatte doch ein Mobiltelefon? Hast du das aus seiner Tasche genommen?"

Bella schüttelte den Kopf.

„Da sind noch zwei Anrufe von mir drauf, aber er hat nicht mehr abgehoben ..."

„Wann hast du das erste Mal angerufen?"

„Mei, irgendwas nach zehn halt. Ich hab ja da im Zimmer gewartet und bin immer nervöser worden. Da hab ich den Eugen angerufen, weil ich wissen wollt, wann er kommt."

„Aber er hat nicht abgehoben."

Sie nickte.

„Drauf hab ich mich zusammengeklaubt und bin ihm entgegengefahren, zur Talstation."

„Und?" Der Dozent platzte fast vor Anspannung.

„Ich bin in die Talstation rein, da war das Urviech und hat mich nur angeglotzt, als wär ich ein Krokodil. Und ich bin rein, und der Eugen is' auf der Bahre gelegen und hat sich nicht gerührt. Jetzt is' er tot, mein Prinz Eugen, hab ich mir gedacht. Und dann weiß ich nix mehr, bis ihr kommen seids."

Ich wandte mich wieder der Computerliste zu. Der Dozent beugte sich über mich. Morgen würde ich ihm ein ordentliches Aftershave kaufen, seines roch nach Liptauerkäse mit schlechtem Knoblauch.

In einer Rubrik am rechten Rand der Liste standen Angaben wie „keine", „wird nachgeliefert", „Anordnung aus dem Haus", „dring. Wunsch LH", manchmal stand auch nur eine Prozentangabe da, sie reichte von zwanzig bis sechzig.

Der Dozent ließ sich auf das zerwühlte Bett fallen.

„Wenn das stimmt, was sich hier abzeichnet, dann kann man damit die halbe Republik hinter Gitter bringen."

„Počasi! Počasi!" sagte ich.

„Was heißt das?"

„Langsam. Auf Slowenisch."

„Seit wann sprechen Sie slowenisch?" Der Dozent setzte sich auf.

„Hab ich von Eugen gelernt, der kann ... konnte ein bißchen slowenisch."

„Er hat mir sogar ‚Ich liebe dich' auf Slowenisch gesagt, der Eugen", meldete sich Bella. „Auf Slowenisch is' das besonders schön."

„So? Wie heißt das denn?"

Ich warf dem Dozenten einen zornigen Blick zu, er zuckte die Schultern.

„Ich weiß nimmer", antwortete Bella verträumt. „Aber es is' schön. Sehr schön."

Ich kehrte zur Liste zurück.

„Verehrter Herr Dozent, wenn ich Ihre Aufmerksamkeit kurz beanspruchen darf. Wir wissen nicht, worum es sich bei dieser Liste handelt. Wir haben nur einen Verdacht ..."

„Schwarzgeld. Unbesicherte Kredite. Geldwäsche", unterbrach der Dozent.

„Aber ein Verdacht ist nichts. Und ich bin kein Wirtschaftsdetektiv. Wer wo wen mit wieviel Geld in diesem wunderschönen Land geschmiert hat und weiterschmiert oder wer wo wieviel Geld an der Steuer vorbeimogelt, ist mir egal."

„Wieso das?" sagte plötzlich Bella.

„Selbst wenn ich Beweise vorlegen kann, wird niemand gestraft. Die Finanzbehörden und die Staatsanwaltschaft werden alles zurücklegen. In Kärnten machen die seit Jahrzehnten nichts anderes. Wer glaubt, in Kärnten auf den Rechtsstaat pochen zu können, hat nichts von dem Land verstanden."

„Aber Sie, nach zwei Tagen haben Sie schon alles verstanden!" sagte der Dozent.

„Ich lerne schnell", erwiderte ich ruhig.

„Dobra", sagte der Dozent sarkastisch.

„Dobro", verbesserte ich. Und fragte, ob er sein Notebook mitgenommen habe.

„Es liegt in Ihrem Wagen. Wollen Sie die CD untersuchen?"

„Jetzt nicht. Ich nehme an, das ist nur die elektronische Fassung dieses Ausdrucks."

„Jedenfalls handelt es sich nicht um irgendwelchen Kleinkram", meinte der Dozent. Ich widersprach. Die Tatsache, daß Eugen und sein Bruder in die Sache verwickelt waren, deutete eben nicht auf organisierte Strukturen, sondern auf einen Höllenritt von Dilettanten hin. Eugen sei ein netter Kerl gewesen, aber von Finanztransaktionen habe er nichts verstanden. Und sein Bruder habe als Filialleiter der Regionalbank schon am Plafond seiner intellektuellen Kapazität gekratzt.

„Woher wollen Sie das wissen", sagte der Dozent ungeduldig. „Sagen Sie jetzt bloß nicht, von Schebesta!"

Ich lehnte mich zurück und verschränkte die Arme vor der Brust.

„Als Vertreter der Floridsdorfer Schule der Ökonomie ..."

Der Dozent lachte böse.

„Sie? Sie können ja nicht einmal unfallfrei einstellig addieren!"

„Eben das zeichnet mich aus. Ich erfülle dadurch alle Voraussetzungen, ein Vorstandsmandat zu übernehmen."

„Aufsichtsratsmitglied ist Ihnen zuwenig“, meinte der Dozent ironisch.

„Das österreichische Aktienrecht geht in seinen Grundzügen auf die Wirtschaftsgesetzgebung des Dritten Reichs zurück“, führte ich aus. „Diktatorische Rechte des Vorstands, Führerprinzip. In Österreich sind Aufsichtsräte Geselligkeitsvereine. Man wird dort für Nichtstun, Nichtwissen und Nichtfragen bezahlt, es muß nur verläßlich sein.“

Der Dozent erhob sich und schaute aus dem Fenster.

„Tatsache ist, daß wir vor einem Mord und einem Wirtschaftsverbrechen großen Ausmaßes stehen. Ich bekenne, daß ich mich überfordert fühle.“

„Wie wärs, wenn ihr zwei Bazi euch jetzt mit mir beschäftigen möchtets“, sagte Bella ungehalten. „Ich bin doch jetzt so etwas wie die trauernde Witwe, da hat man doch eine Ansprach verdient, oder seids ihr in Österreich noch in den Wäldern daheim?“

„Sie hat recht“, sagte ich zum Dozenten.

„Ich will wissen, wo mein Eugen dran war“, fuhr Bella fort. „Es muß was Großes gewesen sein, was sehr Großes. Weil mit kleinen Sachen hat mein Eugen sich nicht abgegeben.“

So konnte man es auch sehen. Eugen konnte stundenlang von Bellas Brüsten schwärmen. Aber das behielt ich für mich. „Liebe Bella! Eugen war an einer Sache dran, die so groß war, daß sie ihn das Leben gekostet hat. Wahrscheinlich hat er gar nicht gewußt, wie gefährdet er war.“

„Du meinst ...“

„Wir müssen davon ausgehen, daß Eugen nicht zufällig aus der Gondel gefallen ist. Ich hab frische Abdrücke von Bergschuhen in der Kabine gesehen, man hat sie hastig weggewischt. Jetzt frag ich dich: Wer hat ein Interesse daran, die Spuren zu vernichten? Wenn Eugen wegen irgendeines Unglücks aus der Gondel gefallen wär, wenn er hinauspinkeln hätte wollen ..."

„Dös hätt' mein Eugen nie gemacht", protestierte Bella. „Der hätt' einfach in eine Ecken hineinbrunzt, wenn's pressiert."

Der Dozent sah erschrocken auf.

„So sagt man bei uns", erwiderte Bella ungehalten.

„Die Manner, wenn's auf die kleine Seite gehen, tun brunzn, und die Weiberleut tun pischen. Machens da in Wien eine Doktorarbeit draus?"

Der Dozent strich das Bett glatt.

12. Kapitel

Organisierte Kriminalität, Abteilung Amateure.
Letzte Hoffnung Villach

Wir überlegten kurz, wie wir nun weiter vorgehen mußten. Es empfahl sich, das Haus baldigst zu verlassen. Bella berichtete, daß Eugens Bruder Emmerich seit einiger Zeit allein lebte, seine Frau und die beiden kleinen Kinder hätten entnervt das Weite gesucht, das habe ihr die Haushälterin erzählt, die zwei Häuser weiter wohne. Emmerich sei in den letzten Tagen unausstehlich gewesen, auch mit Eugen habe es immer wieder Streit gegeben.

Wieder ein Indiz dafür, daß die beiden Brüder Prinz sich auf eine Sache eingelassen hatten, die zu groß für sie war. Es war auch nicht auszuschließen, daß Eugen erst eingestiegen war, nachdem er Bella kennengelernt hatte. Vielleicht hatte er Angst, sie zu verlieren, wenn er ihr nicht eine gesicherte Existenz bieten konnte. Und dazu war Geld erforderlich, mehr Geld, als er durch seine Arbeit als Portier in einem Rehabilitationszentrum je haben würde. Arme Bella. Auf diese Weise wäre sie der Beginn von Eugens Glück – und ohne ihr Wissen und ohne ihr Zutun auch seine Totengräberin gewesen. Und das nur, weil die Männer in den hintersten Tälern Kärntens sich nicht vorstellen können, auch jenseits irdischer Güter geliebt zu werden. Angst, immer wieder ist es die widerliche Angst, die dazu führt, daß Menschen, die ein einziges Mal nur einen Zipfel vom Glück erhaschen, diesen sofort wieder verlieren. In den Schulen müßte man Angstvermeidung unterrichten statt Heimatkunde.

„Was jetzt?“ Der Dozent stand unschlüssig vor dem Fenster und schaute auf die Hebeplattform.

„Jetzt setzen wir uns ins Auto und fahren zu unserer Wirtin zurück“, erwiderte ich. „Während Sie Ihre Recherchen weitertreiben, werde ich mit Bella überlegen, wie wir in der Eugen-Geschichte weiter vorgehen.“

Er wisse nicht, ob ihm das recht sei, sagte der Dozent gedehnt. Er sähe es lieber, wenn wir zu unserem Auftrag zurückkehrten.

„Dann denken S' bissl drüber nach, und es wird Ihnen einleuchten wie ein Blaulicht, daß es Ihnen doch recht ist“, sagte Bella. „Habts ihr geglaubt, ich bleib allein da zurück? Ich möcht wissen, wer den Eugen umbracht hat, und dann möchte ich wissen, was ich mit dem anstell, wenn ich den Hundling zwischen den Krallen hab.“

„Oje“, sagte der Dozent. „Eine bayrische Vendetta. Das hat grade noch gefehlt.“

„Maul halten“, sagte Bella. „Sonst tuscht's!“

Der Dozent zuckte zusammen und sandte mir einen hilflosen Blick. Den Ton kannte er. Von seiner Mutter, der alten Madame Nostitz, die jetzt den Wunsch hatte, ihre familiären Verhältnisse zu regeln. Im Grunde genommen war Bellas Anliegen durchaus mit unserem vereinbar, sie litt unter der Kärntner Gegenwart, die Familie Nostitz unter der Kärntner Vergangenheit. Ein scharfes Wort zur rechten Zeit, und die getrennten Sphären der Geschichte sind plötzlich verknüpft.

Das Verstauen von Bellas Dreirad war nicht schwer, die großen Räder waren bequem von den Steckachsen zu lösen. Schwieriger erwies sich da schon Bellas Versuch, möglichst viele Stücke aus Eugens Zimmer als Andenken mitzunehmen. Darüber entspann sich zwischen dem Dozenten und Bella ein heftiger Streit, der indes durch die Macht des Faktischen, der Renault war bis unters Dach vollgestopft, entschieden wurde. Wie Bella die Sachen einst nach München bekommen wollte, mußte offen bleiben. In meinem Kopf kreisten Gedanken um einen Abstecher nach Bayern, aber erst nach erledigter Mission in Kärnten. Vielleicht war es gar nicht so dumm, in München die Nachforschungen zur Liste weiterzutreiben. Vielleicht würde es in Deutschland leichter sein, weiterführende Fragen zur Liste zu stellen. Immerhin hatte der Freistaat über drei Milliarden Euro verloren. Da konnte jede Information, die Licht in die Vorgänge um die sagenumwobene Kärntner Skandalbank brachte, goldeswert sein.

Am späten Vormittag waren wir wieder auf der Autobahn Richtung Villach. Der Dozent hatte mit seinem Freund, dem Historiker, telefoniert und ein Treffen für den frühen Abend in einem Schloß in einem Vorort Klagenfurts vereinbart. Ich hatte den Eindruck, daß er mich nicht dabeihaben wollte. Mir war das nur recht, denn ich wollte in Ruhe mit Bella die weitere Vorgangsweise beraten. Mittlerweile waren es ja zwei Missionen, denen ich nachzugehen hatte, die Nazi-Geschichte des Nostitz-Clans und der Mord an Eugen. Daran, daß es sich um einen Mord handelte, bestand für mich kein Zweifel. Mir blieb nur die Hoffnung, der Liftwart würde von seinen Leuten nicht ernstgenommen, wenn er davon erzählte, daß ein Wiener Polizeioberst aufgetaucht sei. Es war aber genausogut möglich, daß der Liftwart tatsächlich nichts mit der Sache zu tun hatte, auch wenn es unwahrscheinlich erschien, daß jemand die Pistenraupe entführt, damit jemanden ermordet und die Leiche vor der Talstation ablegt, ohne daß der Diensthabende etwas mitbekommt.

In Velden fuhren wir von der Autobahn ab, über Rosegg wollte ich auf schnellstem Weg zu unserem Quartier in Bilčovs. Dieses Vorhaben mußten wir rasch aufgeben, denn in Velden wimmelte es nicht nur von GTIs, sondern auch von Polizei. Straßensperren waren aufgebaut, Autos wurden durchsucht, Polizeihubschrauber kreisten über der Veldener Bucht. Der Dozent stieg aus und erkundigte sich nach dem Grund der Aufregung. Nach wenigen Minuten war er zurück. Er ließ sich schwer auf den Beifahrersitz fallen und wirkte verstört.

„Sie werden es nicht glauben", sagte er. „Die Polizei ist auf der Suche nach zwei Frauen aus Deutschland. Es heißt, sie hätten Männer in ihren Kastenwagen gelockt und dann auf bestialische Weise umgebracht. Zwei Leichen wurden gefunden, aber drei Männer werden noch vermißt. Die zwei Toten sind aus Hüttenberg, die Vermißten aus der Ostslowakei, aus Liptov."

„Bravo!" rief Bella. „Hoch die internationale Solidarität!" Sie ballte die Faust.

Der Dozent fuhr herum.

„Sie haben keine Ahnung, was Sie da sagen!" zischte er. „Wissen Sie, was den Männern angetan wurde?"

„Den Schwanz werden s' ihnen schon nicht abgeschnitten haben", sagte Bella.

„Doch!" rief der Dozent voll Angst. „Und nicht nur das! Die Bestien schreckten nicht einmal davor zurück, den Opfern das eigene Geschlechtsteil in den Mund zu stopfen. Und dann ließen sie die gefesselten Männer hilflos verbluten."

„Ja, wenn man gefesselt is', kann man sich nicht wehren", räumte Bella ein. „Wird so ein komisches Spiel g'wesen sein, die wo heut so in Mode sind, weil d'Mannerleut' beim normalen Vögeln kein' mehr hochkriegen."

„Das waren keine Spielchen", brüllte der Dozent. „Das waren Hinrichtungen!"

„Ruhe, Verehrtester", mischte ich mich ein. „Für unsere Mission ist es besser, wenn die Polizei nicht auf uns aufmerksam wird."

„Sie wissen ganz genau, daß wir dem Tod nur knapp entronnen sind!" Der Dozent war außer sich.

„So beruhigen Sie sich doch", sagte ich begütigend. „Wir waren nicht gemeint, soviel steht fest. Das einzig Niederschmetternde an der Begegnung war, als Sie die Wagentür aufgemacht haben."

Der Dozent murmelte etwas von einer unerträglich überheblichen Art und daß es ein leichtes sei, im Nachhinein den großen Mann zu spielen. Erschöpft lehnte er seinen Kopf ans Seitenfenster.

„Was is' jetzt nachher das? Habts ihr die beiden gekannt?" fragte Bella.

„Nur eine Zufallsbekanntschaft. Von ihm", sagte ich ausweichend.

Bella pfiff durch die Zähne. „Da schau ich aber. Dös is' ja da in Kärnten wie bei der Mafia in Palermo! Daß ihr so originell seids, hab ich mir nicht gedacht."

„Und zu guter Letzt haben die Mörderinnen ein Polaroidfoto von den Männern gemacht und in die vor dem Körper gefesselten Hände gesteckt", sagte der Dozent leise.

Bella klatschte in die Hände und rief bewundernd aus: „Die Dirndln sind aber gelungen! Ich sag Ihnen was, Herr Schickeria, die haben genau gewußt, was sie da tun. Die haben sich auch die Richtigen ausgesucht, das können S' mir glauben. Ich hab für so was eine weibliche Institution."

„Intuition", korrigierte der Dozent müde.

„Die auch", sagte Bella ungerührt. „Jedenfalls find ich das fast ein bissl tröstlich, wo s' mir doch grad meinen Verlobten niedergewalzt haben. Daß es andern auch so geht in diesem schönen Land, mein ich."

„Sie sind ein wahrlich ein ... seltsames Münchner Kindl!" sagte der Dozent angewidert.

In der Folge kam es zu einem Schreiduell, in dem Bella dem Dozenten alle möglichen Schimpfworte an den Kopf warf und damit drohte, ihn im Wörthersee zu ertränken wie eine neugeborene Katze.

Der Dozent versuchte anfangs dagegenzuhalten, dann aber, als Bella sich immer mehr hineinsteigerte und ihn unter Tränen mit den unflätigsten Ausdrücken der Münchner Gosse bedachte, wechselte der Dozent seine Verteidigungsstrategie. Es war offensichtlich, daß Bella die Sache aufschaukelte, um mit dem Aufruhr in ihrem Gemüt fertig zu werden. Der Dozent hatte das endlich auch verstanden und beteuerte, keine Kränkung beabsichtigt zu haben, er entschuldige sich in aller Form. Das sei die Spitze der Frechheit, kreischte sie, keiner nehme sie ernst. Sie war nicht zu stoppen, sie brüllte und tobte und verlangte, sofort zum nächsten Bahnhof gebracht zu werden. Sie könne die Gegenwart eines rassistischen Machos keine Minute länger ertragen.

Ich versuchte zu vermitteln, stieß aber bei Bella auf schroffe Ablehnung. Sie wolle jetzt sofort zum nächsten Bahnhof gebracht werden, schrie sie. Irgendwann waren auch meine Nerven am Ende und ich schrie zurück, daß ich nichts lieber täte, als ihre Forderung sofort in die Tat umzusetzen.

Keine zehn Minuten später hielt ich mit meinem Wagen vor dem altertümlichen Villacher Bahnhof. Ich war in die Provinzhauptstadt ausgewichen, weil in Velden kein Durchkommen war, außerdem bestand im Eisenbahnknotenpunkt Villach die Chance auf einen internationalen Zug nach Deutschland. Der Dozent war in tiefes Schweigen versunken, ich weiß nicht, ob er sich schämte oder ob er froh war, Bella loszuwerden.

Wir hatten Glück. Aus dem Fahrplan, den der Dozent besorgte, ging hervor, daß in zehn Minuten ein Express-Zug aus Zagreb eintreffen und dann nach Salzburg weiterfahren werde, von dort kommt man rasch nach München.

Beflissen half der Dozent beim Aussteigen, Bellas Rollstuhl war rasch zusammengebaut. Grußlos machte Bella sich auf den Weg. Ein paar Erinnerungen an Eugen hatte sie in ihre Jacke gestopft, den großen Rest beließ sie im Auto. Ich zog den Dozenten ans Seitenfenster und schärfte ihm ein, daß Bella eine mobile Hebeplattform brauche, um in den Zug zu gelangen, und die müsse man bei der Information bestellen. Er nickte und lief in die Schalterhalle, Bella fuhr hinterdrein.

Ich blieb im Wagen sitzen und holte das Notebook des Dozenten hinter dem Beifahrersitz hervor. Das Gerät fuhr anstandslos hoch. Am Bahnhofsvorplatz war auch die Internet-Verbindung kein Problem. Aber zuerst wollte ich Eugens CD untersuchen. Zu diesem Zweck fischte ich mit meinen Händen in der Reisetasche des Dozenten, fand aber nichts. Noch einmal versuchte ich, die CD hervorzuholen. Wieder nichts. Ich stellte die Reisetasche auf meine Oberschenkel und versuchte es ein drittes Mal. Vergeblich. Sollte uns die CD abhanden gekommen sein? Hatte Bella sich bedient? Sie war neben der Reisetasche gesessen.

Ein letztes Mal durchsuchte ich die Tasche und machte auch vor dem Hygienetäschchen nicht halt. Die CD befand sich unter all dem Krimskrams, den Männer mittlerweile mit sich herumschleppen, weil sie glauben, ihren Geruch überdecken zu müssen. Der Dozent war zwar nicht verheiratet und meines Wissens auch nicht liiert, seine Hygienetasche aber hätte einem arabischen Potentaten alle Ehre gemacht.

Es gelang mir, im ersten Versuch die Datei zu öffnen. Ich war sehr stolz auf mich. Die Datei, deren Ausdruck wir gesehen hatten, trug den Namen „Inland", daneben gab es aber auch noch eine doppelt so große Datei namens „Süd und Südost", die ausschließlich kroatische oder ex-jugoslawische Namen sowie einige ungarische und italienische enthielt. In einer Rubrik am rechten Rand waren offensichtlich die Kreditbesicherungen vermerkt, sie war etwas simpler als die ausgedruckte mit ihren handschriftlichen Ergänzungen, meistens war da nur ein Minus, manchmal hieß es „Reg." oder, bei besonders großen Brocken über mehrere Dutzend Millionen Euro, „offen" oder „wird gekl". Hier hatte jemand einen Kassasturz für den Bankvorstand gemacht. Vielleicht wollte jemand den Kauf der Kärntner Bank durch die Bayern vereiteln, indem er die Daten öffentlich machte? Oder er wollte den Kauf zumindest nachträglich als das brandmarken, was er tatsächlich war – ein Luftgeschäft.

„Das kann man nicht als Kleinkriminalität bezeichnen", meinte der Dozent, der sich neben dem Fenster eingefunden hatte.

„Sie meinen den Computer? Ich hab nur die CD kontrolliert."

„Aha."

Es gibt da noch eine zweite Datei, mit internationalen Angaben, meist in Südosteuropa."

„Wie schön", sagte der Dozent.

„Die Dateien sind sehr aufschlußreich. In den richtigen Händen sind sie ein Schatz."

„Und warum warten Sie nicht auf meine Rückkehr? Wollen Sie den Schatz allein heben? Dazu ist er doch viel zu groß." Wenn der Dozent ironisch wurde, mußte man umgehend reagieren, er konnte sonst sehr unangenehm werden.

„Ich dachte nur daran, die Abläufe etwas zu beschleunigen", sagte ich. „Sie sind zwar ein renommierter Soziologe, um die Dateien richtig lesen zu können, brauchen Sie aber Grundkenntnisse der politischen Ökonomie."

„Interessant. Wollen Sie damit andeuten, daß Sie mir einen Abschluß in Volkswirtschaft verschwiegen haben?"

Ich lächelte und wand mich ein wenig in gespielter Bescheidenheit. „Als Vertreter der Floridsdorfer Schule der Ökonomie darf ich behaupten, so viel Einblick in die Grundlagen des Finanz- und Rechnungswesens zu haben, daß ich ..." Ich drehte den Bildschirm in seine Richtung. Er ließ sich ablenken und studierte mit Interesse die Zahlenreihen. Aber nur kurze Zeit, dann schob er das Gerät zurück.

„Blödheit?" fragte er.

„Nicht auszuschließen", erwiderte ich.

„Kriminelle Energie?"

„In hohem Ausmaß."

„Sie oder die Banker?"

Ich schaute den Dozenten mitleidig an und lächelte. Warum er nicht einsteige? Er warte noch auf jemanden. Ob er einen Bekannten getroffen habe? Er habe keinen

Bekannten, wohl aber eine Bekannte getroffen, sagte er in einem Ton, wie er sich nur neben dem Schloß Schönbrunn in dreihundert Jahren höfischer Verfeinerung entwickeln konnte. Und da fiel mein Blick auch schon auf Bella, die in hohem Tempo von der Bahnhofshalle ins Freie fuhr und meinen Wagen ansteuerte. Ich schluckte meinen Ärger hinunter, spürte aber zu meiner Verwunderung, daß der gar nicht so groß war und einer unerklärlichen Erleichterung Platz machte.

„Groll, du alte Schnapsdrossel, ich vergebe dir", sagte Bella und bereitete ihren Einzug auf den Rücksitz zwischen allerlei Gerümpel und Josephs Reifen vor. Der Dozent half mit kundigen Handbewegungen. Es war, als wären die beiden seit langer Zeit ein eingespieltes Paar.

Ob sie es sich anders überlegt habe, fragte ich, als wir über Nebenstraßen Richtung Faaker See fuhren.

Bella schwieg.

Nicht eine plötzliche Meinungsänderung Bellas, sondern eisenbahnerische Inkompetenz sei des Rätsels Lösung, erklärte der Dozent. Zum ersten wäre es erforderlich gewesen, die Reise eines Rollstuhlbenutzers mindestens achtundvierzig Stunden vorher bei einem speziellen Schalter anzumelden, hatte der ÖBB-Beamte gelangweilt erklärt. Zum zweiten verfüge der Expreßzug Zagreb-Salzburg weder über Rollstuhlplätze noch über eine Behindertentoilette, und zum dritten sei die mobile Hebeplattform seit einigen Tagen verschollen, er vermute Teilnehmer des GTI-Treffens hinter dem schlechten Scherz, fügte der Beamte dann noch an. Ob es denn auf dem riesigen Villacher Bahnhof keine Ersatzhebeplattform gebe, hatte der Dozent nachgefragt. Selbstverständlich, war die Antwort des Beamten. Drei Plattformen seien seit einem halben Jahr zur Überholung in der Werkstätte. Noch im Herbst werde mit der Indienststellung zumindest einer Plattform gerechnet. Vor dem Herbst gebe es aber noch einen Sommer, hatte der Dozent insistiert, worauf der Beamte ihm recht gab, aber darauf verwies, daß durch den fortdauernden Personalabbau für Reparaturen immer längere Zeit veranschlagt werden müsse. Die wenigen verbliebenen Kollegen arbeiteten im Akkord, sie seien nicht am Beginn, sondern längst am Ende eines verheerenden Burnout angelangt. Daraufhin habe der Beamte Bella und dem Dozenten eine Unterschriftenliste vorgelegt. Sie sollten als Fahrgäste mit ihrer Unterschrift gegen die „Ausdünnung der Personaldecke" protestieren, die Kollegen getrauten sich nicht, Kampfmaßnahmen in Erwägung zu ziehen, weil sie befürchteten, gekündigt zu werden. Nun sei die Stunde der Fahrgäste gekommen, sie hätten es in der Hand, ob die Bahn überleben werde.

Sowohl Bella als auch der Dozent unterschrieben. Der Dozent spendete sogar einen Euro für eine gewerkschaftliche Hilfskasse. Bella habe schließlich dem Beamten, der den Tränen nahe gewesen sei, die Hand getätschelt. Dann seien beide, erfüllt von ihrer staatsbürgerlichen Verantwortung, Richtung Parkplatz aufgebrochen.

Bella reichte mir eine Leberkässemmel.

„Daß du nicht verhungerst in deiner Wichtigkeit", sagte sie.

Kurz nach unserer Abfahrt nickte Bella auf dem Rücksitz ein. Ihr Kopf lag schief auf einem von Josephs Reifen. Leise fragte ich den Dozenten, ob er wirklich glaube, daß es sich bei den beiden deutschen Frauen um unsere Bekannten handle. Es seien kaum Zweifel möglich, erwiderte er, die Polizei suche nach einem alten Kastenwagen französischer Herkunft.

Im Renault wurde es still.

Nach einer Weile fragte der Dozent, ob ich glaube, daß er ein Macho sei.

„Nein", sagte ich.

„Und ein Rassist?"

„Das schon."

13. Kapitel

Karolingische Pfalzen, Renaissance-Schlösser und eine SS-Kaserne. Schwere biographische Turbulenzen. Alice N., schwanger. Olga S., verschollen

In Bilčovs hatte ich mit unserer Wirtin eine konspirative Aussprache. Ich erklärte ihr, daß Bella in Lebensgefahr sei, ihren Verlobten hätten Agenten der herrschenden Clique ermordet, weil er zuviel wußte. Es wäre hilfreich, Bella ein paar Tage abzuschirmen, ich würde sie dann nach München bringen. Die gute Frau verschloß mir den Mund, indem sie zwei Finger auf meine Lippen legte und ein Zimmer für Bella zurechtmachte.

Später, in der Stube, befragte der Dozent sie nach dem Polizeigroßeinsatz. Ob es neue Entwicklungen in dem Mordfall gebe?

„Ein Großaufgebot der Polizei ist eine Nebelwand, hinter der ganz andere Dinge ablaufen", antwortete unsere Wirtin abgeklärt. „Wenn man einen Gegner im Innersten treffen will, muß man zuerst seine Ränder studieren. Manche Risse in einer Festung führen direkt zur Kommandozentrale."

Aber die Brutalität der beiden Frauen sei keine Erfindung, hatte der Dozent eingeworfen, er sei angesichts der barbarischen Praktiken schockiert und fühle sich ins Reich der Karolinger zurückversetzt. Es fehlte nicht viel, und er hätte mit seinen Kontakten zu den beiden Rächerinnen geprahlt. Kühl nahm die Wirtin seine Ausführung zur Kenntnis. Die beiden Frauen würden schon gewußt haben, wieso sie sich drastischer Methoden bedienten, beschied sie. Im übrigen habe der Dozent mit der Datierung der politischen Verhältnisse in Kärnten recht. Es sei kein Zufall, daß es hier karolingische Pfalzen gebe, die zu furchterregenden Festungen ausgebaut wurden. Die nächstgelegene befinde sich nur wenige Fahrminuten entfernt, in Moosburg.

Der Dozent drängte darauf, das Schloß Mageregg aufzusuchen, wo er ein Treffen mit seinem Freund, dem Historiker, vereinbart hatte. Unglücklicherweise lag das Schloß auf der entgegengesetzten Seite der Stadt, und da eine Querung Klagenfurts infolge der Polizeisperren unmöglich war, blieb nur ein großer Umweg über Grafenstein und die Autobahn. Es dauerte daher eine gute Stunde, bis wir Klagenfurt umrundet hatten und auf dem Parkplatz vor dem Schloß Mageregg im Norden der Stadt ankamen. Zwei Polizeikontrollen hatten unser Vorankommen erschwert, Hubschrauber kreisten, die Stadt wirkte wie ein aufgeschreckter Bienenschwarm. Noch dazu hatten wir uns mehrfach verfahren, waren einmal sogar direkt vor einer Kaserne gelandet. Klagenfurt sei eine Garnisonsstadt, erinnerte sich der Dozent der Ausführungen seines Historiker-Freundes. Die Landeshauptstadt bringe es auf immerhin fünf Kasernen, und im nahen Krumpendorf befinde sich die größte Polizeikaserne in Österreichs Süden. Die bedeutendste sei die Lendorfer, eine ehemalige SS-Kaserne, in der sich baulich wenig verändert habe.

„Vor welcher stehen wir?“ hatte ich gefragt.

Der Dozent stieg aus und studierte ein Schild am Eingang.

„Vor der Lendorf-Kaserne“, sagte er, als er wieder eingestiegen war. Noch bevor ich auf dem ausgedehnten Parkplatzgelände die Ausfahrt gefunden hatte, war der Dozent auch schon im Internet. Die heutige Khevenhueller-Kaserne sei eine vollständig erhaltene SS-Kaserne, die einst für die SS-Division „Das Reich" erbaut worden sei. Auf Grund ihres guten Erhaltungszustandes habe sie architekturhistorische Bedeutung. Seit einigen Jahren werde auch der Opfer eines auf dem Kasernengelände untergebrachten Konzentrationslagers gedacht, Häftlingen aus vielerlei Staaten, die in Klagenfurt und am Loibl geschunden und dann auf die Vernichtungslager im Osten aufgeteilt wurden. Die Kaserne habe auch eine von nur vier SS-Junkerschulen im Dritten Reich beherbergt, neben Bad Tölz, Braunschweig und Prag durfte Kärnten sich dieser Auszeichnung erfreuen, wie überhaupt festzustellen sei, daß die Kärntner Nazi in Berlin immer einen Stein im Brett hatten, nicht zuletzt deshalb, weil Adolf Hitler selbst es an Gunstbezeugungen für „seine Kärntner" nicht fehlen ließ. Vom Stiefkind der Wiener Regierung sei Kärnten zum Liebkind Berlins avanciert. Man könne das spezifisch Faschistische der Architektur anhand der neben der Kaserne gelegenen Unteroffizierssiedlung und der unweit auf einem Hügel errichteten Offizierssiedlung studieren.

Ich fuhr in die Unteroffizierssiedlung ein, wo wir vor bescheidenen Häusern mit grotesk überdimensionierten Portalen aus vorspringendem grauem Stein zu stehen kamen. Die Wucht der Portale schien die Häuschen zu erdrücken, sie hinterließen einen verheerenden Eindruck der ästhetischen Haltung der Erbauer. Es war, als hätten sich Steinmetz-Gesellen aus der peruanischen Inkastadt Machu Picchu als Erbauer von Einfamilienhäusern betätigt, wobei ein Mitteldinq aus Wohnhaus und Festungsmauer entstanden war.

Vor dem Schloß Mageregg hatte sich eine Schlange von großen Limousinen und Geländewagen gebildet. Es dauerte lange, bis wir die Einfahrt passieren konnten. Männer in grünen Trachtenanzügen und mit federverzierten Hüten standen in Gruppen beisammen. Ein Bediensteter des Schlosses trat zu uns und fragte, ob wir eine Einladungskarte hätten.

Die Karte befinde sich unter dem Polster auf meinem Fahrersitz, sagte ich. Wenn ich mich in den Rollstuhl setzte, könne es sein, daß sie auftauche.

Der Mann war verwirrt.

„Wir haben heute geschlossene Gesellschaft", sagte er zaghaft.

„Nur heute?" fragte der Dozent.

„Landesjägertreffen", gab der Bedienstete an. „Ich soll die Jäger in den Festsaal geleiten."

Der Dozent und ich sahen uns kurz an, dann beschied ich: „Wir kommen später wieder."

„Die Versammlung dauert bis in den Abend. Und dann gibt es eine Jäger-Gesellschaft, die dauert bis zum Morgengrauen", meinte der Bedienstete. „Wenn Sie kein Jäger sind, tut es mir leid."

„Ich bin Großwildjäger", sagte ich. „Am Kilimandscharo hat mich ein Eisbär ins Kreuz gebissen. Seither hinke ich. Und da zweifeln Sie an meiner Jägerschaft?"

Der livrierte Mann schüttelte den Kopf. „Hören Sie, ich kenne mich bei der Jagd nicht aus, ich bin Maurer. Das hier ist nur eine Nebenarbeit von mir, aber ich brauche das Geld, weil ich die Kredite für mein Haus sonst nicht abzahlen kann. Daß Sie einen Eisbär gebissen haben, geht mich nichts an. Ich bitte Sie nur, mir keine Schwierigkeiten zu machen. Den Grund hab ich ja schon genannt."

„Eine gute Rede", sagte der Dozent.

„In der Tat", pflichtete ich ihm bei. „Knapp und informativ, wie wir Jäger das schätzen."

„So ist es", sagte der Dozent. „Wir kommen ein andermal wieder."

Der Livrierte war sichtlich erleichtert. „Sehr gern. Ein andermal bin ich nicht da."

„Waidmannsheil!" sagte ich zu ihm und startete den Motor.

„Schönen Tag auch noch", antwortete der Maurer.

Als wir nach Bilčovs zurückkamen, war Bella nicht mehr da. Sie habe die Frau an einen sicheren Ort gebracht, erklärte unsere Wirtin. Sie sei einverstanden gewesen, weil auch sie eine Grundregel des konspirativen Lebens verstanden hatte: Niemals dürfen alle Kräfte an einem Ort gebündelt werden. Die Gefahr, gemeinsam aufzufliegen, sei zu groß. Wenn es notwendig sei, werde sie uns zu ihr führen. Es sei auch erforderlich, daß wir ihren Aufenthaltsort nicht wüßten, so könnte man uns selbst unter schwerer Folter keine wahrheitsgetreuen Aussagen abringen. Wir sollten uns keine Sorgen machen, Bella hätte es nicht besser treffen können, sie brauche Abstand vom Geschehenen. Sie sei zwar eine starke Frau, aber auch die Belastbarkeit starker Frauen habe ihre Grenzen.

Ich verhehle nicht, daß mir die Eingriffe unserer großartigen Wirtin in unsere Arbeit mittlerweile zu weit gingen. Andererseits hatte sie viel Erfahrung, es war daher ratsam, ihren Vorgaben zu folgen. Morgen würden wir weitersehen.

Dann könnten wir ja endlich den Brief seiner Mutter fertig lesen, sagte der Dozent, der nicht unglücklich darüber schien, daß wir wieder unter uns waren.

„Wenn die Lawine der Geschichte schon ins Rollen gekommen ist, dann soll sie auch ins Tal stürzen und mitreißen, was sich ihr in den Weg stellt", verkündete er, als wir in unserem Zimmer saßen und er den Computer hochfuhr. Er habe seiner Mutter einen ersten Kurzbericht zukommen lassen, er wolle nun sehen, ob sie geantwortet habe. Madame hatte geantwortet. Und wie!

Mein mißratener Sohn schickt mir fünf Zeilen, in denen das Wetter, die Kost und die unschuldigen Freizeitvergnügungen vorgestellt werden. Über seine Aufgabe verliert er nur drei Worte: Wir arbeiten konzentriert.

Dazu ist zu sagen:

Mein Lieber, so verkalkt bin ich noch nicht, daß ich das GTI-Treffen am Wörthersee nicht wahrgenommen hätte. Seit die Sache mit den beiden Frauen bekannt wurde, die sich auf eine durchaus eindrückliche Weise bei den vereinten Motoristen Respekt verschaffen, ist ja in den Zeitungen von nichts anderem die Rede. Ich gehe davon aus, daß Du nicht in der Gesellschaft solch gewalttätiger Leute verkehrst. So viel Anstand solltest Du ja von zu Hause mitbekommen haben, daß der kollektive Irrsinn Dich nicht in seinen Bann schlägt.

Doch zurück zu Deiner Aufgabe.

Ich habe von Deinen verwickelten Vaterschaften berichtet. Soweit herrscht nun Klarheit. Du bist nicht der Sohn Ludwigs, du bist der Sohn von Kurt, einem mutmaßlichen SS-Kriegsverbrecher, der gleichzeitig auch mein Vater ist. Wir könnten uns jetzt zusammensetzen und das Schicksal beklagen, das uns denselben Mann als Ehegatten und Vater beschert hat. Auf diese Weise sind wir beide nämlich auch Geschwister. Ich nehme aber an, es ist in deinem Sinn, wenn wir die alte Rolleneinteilung als Mutter und Sohn für die restliche Zeit meines Erdenlebens weiter in Kraft lassen.

Falls Du nun Deinem vermeintlichen Vater Ludwig nachtrauern solltest, so muß ich Dir leider mitteilen, daß auch Ludwigs Kriegszeit nicht unproblematisch war. Er selber hat ein paarmal fallenlassen, daß er Ende September 1944 in Mittelitalien in den Bergen um Marzabotto stationiert war. Er machte eine vielsagende Pause und wartete, wie ich reagieren würde. Mir sagte dieser Ort aber nichts, und er ließ es bei der Namensnennung bewenden. Aber nun, da die Briefe meiner Mutter die Vergangenheit aufwühlen, hab ich nachgesehen, was es mit diesem Ort auf sich hat. Wenn er sich wirklich während der Tage des Massakers dort aufhielt, müssen wir davon ausgehen, daß auch unser Ludwig in Kriegsverbrechen verstrickt war.

Der Dozent schüttelte den Kopf. Leise wiederholte er immer dieselben Worte: „Ich glaub es nicht. Ich glaub es nicht.“

Ich legte ihm die Hand auf die Schulter. Mit der Zeit wurde mir der Bekenntnisdrang von Madame zuviel. Irgendwie müssen die reichen Schnösel sich immer von anderen abheben, dachte ich mit wachsendem Ärger. Wenn ein positiver Unterschied nicht zu kaufen ist, darf es auch eine allerschlimmste Sache sein, etwas Grauenerregendes, von einer Dimension, die einem schon wieder Respekt einflößen soll. Ein Mitläufer des Dritten Reichs oder ein mittleres Arschloch kommt für diese Leute als Vorfahre nicht in Frage, unterm Kriegsverbrecher tun sie’s nicht. Selbst in den Abgründen der menschlichen Existenz kämpfen sie noch um die Pole Position.

Der Dozent war in sich zusammengesunken, ein schwer atmendes Häufchen Elend.

Ich glaubte mit ihm zu fühlen. Er konnte ja wirklich nichts dafür. Und dann überkam mich ein lodernder Zorn darüber, daß auch er aus dem tröstlichen Mittelmaß hervorstechen mußte. Daß auch er sich mit einem Dutzendschicksal nicht bescheiden konnte.

Was sollte ich ihm sagen: Daß es nicht so schlimm sei? Wo es doch mit jeder Sekunde, in der die schreckliche Wahrheit in unsere Gedanken einsickerte, schlimmer wurde, sodaß man anfing, mit dem Wort „unerträglich" zu hadern, weil es nicht zu steigern war.

Mein Zorn schlug in Scham um, als ich begriff, daß ich dabei war, dem Dozenten seine SS-Väter zu neiden. Mein Vater war, als ich ein Kind war, plötzlich verstorben. Aber an einem Herzinfarkt ist nichts heroisch. Einen Herztod umweht keine geschichtliche Aura. Hatte nicht der Dozent mit seinem Nazivater lange und schöne Jahre erlebt? Hatte er nicht sein halbes Erwachsenenleben in der Überzeugung zugebracht, sein Vater sei alles in allem ein erträglicher Zeitgenosse gewesen? War es das, was ich ihm neidete? Die Ausbildung im Theresianum, das Leben im ruhigen Luxus mit Chauffeur und Jaguar und Schiurlaub am Arlberg und Sommerfrische in einem Schloß in der Toskana?

Ich schlug in meinem Volks-Brockhaus nach und fand folgenden Eintrag:

Marzabotto ist eine Stadt im Tal des Reno in der Nähe von Bologna. Die Stadt hat rund 7000 Einwohner. In der Nähe von Marzabotto ist die größte etruskische Stadt Italiens ausgegraben worden. Bekannt ist der Ort auch durch das Massaker von Marzabotto. Zwischen dem 29. September und dem 1. Oktober 1944 ermordeten Einheiten der 16. SS-Panzergrenadier-Division „Reichsführer SS" und der Wehrmacht über 770 Zivilisten, laut einigen Quellen bis zu 1836 Personen. Die Liste der Opfer enthält die Namen und Geburtsdaten von 213 Kindern. Erwachsene Männer im wehrfähigen Alter fehlen unter den Opfern. Die Aktion richtete sich gegen Partisanen der „Stella Rossa"-Gruppe.

Lexika haben etwas Tröstliches. Sie sind das beste Mittel, Überspanntheiten zu relativieren. Sie bieten einen Ausweg, der so wenig auf einer Lüge fußt, wie er Erlösung verspricht. Wer das Glück hat, sich zeitweilig im Strom der Geschichte zu verlieren, hat gute Chancen, intakt zu bleiben.

Der Dozent hatte sich wieder so weit erholt, daß er weiterlesen konnte.

Mein leidgeprüfter Sohn, noch ist die Aufgabe, derentwegen ich Dich nach Kärnten geschickt habe, nicht vollständig umrissen. Ich will wissen, was in diesem Sommer in Sekirn und am Wörthersee geschehen ist. Meine Mutter schreibt da nämlich von einem dunkelhaarigen Mädchen, siebzehn Jahre alt, das slowenisch und deutsch sprach und die Tochter eines Hausarbeiters war. Das Mädchen hieß Olga Ston, und es muß etwas Besonderes an ihr gewesen sein, wenn man den Aufzeichnungen meiner Mutter trauen darf.

Hör selbst! Ich zitiere aus dem Tagebuch meiner Mutter:

„Heute mit Olga schon in aller Früh Schwammerl brocken am Pyramidenkogel. Der See im tiefen Nebel. Ute ist noch vom Vorabend (Orgie in Freudenberg) müde und bleibt in Sekirn. Vielleicht umgarnt sie auch den zweiten Amerikaner, Lem. Das allerdings wäre verlorene Liebesmüh, denn der Freund unseres John F. ist Männern zugetan, und zwar ausschließlich, und wenn sie Uniformen tragen, ist er nicht zu halten. Mein John Fitz (ich nenne ihn bei mir so), mein John Fitz verwendet Lem als

Schutzschild für seine sportlichen Abstecher in die weibliche Unterwäsche. ‚Wham! Bam! Thank You 'Mam', sagt er und lacht, wenn er es wieder einmal geschafft hatte, unsereins noch in voller Montur zu nehmen. Also, heftige Völkerfreundschaft mit John Fitz, mit einiger Tendenz zur allseitigen Vertiefung. wenn niemand herschaut, und wenn doch jemand herschaut, dann erst recht, denn das gefällt ihm, meinem John Fitz, wenn alle Welt sieht, was für ein toller Hengst er ist.

Und ich? Glücklich? Verliebt? Ja, doch. Aber nicht in John Fitz, wenn ich ehrlich bin. Es schmeichelt mir, daß er mich hinter Büschen und auf Küchentischen beglückt, das ist wild und lustig, aber wenn ich ehrlich bin, gehört mein Herz ... nicht einem andern. Es gehört einer andern.

So, jetzt ist es gesagt, und da es gesagt ist, hat es auch Grund ...“ (Es folgen unleserliche Worte, verwischte Zeilen! Anm. Mamà)

„Schweigend steigen Olga und ich den steilen Hang hinauf, der See ist ein schwarzes, hingestrecktes Etwas ohne Leben. Wir kommen zu einer Lichtung, am Waldrand stehen mehrere Parasolpilze, in der Nacht aufgegangen, mit einem Schirm wie in einem Strandhotel am See. Die Sonne sticht durch die Wolken, wir bücken uns und schneiden die Pilze am Stamm mit einem kleinen Messer ab. Dann nimmt Olga den Stengel und versucht, das bewegliche Bändchen unterhalb der Lamellen am Stengel rauf und runter zu schieben. Wenn das geht, ist es ein Parasol, wenn das Bändchen fest ist, droht Gefahr, dann könnte es auch ein Knollenblätterpilz sein. Ja, die Bändchen muß man hin und her schieben, sage ich und nehme auch einen Stengel, und während ich es Olga nachmache, schaue ich in ihre schwarzen Augen, sie wird rot, aber ich schiebe das Bändchen weiter hin und her, und sie beginnt zu lächeln, ich sehe ihre weißen Zähne zwischen den Lip-

pen, und ich traktiere weiter den Pilz, da spüre ich Olgas Finger auf dem Pilz, auch sie testet das Bändchen, und während wir beide das Bändchen festhalten, komme ich ihrem Gesicht immer näher, und sie zieht ihren Kopf nicht zurück, und dann küssen wir uns auf die Lippen, auf die geöffneten Lippen, und unsere Finger arbeiten weiter am Parasol, während unsere Lippen und Zungen weiter oben flink unterwegs sind. Danach liegen wir auf der Wiese und umarmen uns, aber nicht wie Schwestern. Und der Parasol liegt daneben und trocknet in der Sonne aus.

Später sehe ich den runden Gipfel der Gerlitzen aus den Wolken auftauchen und zeige Olga den Berg, und sie sagt ein Wort, das ich nicht verstehe, und legt mir den Parasol in die Schürze. Dann springt sie auf und lacht und lacht. Ich hab noch nie jemand so lachen hören, und Olga lacht und tanzt und ich erschrecke plötzlich, weil mir die Tränen über die Wangen laufen. Ich weine und weiß nicht, warum.

So geht das den Sommer hindurch, abends mit John Fitz und den Herren von der SS auf Schlössern und Landsitzen, tagsüber mit Olga Boot fahren. Wir kennen mittlerweile alle entlegenen Ecken des Sees, besonders lieben wir das Schilf beim Angerer Spitz. Ute hat das natürlich mitbekommen, einmal erwischt sie uns, als ich Olga mit einem Sonnenschutzmittel eincreme. Sie will Olga auch eincremen, sagt sie. Wenn du sie anrührst, bring ich dich um, erwidere ich. Dann bleibe ich lieber bei meinen Herrn, die lassen sich gern von mir einwickeln, sagt Ute und lacht.“

Mein Sohn,

Du fragst, warum ich gerade diese Geschichte erzähle? Ahnst Du es nicht? Ich erzähle diese Geschichte, weil sie die einzige in dem ganzen Brei von SS- und Kriegsver-

brechen und all dem Nazikrempel ist, die nicht von Leid und Tod und Mord handelt, sondern von einer wunderbaren, unschuldigen Liebe.

Ich will wissen, was aus Mutters geliebter Olga geworden ist. Von all den andern, den Herren mit den Orden und den kurzen Haaren und gewichsten Stiefeln, weiß ich, was aus ihnen geworden ist, und ich gäbe viel darum, wenn ich es nicht wüßte, aber was aus Olga geworden ist, dem einzigen Menschen, der nicht zum braunen Gesindel und den Herrschaften mit den schwarzen Uniformen und dem Totenkopf am Spiegel gehörte, weiß ich nicht. Das kleine, flackernde Licht in all dem Dunkel, was ist mit ihm geschehen? Leuchtete es noch lange? Und wo? Wurde die Flamme genährt, durch Liebe und Glück und Zuwendung? Oder wurde sie erstickt?

Sieh nach, was aus Olga geworden ist, bitte! Je länger ich mich mit unserer Familie beschäftige, desto klarer wird mir, daß es im Grunde nur diese eine Frage ist, auf die ich eine Antwort haben will. Hat Olga überlebt? Hat meine Mutter ihr geholfen? Gibt es unter unseren Vorfahren auch Menschen, für die man sich nicht genieren muß? Sieh nach, mein Sohn, sieh genau nach. Du tust es auch für Dich.

Meine Hoffnung ist klein, und meine Angst ist groß. Ich fürchte die Antwort ebensosehr, wie ich mich danach sehne.

Deine alte Mutter

Der Dozent klappte das Notebook zu. Er wirkte klein und zerbrechlich, und mir fiel auf, wie sehr er in den letzten Monaten gealtert war. Er erinnerte mich an den späten Montgomery Clift in dem Film „Der Richter von Nürnberg“, wo Clift, dem 1961, als der Film gedreht wurde, nur mehr kurze Zeit zu leben beschieden war, einen zwangssterilisierten deutschen Arbeiter spielt, der vom Verteidiger eines Nazijuristen während des Kreuzverhörs so grausam gequält wird, daß er einen Nervenzusammenbruch erleidet. Der Verteidiger, gespielt von Maximilian Schell, will die einstige Begründung für die Zwangssterilisation – „angeborener Schwachsinn" – nachträglich bestätigen und unterstellt auch der Mutter des Arbeiters, schwachsinnig gewesen zu sein. Der Arbeiter windet sich und klagt und kämpft um seine Würde, aber der Verteidiger hat sich an ihm festgebissen und reißt mit jedem Wort ein Stück Leben aus dem gedemütigten Mann. Bis der schließlich eine abgegriffene Fotografie seiner Mutter hervorholt und dem wütenden Verteidiger entgegenhält, als gelte es, den Teufel abzuwehren. Die Lebenspein des armen Kerls war so erschütternd, daß die Gerichtsverhandlung unterbrochen werden mußte.

An diese getretene und geschundene Existenz erinnerte mich in diesem Moment mein Freund, der Fabrikerbe. Aber im Gegensatz zu Spencer Tracy, der den Richter spielte und die Verhandlung unterbrach, machte ich mit dem Dozenten weiter. Er hatte jetzt eine Aufgabe. Eine große, eine schwierige Aufgabe, er sollte nachforschen und wenn möglich beweisen, daß seine Familie, die ja im pekuniären und sozialen Sinn die alleinige Grundlage seiner Existenz darstellte, Reichtum und privilegierte Stellung nicht nur aus dem braunen Sumpf ableitete, sondern auch ein schwaches Pflänzlein an menschlicher Normalität vorweisen konnte. Eine Aufgabe für geduldige Arbeit in Archiven, eine Aufgabe für einen Historiker.

Ich sah unsere weitere Vorgangsweise klar vor mir. Wir würden getrennt ermitteln, ich würde versuchen, die Hintergründe für Eugens Tod herauszufinden, und der Dozent würde mit seinem Historiker-Freund daran arbeiten, auf dem braunen Tuch der Familiengeschichte zumindest einen weißen Fleck zu finden. Es war anzunehmen, daß die Recherche für den Dozenten ungefährlich sein würde. Jeder weiß über die Geschichte Kärntens Bescheid, eine kleine Recherche innerhalb eines entlegenen Stranges würde keine gefährlichen Feinde auf den Plan rufen. Und ich könnte mich, ohne gestört zu werden, mit Prinz Eugens Liste befassen.

Ich überlegte hin und her, wie es möglich wäre, den Dozenten von meinem Plan zu überzeugen. Davon auszugehen, er würde von sich aus zur Einsicht, zu meiner Einsicht kommen, war naiv. Es sollte sich herausstellen, daß ich meinen Gefährten nur allzu gut kannte. Schon auf die erste Andeutung einer getrennten Vorgangsweise reagierte er aggressiv ablehnend. Ich versuchte, ihn mit historischen Argumenten zu ködern.

„Wir machen es wie Moltke vor Königgrätz“, schlug ich vor. „Getrennt marschieren, vereint schlagen.“

„Sie wissen aber auch, daß die preußischen Nachschubzüge erst eintrafen, als die Schlacht längst gewonnen war“, erwiderte der Dozent, „Königgrätz ist eben kein Beleg für die Sinnhaftigkeit getrennten Vorgehens. Außerdem ist es bei Ihnen aus körperlichen Gründen mit dem Marschieren nicht weit her und bei mir aus weltanschaulichen.“

Was sollte ich darauf antworten? Der Dozent hatte recht.

Im Bett grübelte ich noch lange darüber nach, warum ich unbedingt allein vorgehen wollte. Hatte Bella etwas damit zu tun? Wollte ich sie vom Dozenten fernhalten? Und wenn ja, warum? Vielleicht wäre es hilfreich, wenn ich an Mister Giordano schreiben würde, dachte ich. Und schon fing ich an, im Geist einen Brief zu formulieren.

Ich hielt mich nicht mit Floskeln auf und teilte ihm den Stand der Dinge mit. Wie wir nach Kärnten kamen und kein Quartier fanden, wie wir erste Erkundigungen über das Leben der Seeanrainer anstellten und zu unserer Überraschung auf den jungen John F. Kennedy stießen, wie wir bei einer Kärntner Slowenin Unterschlupf fanden, die sich benimmt, als wäre der Zweite Weltkrieg noch im Gange, und streng konspirativ lebt. Allerdings nicht ohne im entscheidenden Moment den Mut zu haben, die Regeln hintanzustellen, um Gestrandeten zu helfen, denn das waren wir, Gestrandete im Sumpf der Kärntner Geschichte.

Es hatte so schön begonnen, setzte ich fort. Ich fuhr im Glauben nach Kärnten, daß alles halb so wild sei. Die Wiener, in ihrer großstädtischen Überheblichkeit, würden die Verhältnisse in Kärnten schwarzmalen. Weil die Wiener und die Kärntner wie Hund und Katze sind, wenn man aber ihre Reviere respektiert, sind sie harmlos.

Und schon unterbrach ich mich im Halbschlaf. Dieser Satz war nicht nur falsch, er war gefährlich falsch! Weder die Wiener noch die Kärntner verdienen das Adjektiv „harmlos“, das haben beide in der Geschichte zur Genüge bewiesen. Wenn man sie nicht unter Kuratel hält, lassen beide gern die Sau raus. Damit, Freund Giordano, sind wir der Wahrheit schon nähergerückt, sie lautet nämlich: Die Wiener und Kärntner sind nicht wie Hund und Katze, sie sind von derselben Gattung, man liegt nicht falsch, wenn man das Verhältnis der beiden als jenes zwischen Haus- und Wildschwein charakterisiert.

Und um Giordanos allfällige Einwände zu entkräften, fügte ich noch ein Beispiel an, das ich einem Mineur aus dem Mölltal verdankte, der beim Bau des Marchfeldkanals beschäftigt gewesen war und einige Zeit beim Binder-Heurigen verkehrte.

Wenn jemand durch einen Messerstich eine stark blutende Wunde hat, sagt man in Kärnten, er blute „wie Schwein", erzählte der Mineur und grinste selbstgefällig. Mir aber ist nicht zum Lachen zumute. Einem leidenden Wesen den unbestimmten Artikel vorzuenthalten ist schlimmer noch als das Messerattentat, es nimmt dem Opfer den letzten Rest von Würde. Wenn es schließlich elendiglich krepiert, schickt der *homo carinthicus* seinem Opfer dann noch den Satztorso „Manchmal kommt blöd" hinterdrein. Übrig bleiben Sprache und Verhalten einer Rotte: knappe Kommandos, wehleidiges Jaulen und blitzschnelles Zubeißen, wenn ein Schwächerer vermutet wird.

Die Wiener, als städtische Vertreter der Gattung, haben es da weiter gebracht. Auch im Vollrausch formuliert der *homo simmeringensis* ganze Sätze wie „Ich scheiß dir ins Herz, Alter!" oder „Geh sterben, Wappler!" Beim *homo academicus,* in den bürgerlichen Bezirken, lauten die entsprechenden Varianten: „Ich schalte meinen Anwalt ein" und „Verlassen Sie den Aufsichtsrat!" Gemeint ist in jedem Fall dasselbe.

Sehr geehrter Mister Giordano! Verehrter Freund!

Ich stehe nun vor folgendem Dilemma: Die durch Jahrzehnte gewachsene Kenntnis des „goldenen Wienerherzens" korrespondiert mit dem in drei Tagen erworbenen Wissen um den „gemütvollen Kärntner", der einen „Urlaub bei Freunden" verspricht, aber nicht dazusagt, daß sich unter den Freunden SS-Massenmörder, willfährige Richter, bestochene Politiker und unverschämte Rotzlümmel tummeln, die sich im Niemandsland von Raub, Unterschlagung und Betrug bequem eingerichtet haben.

Ich gestehe meine Verwirrung ein und füge hinzu, sie ist auch deshalb so groß, weil ich sehe, daß die Vorurteile, die von diesem Land in der zivilisierten Welt kursieren, zutreffen, ja es scheint mir sogar, als müßte man sie sträflicher Untertreibung zeihen. Wie soll ich mich verhalten? Können Sie mir weiterhelfen?

Ihr Groll

Im Traum ließ Giordanos Antwort nicht lange auf sich warten. Zuerst lobte er mich, daß ich den Kontakt mit ihm hielt. Regelmäßige kurze Berichte würden seine Arbeit – das Erteilen von Ratschlägen und Befehlen – erleichtern. Auch daß ich meinem Zweifel angesichts der verzwickten Lage Ausdruck verlieh, fand er in Ordnung. Wer seine Widersprüche benennen könne, der sei auch in der Lage, Auswege zu finden. Was er allerdings nicht goutierte, war der Vergleich von Menschen und Menschengruppen mit Tieren. Es genüge, daß die Menschen grausam, verschlagen und unberechenbar seien, man müsse zur Formulierung dieser Binsenweisheit nicht ins Tierreich flüchten. Tiere folgten Instinkten, Menschen hätten diese Prägung schon vor langer Zeit verloren. Instinkte seien berechenbar, instinktlose Wesen nicht. Daß der Mensch keine Instinkte habe und im übrigen das Zeitalter des Individuums noch längst nicht angebrochen sei, könne ich beim ungarischen Philosophen Ferenc Tökei in dessen Schrift „Zur Theorie der Gesellschaftsformationen“ nachlesen. Wenn ich etwas nicht verstünde, könne ich ja ihn fragen.

Meine Aufgabe betreffend äußerte er den Verdacht, daß ich ihm zentrale Informationen verschweigen würde. Die simple Recherche einer Abstammung würde sonst bei mir keine Widersprüche hervorrufen, diese Art von komplexem Denken entspreche nicht meiner Art.

Ich nahm den Rüffel in Demut entgegen und replizierte auf der Stelle, indem ich die Geschichte von Eugen und Bella erzählte, die Liste ins Spiel brachte und mit Eugens Ermordung schloß. Giordanos Antwort war kurz und präzis:

„Der Tod vieler hoffnungsvoller Unternehmungen ist die Überfrachtung durch andere Dinge“, schrieb er. „Entweder Sie helfen dem Dozenten, seine Familienprobleme zu klären, oder Sie spielen Privatermittler in einer Sache, die Sie nichts angeht. Melden Sie sich erst wieder, sobald Sie sich für eine der beiden Aufgaben entschieden haben.

Gruß, Giordano“

14. Kapitel

Große Oper in Velden. Das Bildnis Lenins im Dom zu Maria Saal. Sind die Samenfäden der SSler deutsche Wertarbeit? Und ein Raptus von Mister Giordano

Als ich erwachte, saß der Dozent halbnackt vor seinem Notebook und machte auf einem Zettel Notizen.

„Neue Anweisungen aus Wien?"

Der Dozent schüttelte den Kopf und schrieb, während ich mich streckte und reckte, weiter. Kaum war ich im Badezimmer, klopfte es an der Tür.

„Kommen Sie rasch!" rief der Dozent.

Ich beendete meine Katzenwäsche und eilte ins Zimmer. Der Dozent hielt mir mein Handy entgegen.

„Ja?"

Mister Durrell war am Apparat. Er hatte von Eugens Tod erfahren, wahrscheinlich aus den regionalen Medien.

„Eine Katastrophe, Groll! War es wirklich ein Unfall?"

„Haben Sie je von den Assassinen gehört?" fragte ich zurück.

„Eine religiöse Gruppe in Persien, vor langer Zeit."

„Sie wissen auch, was mit deren Namen verknüpft ist?"

„Assassination!" flüsterte der Dozent. „Mord."

Für ein paar Momente schwieg Mister Durrell. Dann sagte er: „We have to talk."

„Gut. Aber wo?"

„Velden, Café Seespitz, vor dem berühmten Hotel, die Behindertentoilette. In einer halben Stunde." Er legte auf.

Das war etwas Neues. Eine Behindertentoilette als konspirativer Treffpunkt.

Als wir die steile Ausfahrt auf die Bundesstraße nehmen wollten, näherte sich unsere Wirtin. Sie mußte sich hinter einem Fliederstrauch verborgen haben. Ich kurbelte das Fenster hinunter. Wir sollten uns in acht nehmen, sagte sie und schaute rasch um sich. In einer Veldener Marina sei die Leiche eines italienischen Fremdarbeiters gefunden worden.

Sie verwendet das Wort aus der Kriegszeit sehr bewußt, dachte ich.

Auf der Fahrt fragte ich den Dozenten nach dem Historiker. Ich wollte wissen, warum er uns beim Schloß Mageregg versetzt hatte.

Sein Freund habe sich per Mail gemeldet, erwiderte der Dozent. Er habe uns nicht versetzt, sondern sei beim Schloß gewesen, genauer: in der Nähe des Schlosses, am gegenüberliegenden Hügel, ausgerüstet mit einem Fernrohr.

„Er hat die Auffahrt der Kärntner Jägerschaft gesehen und entschieden, daß es besser war, sich nicht zu zeigen."

„Ein umsichtiger Mann", sagte ich anerkennend.

„Ihm macht in Kärnten niemand etwas vor", bekräftigte der Dozent.

Dreißig Minuten später stellte ich meinen Wagen zwischen einem Maybach und einem Mercedes Zwölfzylinder ab. Der Dozent blieb sitzen, er sollte verhindern, daß der Wagen abgeschleppt wird. Er nahm seine Aufgabe mit Murren an.

Das Café Seespitz ist ein eingeschoßiger, mit Holz verkleideter Bau in der Veldener Bucht, der prominenteste Platz am See. Ich machte mir gar nicht erst die Mühe, in den Gastraum zu fahren, die Behindertentoilette war neben dem Eingang, ich schlüpfte hinein und verriegelte die Tür. Dann schaute ich mich um. Ich befand mich in einem marmorverkleideten Salon, ein Tischchen mit Duftkerzen und Stoffservietten sowie ein fahrbarer Zeitschriftenständer mit internationalen Tageszeitungen, darunter mehrere russische und eine ungarische, fanden sich ebenso wie ein großer Spiegel, ein Rattansessel und eine Batterie von Handtüchern. Aus einem Lautsprecher drang leise Jazzmusik. Die Behindertentoilette schien besser ausgestattet als die meisten Hotels und Privatpensionen am See. Sollte ich einmal in die Verlegenheit kommen, am Wörthersee einen Urlaub verbringen zu müssen, ich würde diese Behindertentoilette mieten.

Es klopfte an der Tür. Besetzt, rief ich. Jemand fluchte auf Russisch und drückte die Klinke. Besetzt, rief ich nochmals. Das russische Fluchen verstummte. Kurz darauf klopfte es dreimal an der Tür, eine Stimme sagte: „This is Big Ben calling!"

Ich öffnete. Mister Durrell schlüpfte in den Raum, er war sehr aufgeregt.

„Im Radio verlautete, daß der Filialleiter einer Regionalbank tot aufgefunden wurde", sagte er. „Emmerich Prinz, der Bruder Eugens! Er lag nackt vor dem Eingang eines Fischrestaurants in Ugovizza, das ist gleich hinter der Grenze, hinter Tarvis. Sein Schädel war eingeschlagen und die rechte Hand abgeschnitten. Wahrscheinlich mit einer Motorsäge."

Jetzt nahm die Sache eine Wendung ins Dramatische. Große Oper, würde Eugen sagen. Er war zwar in seinem Leben nie in der Oper gewesen, hatte auch nie eine Oper gehört, aber wenn ein Sportwagen oder ein Motorrad mit aufheulendem Motor an ihm vorüberzog, war das für ihn „große Oper".

Ich lud Mister Durrell ein, auf dem Rattansitz Platz zu nehmen. Er setzte sich vorsichtig und behielt die Körperspannung bei. Er schien bereit, jederzeit aufzuspringen. Nachdem er mich kurze Zeit prüfend angesehen hatte, sagte er: „Sprechen Sie!"

Ich mußte herausfinden, wie weit ich mit meinen Beobachtungen gehen konnte, daher entschied ich mich für eine vorsichtige Variante.

„Wußten Sie, daß Eugen einen ungewöhnlichen Fisch an Land gezogen hatte?"

„Sie meinen die Frau aus Bayern?" parierte er mit einer Gegenfrage.

„Nein, ich meine, daß unser Freund Eugen ein Faible für Statistiken hat. Pardon, hatte."

„Sie sprechen von der Liste?"

Er schien eingeweiht. „Sie wissen davon?"

„Er hat sie mir gezeigt und wollte wissen, was er damit anfangen soll."

„Und? Was haben Sie ihm geraten?"

An der Tür wurde wieder geklopft. Und wieder folgte ein russischer Fluch. Dann war es still. Lange würden wir hier nicht mehr bleiben können.

„Er soll die Liste verbrennen und nie wieder daran denken. Das habe ich ihm geraten."

„Wie hat er reagiert?"

„Er brauche Geld, aber diesmal nicht für sein Motorrad. Er brauche es dringend."

Ich war also nicht sehr falschgelegen, als ich annahm, daß Eugen seiner Bella etwas bieten wollte, ein bißchen Wohlstand und Luxus, obwohl Eugen für Bella schon der Inbegriff von Luxus war.

„Sie wissen, daß Eugen auch ein Faible für schlechte Kriminalfilme hatte", fuhr Mister Durrell fort. „Er glaubte sich plötzlich in einen derartigen Film versetzt.

Kleiner Fisch kommt über eine Insiderinformation ans große Geld, eine Gang macht ihm das Geld streitig, er kämpft um sein Leben. Und am Ende bezieht er eine Villa in Beverly Hills."

Ich nickte. „Ist die Liste denn so wertvoll?"

Mister Durrell schaute mich mit einem bitteren Lächeln an. „Sie ist nicht uninteressant, in den Händen der richtigen Leute birgt sie einige Sprengkraft. Aber Eugen ist sicher nicht der einzige, der in ihrem Besitz ist, Entschuldigung, war. Ich denke eher, daß er die Liste von seinem Bruder ohne dessen Wissen kopiert hat. Was der mit der Liste vorhatte, entzieht sich meiner Kenntnis. Derzeit sind in Kärnten einige Gruppen unterwegs, die versuchen, mit diversen Informationen über Finanztricks vermögender Herrschaften im Umkreis der Kärntner Hausbank zu Geld zu kommen. Auch Eugen wollte da mitspielen. Er hatte vor, die Liste an Zeitungen zu verkaufen. Ich riet ihm dringend davon ab."

„Weshalb?" Mister Durrell schien bei Eugen eine ähnliche Stellung eingenommen zu haben wie ich bei meinem Dozenten.

„Weil keine Zeitung ihre Anzeigenkunden vergraulen will. Je kleiner der Markt, desto korrupter ist er", erwiderte Mister Durrell.

„Vielleicht wollen auch einige Leute, die auf der Liste stehen, daß ihr Name gelöscht wird. Daß die Liste insgesamt verschwindet."

„Möglich. Niemand hat einen Überblick, wer wem mißtraut und wer wen auffliegen lassen könnte. Da ist viel Nervosität im Spiel."

Der arme Eugen hatte hoch gepokert, zu hoch. Und jetzt ruht er in einem Sarg und nicht in einer Hollywoodschaukel.

„Und die Staatsanwaltschaft?"

So dumm sei Eugen auch wieder nicht gewesen, daß er der Behörde die Liste gezeigt habe, meinte Mister Durrell.

„Hätte sein können, daß sie die Liste kassieren und Eugen beziehungsweise seinen Bruder verhaften."

„Das wäre die naheliegende Lösung gewesen."

„Und es wäre nie zu einer Untersuchung gekommen."

Mister Durrell nickte knapp.

„Aus diesem Grund sollten Sie alles unternehmen, daß niemand auf die Idee kommen kann, Sie hätten die Liste von Eugen."

Mister Durrell war ein scharfsichtiger Mann. Es war nutzlos, ihm etwas vorzuspielen.

„Es könnte sein, daß ich weiß, wo die Liste ist", sagte ich leise.

„Ich habe es befürchtet."

„Wie soll ich mich also verhalten?"

Er beugte sich vor und verschränkte die Hände.

„Sie haben nicht viele Möglichkeiten. Ich weiß nur, daß Sie Ihres Lebens nicht mehr sicher sind, wenn jemand die Liste in Ihrem Besitz glaubt."

Es müsse doch möglich sein, den Verdacht zu entkräften, entgegnete ich.

Mister Durrell schüttelte den Kopf.

„Ihre einzige Chance besteht darin, zu verschwinden. Verlassen Sie Kärnten, so rasch Sie können. Glauben Sie mir, ich habe ein Gespür für das Kommende."

Ich beugte mich vor und sagte so eindringlich, wie ich konnte:

„Wenn es nach mir ginge, Mister Durrell, wäre ich längst über alle Berge. Im Sinne des Wortes. Mein Habitat sind die Niederungen der Donau, nicht die

Adlerhorste der Karawanken. Die Sache mit Eugen übersteigt meine Möglichkeiten. Ich habe zwar eine Ahnung, in welche Art Geschäfte er verstrickt war, aber ich weiß nicht, wie weit er vorgedrungen ist. Ja, ich weiß nicht einmal, ob er mit seinem Bruder gemeinsame Sache gemacht oder auf eigene Faust gehandelt hat. Schließlich kann ich nur darüber rätseln, welche Gruppe auf ihn aufmerksam geworden ist und was genau ihm letztlich das Leben kostete."

Mister Durrell verfolgte meine Rede, ohne eine Gesichtsregung zu zeigen.

„Ich weiß nur, daß ich keine Lust habe, mich in die Niederungen der Kärntner Skandalsümpfe zu begeben", fuhr ich fort. „Wer da wen jagt, ist mir egal."

Durrell nickte. „Sie müssen davon ausgehen, daß es nach dem Unfalltod des Landesführers zu einer Neuaufteilung der Claims kam, in der politischen Sphäre, im Justiz- und Gesundheitsbereich und – vor allem – in den öffentlichen Finanzen", sagte er.

„Und wie immer in derartigen Konstellationen gibt es Gewinner, die um den Fruchtgenuß aus ihren Malversationen bangen, und Verlierer, die ihren kriminellen Anteil am öffentlichen Geldkuchen zurückhaben wollen", setzte ich fort.

„Und das mit allen Mitteln, die im Dreieck von kroatischer Mafia, korrupten Familien- und Stiftungsclans sowie den Repräsentanten eines skrupellosen Deutschnationalismus geschäftsüblich sind", vollendete Mister Durrell den Gedanken. „Ich sehe, daß wir uns eine ähnliche Einschätzung der Dinge zu eigen gemacht haben." Er lehnte sich zurück, sein Blick ruhte weiter prüfend auf mir.

Ich würde versuchen, Bella unbeschadet nach München zurückzubringen, das war alles, was ich für meinen toten Freund Eugen noch tun konnte. Dennoch fiel es mir schwer, den Dozenten im Stich zu lassen. Zwar war es keine erhebende Aussicht, der Nazivergangenheit einer österreichischen Industriellenfamilie hinterherzuhecheln. Was die Vorfahren der Kärntner Paradedeutschen vor sechzig Jahren verbrochen hatten, lockt keinen Hund mehr hinter dem Ofen hervor. Noch dazu, wo sich in Wien die Geistesverwandten der Kärntner Nazi anschicken, ihren Parteigenossen zwischen den Gebirgen den Rang streitig zu machen. In jenen Tagen hatte der Generalsekretär des Wiener Flügels im Parlament die Vertriebenen des Dritten Reichs als „Davongelaufene" bezeichnet, die dauernd „umhätschelt" sein wollen. Nur der Vorsitzende des KZ-Verbandes protestierte. Angesichts dieses kommentarlosen Hinnehmens durch die anderen Parteien können einem sogar die Kärntner Postnazi ans Herz wachsen, dachte ich. Da Wien um nichts besser war, konnte ich gradesogut dableiben und meine Arbeit zu Ende bringen. Man hat schließlich auch seinen Berufsstolz.

„Das ist nicht so einfach, Mister Durrell", sagte ich. „Ich bin als Assistent meines Freundes hier, ich breche ungern meine Projekte ab. So etwas ist schlecht fürs Geschäft und noch schlechter für die Psyche eines Freiberuflers."

Mister Durrell erhob sich. „Ich habe es mir gedacht. Dann also viel Glück. Passen Sie gut auf sich auf. Schikken Sie mir eine Karte, wenn Sie wieder in Wien sind. Und besuchen Sie mich am Friedhof, wenn Sie wieder nach Kärnten kommen sollten." Er reichte mir die Hand. Ich drückte sie fest, obwohl ich den letzten Satz unfreiwillig komisch fand. Aber ich war ja kein *british soldier*, ich konnte Lawrenty Durrell besuchen, ohne befürchten zu müssen, eine Rose über meinen modernden Knochen zu wissen.

Mister Durrell und ich verließen die Toilette. Ein Mann in mittleren Jahren versuchte, sich an uns vorbeizuzwängen. Ich versperrte ihm den Weg und deutete auf das Rollstuhlzeichen an der Tür. Der Mann stieß einen russischen Fluch aus. Ich reagierte mit einer blitzschnellen Ohrfeige. Lawrenty schob mich aus dem Café. Ich fragte mich, ob der Russe mir folgen oder ob er Sicherheitsleute auf mich hetzen würde, aber nichts dergleichen geschah. Oligarch hin oder her, jemand, der vor einer Behindertentoilette winselt, ist für unsereins kein Gegner.

Wieder beim Wagen – Lawrenty war Richtung Bahnhof verschwunden –, fand ich unter dem Scheibenwischer eine Anzeige vor. Vom Dozenten war nichts zu sehen. Ich kontrollierte noch den Maybach und den Edel-Mercedes auf allfällige Anzeigen und stellte mit bitterer Befriedigung fest, daß das strenge Auge des Gesetzes nur meinen Renault für strafwürdig befunden hatte. Angesichts des Platzes vor dem Hoteleingang konnten mich nur die Lakaien des Kitschpalasts vernadert haben. Ich nahm die Anzeige, steckte sie unter Josephs Polster und fuhr ins Hotel. An der Rezeption holte ich das Papier hervor und fragte, wem ich dies zu verdanken hätte. Eine blonde Frau und ein scheuer dunkelhaariger Mann rückten deutlich von mir ab. Der Desk-Manager war ein Bürschchen mit sehr viel Gel im Haar, er wand sich hin und her und stammelte etwas von einer Weisung der Geschäftsführung, man benötige den Platz für die Präsentation eines Show Cars im Rahmen des GTI-Treffens. Daraufhin fragte ich, wo sich denn in diesem gastfreundlichen Haus die

Behindertentoilette befinde. Wieder verdrehte sich das Bürschchen, so etwas gebe es in diesem Hotel nicht, aber das „Seespitz" gleich über die Straße verfüge über eine derartige Vorrichtung. Er nannte eine Behindertentoilette tatsächlich eine „Vorrichtung", er dachte also an eine Folterbank oder Guillotine. Die beiden anderen Rezeptionisten rückten weiter von ihm ab.

„Und was machen Ihre behinderten Gäste im Winter?" fragte ich.

„Wir haben im Winter keine Rollstuhlfahrer", sagte er und schüttelte sich, ob vor Ekel oder beim Gedanken an die Winterkälte, war nicht zu sagen.

„Und im Sommer?"

„Auch nicht. Sie sind der erste. Sie befinden sich hier in einem Haus der obersten Preisklasse."

Ich tat, als hätte ich die Frechheit überhört, und fragte nach dem Dozenten, beschrieb ihn als Erben eines großen Konzerns in englischem Tweed. Leider, sagte das Bürschchen und wand sich so kolossal, daß ich befürchtete, er werde sich im nächsten Moment auf dem marmornen Desk der Rezeption übergeben.

Noch einmal hielt ich Nachschau im „Seespitz". Vergeblich, der Dozent blieb verschwunden. Dem Maybach verpaßte ich noch zwei Erdäpfel für den Auspuff, den Mercedes Zwölfzylinder ließ ich links liegen. Ich vergreife mich nicht an rollenden Schnellkochtöpfen. Dann kletterte ich in meinen Wagen und fuhr die paar hundert Meter bis zum Polizeiwachzimmer, wo ich Joseph wieder zusammenbaute. Auf dem Weg zur Eingangstür überlegte ich noch kurz, ob ich den Dozenten als vermißt melden sollte, entschloß mich aber, damit noch zuzuwarten. Obwohl mein Gefühl mir sagte, daß mit dem Dozenten etwas Bedrohliches geschehen sei, hoffte ich, daß die Wirklichkeit mich eines Besseren belehren und mein Begleiter bald wieder an meiner Seite sein würde.

Der Polizeibeamte war unfreundlich, aber sachlich. Nein, die Anzeige könne er nicht zurücknehmen, sie stamme von einem Kollegen, der noch im Außendienst sei und jetzt beim GTI-Treffen benötigt werde. Mit ihm könne ich allenfalls übermorgen nachmittag reden. Da werde die Anzeige aber schon den Dienstweg gegangen sein, warf ich ein, worauf der gute Mann mir recht gab.

Nach dem Mißerfolg bei der Polizei schlenderte ich ziellos durch den Ort. Vor dem Casineum blieb ich stehen und warf einen Blick ins Foyer. Ich öffnete die Tür und rollte auf die Garderobe zu. Sofort setzte sich ein Uniformierter in Bewegung und eilte mit erhobenen Händen herbei. Die Kärntner Ärztenacht beginne erst in einer Stunde, sagte er. Das mache nichts, erwiderte ich, mein Begehr seien die einarmigen Banditen, ich würde dringend Geld brauchen. Vielleicht trieb der Dozent sich ja unter den Spielern herum? Vom Standpunkt der Soziologie sind diese Herrschaften möglicherweise für ihn von Interesse. Ich erwarb drei Jetons und drang ins Innere des Casinos vor. Eine perfekte Rampe führte zu den Spieltischen und zum Automatensaal. Seltsames Land, dachte ich wiederum, Casinos und Seilbahnen sind barrierefrei, die meisten anderen Einrichtungen nicht. Am Roulettetisch setzte ich dreimal auf Rot und verlor. Der Tisch und die Einrichtung wirkten alt und zerschlissen, das Casino hätte genausogut 1990 an der tschechoslowakischen Grenze inmitten heruntergekommener Bordelle stehen können. Im Automatensaal hielten einige wenige Junkies stumme Dialoge mit den Geräten. Fluchtartig verließ ich das Casineum. Meinen Dozenten dort zu suchen, erschien mir plötzlich als ein durch nichts gerechtfertigter Affront. Im Freien angekommen, fiel mir auf, daß der Zebrastreifen, der den wichtigsten Straßenübergang ins Reich der Spieler markiert, auf der einen Seite vorbildlich abgeschrägt war, auf der Seite des Casineums aber eine hohe Stufe aufwies. Ich dachte kurz darüber nach, ob sich hinter der Existenz der Stufe vielleicht ein fürsorglicher Gedanke verbarg. Wer fußmaroden Personen den Zugang zum Glücksspiel erschwert, trägt dazu bei, einen finanziellen Sturz zu verhindern. Aber war es nicht das Ziel des Pflegegelds, den behinderten und alten Menschen durch geldwerte Zuwendungen vermehrte Selbständigkeit zu ermöglichen? Wofür das Pflegegeld ausgegeben wird, ob für eine Haushälterin, einen persönlichen Assistenten, einen Zehnerblock im Puff, eine Schnellfeuerpistole oder einen Casinobesuch, sollte ausschließlich von den Betroffenen entschieden werden. Insofern handelte es sich um eine paternalistische Stufe, deren Schädlichkeit somit eine doppelte war. Wie recht ich mit meiner Einschätzung hatte, stellte ich fest, als ich durch eine breite Glasfront einen Blick auf die Buffetanordnung der Ärztenacht werfen konnte. Zwischen gußeisernen Pfannen, Warmhalteplatten und diversen Kasserollen war ein gutes Dutzend Frauentorsi aufgebaut, und zwar mit den Zehen nach oben und dem abgeschnittenen Unterkörper auf dem Tisch. Garnelen, Lammkronen und langstieliges grünes Gemüse schienen direkt aus den gespreizten Beinen, die mit schwarzen Netzstrümpfen versehen waren, hervorzuwachsen. Über der bizarren Szene hing ein Schild mit dem Befehl: „Burlesk!“ Das ist also der berühmte Kärntner Humor, dachte ich, immer politisch korrekt und von irrlichternder Trottelhaftigkeit. Wenn selbst die Ärztinnen und Ärzte daran keinen Anstoß nehmen, wie soll man da von der übrigen Bevölkerung Zivilisation erwarten?

Gedanken dieser Art wälzend, rollte ich den Gehsteig bis zu meinem Wagen entlang. Ich wollte eben den Rollstuhl ins Auto hieven, da trat eine blonde Frau, deren Gesicht mir bekannt vorkam, auf mich zu. Sie hätte vorhin im Hotel meine Frage gehört, jetzt habe sie frei, und da sie mich hier zufällig treffe, könne sie mir sagen, daß der Mann, den ich suchte, vor dem Hotel auf und ab gegangen sei, als ein dunkelroter Geländewagen stehenblieb, dem zwei hünenhafte Männer entstiegen. Dann sei sie an der Rezeption abgelenkt worden, und als sie wieder nach draußen geschaut habe, seien der Mann und der Geländewagen verschwunden gewesen. Sie glaube sich sogar zu erinnern, daß der Wagen ein slowenisches oder kroatisches Kennzeichen gehabt habe.

Ich dankte der Frau für die Hilfe und kletterte in meinen Wagen. Allem Anschein nach war der Dozent in den Jeep gestiegen, und ich hätte meinen Renault verwettet, daß das nicht freiwillig geschehen war.

Die Lage verschärfte sich zusehends. Eugen und Emmerich waren tot, der Dozent war entführt worden, und ich hatte eine Anzeige bekommen. Grund genug, Mister Giordano tatsächlich zu kontaktieren. Aber vorher sah ich noch im Notebook des Dozenten nach, ob eine Nachricht eingetroffen war, und fand den Brief des Historikers vor, in dem dieser ein Treffen im Dom von Maria Saal vorschlug; er habe sich in den Archiven umgeschaut und sei auf eine Person gestoßen, die mit der gesuchten Olga bekannt war, eine aus Wien stammende Malerin. Näheres werde er dem Dozenten mündlich mitteilen. Außerdem habe er auch neue Informationen, was den Vater des Dozenten betreffe. Er würde ihm im Dom Kopien einschlägiger Dokumente übergeben. Um drei Uhr werde das Material in der dritten Sitzreihe vor dem Boeckl-Fresko unter dem Sitz Nummer drei deponiert sein. Ich zog die k. u. k. Manöverkarte hervor, vergewisserte mich, wo Maria Saal zu finden sei, und fuhr los.

Will man die Bucht von Velden verlassen, muß man eine Einbahnstraße nehmen, die an alten und neuen Hotelanlagen und an einem Yachtbetrieb samt angeschlossener, exklusiver Marina vorbeiführt. Vor der Marina standen mehrere Einsatzfahrzeuge der Feuerwehr und ein Polizeiauto. Eine Gruppe von Schaulustigen stand auf der anderen Straßenseite. Ich fuhr an den Straßenrand, kurbelte das Fenster hinunter und fragte, was geschehen sei. Ein Mitarbeiter der Werft sei am Bootskran aufgehängt worden. Mausetot, sagte ein Mann im Lodenanzug. Angeblich ein Tschetschene oder ein Italiener, ergänzte eine weißhaarige Frau. Von seiner abgeschnittenen rechten Hand sei dem Werftbesitzer Blut auf den weißen Anzug getropft, so habe man die Leiche entdeckt. Wahrscheinlich die Mafia, assistierte der Lodenträger, man kenne diese Praktiken. Seit dem EU-Beitritt werde Kärnten von ausländischem Gesindel überschwemmt, sagte die Frau. Da mischte sich ein braungebrannter, älterer Herr in einem azurblauen T-Shirt ein. Die Dame habe recht, sagte er, immer mehr ausländisches Gesindel mache sich in Kärnten breit. Und setzte, während er die Dame und den Lodenträger abschätzig musterte, hinzu, da bleibe für die heimische Bagage bald nichts mehr übrig. Er nickte mir zu, löste sich aus der Gruppe und spazierte in östlicher Richtung davon.

Auf der Fahrt nach Maria Saal fiel mir ein, daß unsere Wirtin den Todesfall vor mehreren Stunden erwähnt hatte. Die alte Partisanin ist blendend informiert, dachte ich. Vielleicht soll der Geheimhaltungsfimmel von etwas anderem ablenken? Wer spielt hier welches Spiel? Der dritte Tote in drei Tagen, allesamt mit abgeschlagener oder verstümmelter rechter Hand. Bei den Prinz-Brüdern konnte ich das Motiv noch verstehen, was aber den toten Italiener anlangte, war ich ratlos. Und wer hatte den Dozenten entführt? Wer entführt einen Mann, wie er harmloser nicht sein könnte? Sollte ich Wenzel Schebesta einschalten? Ich erinnerte mich eines Rats von ihm und entschied mich für Mister Giordano. Wenn man sich einer unklaren Lage gegenübersieht, ist Abstand nötig, um das Wesentliche zu erkennen, sagt Schebesta. Zwischen Kärnten und Maine liegen ein paar hundert Kilometer Gebirge und ein paar tausend Kilometer Atlantik. Gute Voraussetzungen für einen scharfen Blick. In knappen Worten berichtete ich Giordano über die Entführung des Dozenten und die Morde an den Prinz-Brüdern. Bella ließ ich unerwähnt. Dann lehnte ich mich zurück und verfolgte das Ablegen der „Wörthersee“ neben dem Restaurantcafé Seespitz. Das Schiff war halbleer, die GTI-Leute schienen dem Wasser nicht viel abgewinnen zu können.

Giordanos Antwort ließ nicht lange auf sich warten.

Groll! Unglücksrabe!

Ihr Talent, sich in chaotische Zustände zu verstricken, ist beklagenswert wie eh und je. Zur Abhilfe will ich Ihnen Girolamo aus Castiglioncello bei Livorno ans Herz legen. Er arbeitet beim größten Yachtbauer am Wörthersee in Velden, fragen Sie einfach nach dem Italiener. Ein umsichtiger, erfahrener und verschwiegener Mann. Ein vielseitiger Ökonom, er arbeitete fünfzehn Jahre bei Moody's in London und überwacht jetzt Finanzierungen für die Familie. Und er ist ein großer Segler vor dem Herrn. Er kennt die Szene in der Region und kann Ihnen helfen. Wenn einer weiß, was hinter den Kulissen läuft, dann er. Ich habe ihn bereits verständigt. Er wartet darauf, daß Sie auf ihn zukommen.

Gruß, Giordano

Ich antwortete sofort:

Geehrter Mister Giordano! Lieber Freund!

Vielen Dank für Ihre Bemühungen. Ich bin, wie Sie empfohlen haben, auf Ihren Mann in der Werft zugekommen. Allerdings zu spät. Man hat ihn öffentlich gehenkt, und die rechte Hand fehlt. Drei Tote in drei Tagen, und alle mit fehlender rechter Hand. Ich müßte lügen, wenn ich sagte, daß ich die Sache im Griff habe. Allerdings kann ich nicht davonlaufen, immerhin habe ich einen Auftrag übernommen, er besteht darin, den Auftraggeber zu schützen. Es geht nicht an, daß ich da ohne Auftraggeber nach Wien zurückkehre. So etwas ist schlecht für die Reputation, und meine Reputation ist alles, was ich habe. Außerdem ist da noch eine junge, frisch verwitwete Frau, die ich nach München bringen muß. Was raten Sie mir?

Mit respektvollen Grüßen!

Ihr G.

Maria Saal liegt auf einem Felsen, der aus dem Zollfeld hervorragt. Eine enge, kurvige Straße führt auf den Vorplatz des restaurierten Doms. „Partnerstadt Aquileia“

hatte ein Schild am Ortseingang verkündet, und tatsächlich konnte man den mächtigen Dom des Zollfelds der Basilika an der Adria an die Seite stellen, beide Orte waren Zentren der Christianisierung in den Wäldern und Sümpfen Karantaniens und der Lagune von Grado. Das Licht der Auferstehung mußte aber schon vor langer Zeit erloschen sein, denn der stark gewölbte Platz mit den zwei Wirtshäusern, einer Konditorei und einer Polizeistation machte einen düsteren und abweisenden Eindruck. Er war menschenleer. Immerhin führte eine Rampe zum Dom, allerdings war sie mit schweren Ziegelsteinen ausgelegt, Josephs Verfassung ließ nur Schneckentempo zu. Ein stufenloser Eingang versöhnte uns aber mit der vorangegangenen Rüttelei. Auch das Innere des Doms war nicht dazu angetan, mein Gemüt zu erwärmen. Am Ende des südlichen Querschiffs hing das berühmte Bild von Herbert Boeckl, das den im See Genezareth ertrinkenden Lenin zeigt, wie er hilfesuchend nach dem vergeistigten Jesus greift. Ich konnte das Bild vom Mittelgang aus gut sehen. In den zwanziger Jahren des vorigen Jahrhunderts hatte es Anstoß erregt, so sehr, daß es für Jahrzehnte verhängt wurde, wie der Dozent mir während der Anreise nach Kärnten erklärt hatte. Der Grund für diese Maßnahme war mir nun, da ich das Bild vor mir sah, unverständlich. Zum einen war die Aussage des Bildes offen konterrevolutionär, wie Wenzel Schebesta sagen würde: Ein ertrinkender Lenin würde sich von einem somnambulen Jüngling, der auf den Wellen schwebt, keine Hilfe erwarten, sondern in kraftvollen Schwimmzügen auf ein mit mehreren Männern besetztes Boot im Bildhintergrund zuhalten. Man sollte daher annehmen, daß das Bild als Kirchenpropaganda überall gezeigt würde, als Demütigung des Atheisten, dessen Seele nach Erlösung schreit. Zum anderen war das Bild technisch und konzeptuell schlecht. Des weiteren war Boeckl ein führender Künstler und Kunstfunktionär des Ständestaats, der sich später mit den Nazi arrangierte. Warum man in einer Zeit, in der die Blut-und-Boden-Kunst dominierte, auch das Lenin-Bild versteckte, war nicht klar. Konnte es sein, daß selbst die verlogene Darstellung Lenins die Kirchenväter in Rage brachte? Weil sie an die Existenz des roten Teufels nicht erinnert werden wollten? Unter der Hand wäre dies aber die größtmögliche Erhöhung, das Bilderverbot regelt innerhalb der Religionen ja die Manifestationen Gottes. Die List der Kunst bestünde in diesem Fall darin, daß der hohe Klerus aus panischer Angst vor dem Gottseibeiuns dessen Abbild verbot, wodurch dieser aber Gottesrang erhielt. Falls Boeckl dies geahnt oder beabsichtigt hatte, muß man den Hut vor ihm ziehen, dachte ich weiter, kam aber beim Näherrollen schnell zum Schluß, daß ich es nur mit der Manifestation eines doppelten Unsinns zu tun hatte.

Vor diesem Bild sollte ich also auf die Unterlagen des Historikers stoßen, hoffentlich war das kein schlechtes Omen. Ein altes Weiblein saß in einer Bank im Mittelschiff und war ins Gebet versunken. Ich benötigte ihre Hilfe, denn der vordere Trakt der Bänke war nur über Stufen zu erreichen. Normalerweise hätte ich in einem solchen Fall den Dozenten vorgeschickt, aber der mußte ja zu fremden Leuten ins Auto steigen. Es dauerte lange, bis die Alte meine Bitte verstanden hatte. Dort vorn in der Bank in der dritten Reihe, sagte ich, würde ein Manuskript für die Fürbitten einer großen Kirchenfeier liegen, ob sie so freundlich sein könne, mir das Papier zu bringen. Endlich hatte die Frau, sie hörte schon schwer, verstanden. Tapfer kletterte sie die Stufen hoch, schlurfte die Bankreihen entlang und war plötzlich zwischen den Bänken verschwunden. Wenig später kam sie mit einem kleinen Papierstoß zurück, den sie mir stolz überreichte. Ich bedankte mich mit einem schmetternden „Vergelt's Gott!“. Sie wollte wissen, für welche Kirchenfeier die Fürbitten seien, sie würde gern kommen. Für die Feier zur Wiederherstellung des heiligen Abelard, er sei in der Abteilung für plastische und rekonstruierende Chirurgie am Klinikum Klagenfurt erfolgreich operiert worden, nächsten Freitag, achtzehn Uhr, werde seiner Wiederherstellung gedacht, sagte ich. Was dem guten Mann denn gefehlt habe, daß man ihn operieren habe müssen, fragte die Frau erschrocken. Jenes Stück, das ihn zu einem guten Mann gemacht habe, antwortete ich. Der Bezirkshauptmann habe es ihm im Schlaf abgeschnitten, weil Abelard mit Aloisia, der Frau des Bezirkshauptmannes, eine sündige Beziehung unterhalten habe. „Jesses!“ rief die Frau mit unterdrückter Stimme und sah sich angsterfüllt um. Dann rückte sie nahe an mein Ohr und flüsterte, daß sie dem Bezirkshauptmann immer schon mißtraut habe, weil der die Hostie kaue wie einen Bierkäse in der Hirter Brauerei. Sie solle für ihn beten, sagte ich. Das werde sie, antwortete sie mit fester Stimme und fügte hinzu, daß sie auch für mich beten werde. Ich sei nicht religiös, sagte ich, wofür sie da beten wolle. „Daß es in der Hölle keine Stufen gibt“, sagte sie und strich mir mit der Hand übers Haar.

Nachdem ich den Dom verlassen hatte, fuhr ich in den Schatten des Karners – das einzige Gebäude weit und breit, das menschliche Dimensionen aufwies –, drückte mich in eine geschützte Ecke und warf einen Blick auf die Kopien. Die erste war eine Botschaft des Historikers an den Dozenten.

Es steht also definitiv fest, daß Dein Vater, SS-Obersturmbannführer Kurt N., ein Kriegsverbrecher war, man hat ihn in Deutschland und in der Polnischen Volksrepublik in Abwesenheit angeklagt und zum Tode verurteilt. In Kärnten brachte die britische Besatzungsmacht ebenfalls eine Klage ein, und zwar vor einem britischen Militärgericht. Auch da wurde er zum Tode verurteilt. Ende der vierziger Jahre übergaben die Briten den österreichischen Volksgerichtshöfen die Anklage, diese ermittelten auch zügig weiter, bis vom damaligen Verteidigungsminister Graf, der ein Studienkollege des SS-Kriegsverbrechers Ramsauer war und schon bei den Briten mehrmals für diesen interveniert hatte, wieder tätig wurde. Die führenden Juristen der Klagenfurter Staatsanwaltschaft, durchwegs ehemalige Parteigenossen, stellten das Verfahren in Klagenfurt ein. Ebenso wie das Verfahren gegen den SS-„Arzt" Ramsauer, der KZ-Häftlinge zu Tode gequält hatte. Wie zuvorkommend für die Täter die Verfahren damals geführt wurden, kann ich Dir anhand einer Kopie der Vernehmung eines Gaswagenfahrers belegen.

Ich überflog die Kopie, ein erschütterndes Dokument des Zynismus und der Vertuschung von seiten der Behörde. Da hörte ich Stimmen. Ich packte die Kopien ein und fuhr zum Wagen. Ich plagte mich die holprige Rampe hinauf, und die Stimmen kamen näher. Also hielt ich an und wandte mich, die rechte Faust geballt, abrupt um. Zwei junge Pfarrer prallten zurück. Es stellte sich heraus, daß die beiden mir nur helfen wollten. Ich lehnte dankend ab. Die beiden lächelten hilflos und eilten zum Dom zurück. Auf holprigen Pfaden fahre ich lieber allein, da kann ich die Stöße besser abfedern. Warum sollte ich das den beiden auf die Nase binden?

Im Wagen öffnete ich das Notebook des Dozenten, weil ich wissen wollte, ob von Giordano Nachricht gekommen war. Da stieß ich auf einen Ordner namens „Arbeitsbuch“ und konnte der Versuchung, ihn zu öffnen, nicht widerstehen.

Wie viele Kinder hat Kennedy am Wörthersee gezeugt? Wenn meine Großmutter mit ihm geschlafen hat, und das mehrmals täglich, wie sie stolz behauptet, wie soll sich dann der SS-Samen meines „neuen“ Vaters durchgesetzt haben, mit dem Mutter nur ein- oder zweimal im Sommer zusammen war? Wo war mein Vater damals? Beim Stabslehrgang in Königsberg und in Berlin, im Hauptquartier des Sicherheitsdienstes, bei Heydrich. Den ganzen Sommer über war mein Vater nicht in Kärnten gewesen, und meine Mutter hatte ihn nur einmal in Königsberg besucht, als John F. Kennedy mit seinem Freund einen mehrtägigen Ausflug nach Triest unternahm.

Sind die Samenfäden von SS-Germanen so viel durchsetzungsfähiger als jene eines muskelkranken Präsidentensohnes von der Ostküste? Wenn das stimmte, würden die Nazi mit ihrem Rassismus ja nachträglich recht behalten!

Das kann und darf nicht sein. Der Samen der freien Welt muß stärker sein als sein Pendant aus der deutschen Tyrannei. Noch dazu, wo der amerikanische Samen den Fruchtbarkeitsmarkt regelrecht überschwemmte. Typisch amerikanisch eben. Fazit: Für dieses eine Mal will ich dem amerikanischen Imperialismus das Wort reden.

Das war mein Dozent, wie er leibt und lebt. Als Genetiker der philosophischen Abteilung war er ein unfruchtbares Gewächs. Dennoch wurde ich wehmütig, als ich seine Überlegungen las. Ich stellte mir seine Miene vor, wenn er doziert. An der Stirn zeigen sich bei ihm dann drei aparte Fältchen, und auf der linken Gesichtshälfte bildet sich zwischen Backenknochen und Schnurrbärtchen ein neckisches Grübchen. Wenn er lacht, wird das Grübchen breiter und schöner. Mit ein Grund, warum ich ihn gern zum Lachen brachte. Welcher Teufel mußte die Mafiosi in Kärnten geritten haben, daß sie gerade ihn entführten? Bevor ich in Melancholie abglitt, ließ ich den menschenfeindlichen Hauptplatz von Maria Saal auf mich wirken. Er disziplinierte mich rasch. Ich suchte nach weiteren Botschaften und wurde auch fündig. Mister Giordano hatte eine erstaunliche Nachricht hinterlassen.

Mein lieber Groll,

daß unser Mann entfernt wurde, ist fatal, er war eine Koryphäe. Die Familie wird untröstlich sein. Und kommen Sie mir nicht damit, daß Sie „solidarisch" mit der famiglia sind, das können Sie sich sparen. Ich mag das Wort „Solidarität" nicht, das gehört den Sozialisten und den Bolschewiken, und wie Sie wissen, habe ich mit den Roten nichts am Hut. Bei Ihnen bin ich mir da nicht so sicher, aber Sie leben in Europa, da schätzt man altmodisches Zeugs. Die Roten reden großtuerisch von Bündnissen und Bündnispolitik und ähnlichem Quatsch, sie müssen immer große Worte finden, auch wenn es sich nur um ein simples Geschäft auf Gegenseitigkeit handelt.

Was Ihre Sache betrifft, ist es am besten, Sie bleiben so lange, bis die Kidnapper mit Ihnen Kontakt aufnehmen. Das wird bald geschehen, glauben Sie mir. Diese Leute haben viele Waffen, wenig Verstand und keine Zeit.

Danach sollten Sie sich nach Jugoslawien zurückziehen, dort scheinen die Dinge für Ihre Sache besser zu stehen.

Sie können sich im übrigen den Hinweis ersparen, daß Jugoslawien nicht mehr existiert. Es ist in mehreren Bürgerkriegen zugrunde gerichtet worden, und schließlich waren es amerikanische Bomben, die den Ausschlag gaben, weil ihr Europäer hinter den Schreibtischen hocken bleibt, wenn im Nebenhaus die Nachbarn massakriert werden.

Ich weiß auch, daß das Land zerfallen ist und jetzt von korrupten Häuptlingen regiert wird. Aber ich bin so alt, daß ich mir die Freiheit herausnehme, nicht jeden Blödsinn der Geschichte mitzumachen. Täte mich nicht wundern, wenn in zehn Jahren die klügeren Häuptlinge wieder miteinander kooperierten. Die Idioten werden einfach vierzig Jahre verschissen haben. Das kommt davon, wenn es in einem Land keine Ordnung gibt, keine ehrenwerte Gesellschaft, die nach dem Rechten sieht. Was glauben Sie, was aus Italien wird, sollte es uns einmal nicht mehr geben? Die Kriege der Medici gegen alle anderen werden dagegen ein Karneval gewesen sein. Jeder wird auf jeden losgehen, die im Norden auf die im Süden, die in der Mitte auf alle beide, weil sie nirgendwo dazugehören, die Inseln auf das Festland, die Bewohner der Bergregionen auf die in den fruchtbaren Ebenen, die Leute auf der einen Seite des Po gegen die auf der anderen, am Ätna werden die Orangenpflücker die Zitronenpflücker erschlagen, die Hafenarbeiter von Catania werden die von Palermo ertränken, die Fußballanhänger von Milan werden jene von Inter kreuzigen, die Weinbauern vom Piemont werden mit ihren Traktoren die Weingärten in der Toskana plattwalzen, und überhaupt werden alle aufeinander einschlagen, weil jeder von sich behauptet, die beste Pasta zu kochen. Unter der gelifteten Witzfigur zeichnete die blutige Zukunft sich ja schon ab, und was aus Italien in der Hand der Wirtschaftsprofesso-

ren wird, die ihre Reservate mit dem Leben verwechseln, will ich mir erst gar nicht ausmalen. Ich bete zur heiligen Jungfrau, daß die Mafia ihre schützende Hand nicht von Italien zurückzieht!

Gruß, Giordano

15. Kapitel

Alois, Feuerwehrkommandant und Lebensretter, ist ein Naturtalent. Bella Tschau orientiert sich neu. Ein Gelübde auf den Bermudas und der Abstieg eines Berufssoldaten

Der nächste Weg führte mich zu unserer Wirtin nach Bilčovs. Die GTI-Leute bevölkerten nach wie vor die Gehsteige, aber die meisten saßen apathisch in ihren Campingsesseln und warteten auf das Sinken des Alkoholspiegels.

Zwischen Železna Kapla und Sele-Fara befinde sich eine Klamm, sagte die Wirtin, als ich sie nach Bellas Adresse fragte. Ich solle mit dem Wagen hinauffahren, das sei möglich, fuhr sie fort, als sie meinen ungläubigen Blick wahrnahm, am Ende der Klamm befänden sich ein Gasthaus und ein kleiner Tierpark. Dort solle ich beim Wirt, Herrn Alois, nach einem verletzten Vogerl fragen. Und was den Dozenten betraf – ich hatte sie eingeweiht, weil ich verstanden hatte, daß sie ohnehin alles erfährt –, solle ich ruhig Blut bewahren, ihr politischer Instinkt sage ihr, daß die Entführer nicht am Dozenten als Person, wohl aber an ihm als Tauschpfand interessiert seien. Eine interessante Einsicht, dachte ich. Auf diese Weise bekommt mein Dozent, der bisher eine Existenz jenseits der Mehrwertproduktion geführt hat, endlich auch einen Tauschwert. Wenn er die Geschichte überlebt, wird er seine politökonomische Menschwerdung feiern können.

Eine steile Bergstraße führte zur Brücke bei Feistritz hinab. Die aufgestaute Drau wirkte öd und leer, ein toter Kanal inmitten einer pittoresken Natur zwischen Karawanken und Sattnitzgebirge. An dem Weiler Kirschentheuer ging es unterhalb der trutzigen Hollenburg bis Ferlach, dann vorbei am Büchsenmachermuseum und der Büchsenmacherschule sowie an einem Dutzend privater Büchsenmacherbetriebe. Vor manchen Manufakturen parkten große gepanzerte Limousinen, deren Besitzer – Oligarchen, Scheichs oder Finanzhasardeure – hatten sich wohl Privatvorführungen ausbedungen, bevor sie zum Gegenwert von einem Dutzend Golf GTI eine goldverzierte Büchse erwarben. Einige Kilometer weiter verließ ich die Drau und zweigte in die Berge ab. Ich fuhr direkt auf die Koschuta zu, eine kilometerbreite Felswand, die das Ende der Welt zu markieren schien. Vor Bad Eisenkappel/Železna Kapla nahm ich eine Abzweigung, die mich in ein enges Tal führte. Bald aber weitete sich das Tal bei der Einmündung der Trögener Klamm. Bis hierher hatte sich die k. u. k. Manöverkarte als voll tauglich erwiesen.

Die Klamm war eng und tief und dramatisch, wie es sich für eine Klamm gehört. Aber im Gegensatz zu anderen Vertretern dieser ganz und gar nicht barrierefreien Gattung war diese durch eine gut befahrbare Asphaltstraße erschlossen, die Straße stieg gleichmäßig an, war nie zu steil, es gab aber auch keine ebenen Passagen. Hier müßte man einmal trainieren, dachte ich, sechs Kilometer bergwärts, zwischen der Schlucht und den emporragenden Felswänden.

Ich fuhr langsam, fast übervorsichtig, weil ich verrückte Mountainbiker fürchtete. Die defensive Fahrweise erwies sich als glückhaft, denn hinter einer Felsnadel stand ein Traktor quer über die Fahrbahn. Ich lenkte den Wagen zwischen Traktor und Felswand und stellte den Motor ab. Tief unten in der Klamm glaubte ich menschliche Stimmen zu hören, das Tosen des Wassers war aber zu laut, um Geräusche zuordnen zu können. Ich zog Joseph hinter dem Sitz hervor, befestigte die Räder und fuhr mit ihm ein Stück bergwärts, wo eine breitere Straßenstelle eine bessere Sicht in die Klamm verhieß.

Vom schottrigen Rand schaute ich durchs Fernglas in die Klamm. Was ich sah, ließ das Blut in meinen Adern gefrieren. Ein kräftiger Mann versuchte, mit einem Stock eine im Wasser treibende Person an sich zu ziehen. Den Mann kannte ich nicht, die Person im Wasser sehr wohl. Bellas Dreirad-Rollstuhl hatte sich zwischen Felsen verkeilt.

Wenig später hatte der Mann, der deutlich hinkte, Bella zur Straße hochgetragen, ich solle eine Decke ausbreiten, rief er mir zu. Ich sprintete zum Wagen zurück. Bella war bei Bewußtsein, sie lächelte schwach, als sie mich mit der Decke sah. Dann zogen wir Bella aus und rieben sie mit der schmierigen Decke trocken. Wenn der Typ die Gelegenheit nutzt, Bella an die Brüste zu gehen, stoße ich ihn eigenhändig in die Klamm und werfe Felsen auf ihn, dachte ich. Aber der Mann, der vor Anstrengung stark schwitzte, kannte sich in Erster Hilfe aus. Ich brauchte ihm nur zu assistieren. Als er Bella in seinen Pullover gepackt hatte, überließ er sie mir und kümmerte sich um den verkeilten Rollstuhl. Er hantierte mit der Seilwinde seines Traktors so geschickt, daß er den Rollstuhl in wenigen Minuten auf die Straße zurückgebracht hatte.

Eine halbe Stunde später war die Sonne über der Klamm verschwunden. Bella saß, warm eingepackt, in dem kleinen Gastgarten des Wirtshauses am Ende der Klamm. Der Wirt, es handelte sich um den Traktorfahrer, hatte Schnaps und Brettljause aufgefahren. Wir machten uns bekannt und Bella erzählte, wie es zu dem Unfall gekommen war. Sie sei gut bei „Herrn Alois“ untergebracht gewesen, nur die erzwungene Untätigkeit habe ihr zu schaffen gemacht. Heute mittag habe sie im Radio gehört, daß Eugens Bruder bei Tarvis tot aufgefunden worden sei. „Da hab ich mir nix mehr gedacht, da bin ich nur mehr gefahren. Ich wollt' weg aus der Falle, weil als Falle hab ich das Wirtshaus auf einmal empfunden. Also bin ich mit dem Rollstuhl die Klamm hinunter, und es is' recht gut gelaufen. Nur in einer Passage bin ich zu schnell g'wesn und hab Probleme gehabt mit dem Bremsen. Und genau an der Stelle war plötzlich der Traktor vor mir. Wohin soll man in einer Schlucht schon ausweichen, wenn nicht ins Wasser?“

„Ist das die ganze Wahrheit, Bella?“

„Freilich! Glaubst du, ich will mich da in der Felsenwaschmaschin entleiben? Bevor ich an so was denk', muß ich erst die Bazi, die wo meinen Eugen auf dem Gewissen haben, am Krawattl haben, und dann muß ich das Krawattl fest zudrücken“, sagte Bella entrüstet.

„Ich bin keine Warmduscherin, Groll.“ Herr Alois grinste.

„Und du?“ Bella ging zum Gegenangriff über. „Wo hast denn deinen Herrn Schickeria versteckt? Hat er zur Pediküre müssen?“

„Er kommt nach“, sagte ich ausweichend.

Mehrere Radtouristen waren eingetroffen, Herr Alois erhob sich, um sie zu versorgen.

Ich nutzte die Zeit, um Informationen von Bella einzuholen. Es schien mir seltsam, daß unsere Wirtin gerade einen Wanderertreff als Versteck ausgesucht hatte, nicht wegen der Örtlichkeit, die war entlegen und gut geeignet. Mir gab der famose Herr Alois zu denken. Durch das geöffnete Fenster des Schankraums sah ich einige Bilder an der Wand, sie zeigten Herrn Alois in schmucker Feuerwehruniform mit anderen offensichtlich hochrangigen Feuerwehroffizieren. Ich konnte mir schwer vorstellen, daß es in Kärnten möglich war, als Feuerwehrkommandant Distanz zu den Regierenden zu halten.

„Er schimpft auf die Ausländer, meint aber uns Deutsche", sagte Bella, die meine Blicke richtig gedeutet hatte. „Zu mir is' er recht fürsorglich. Ein bissl patschert is' er, wenn er Frauen angreift, aber das kann man beheben."

„Bella!" rief ich.

„Ich woaß schon, welches Stückl da g'spielt wird, Groll! Er is' seit dreißig Jahr verheirat', und ich bin seit dreißig Stunden Witfrau."

„Woher weißt du, daß er verheiratet ist?"

„Ich hab ihn gefragt, als er mir das Kreuz mit Murmeltiersalbe eingerieben hat. Ich hab nämlich immer Kreuzweh. Der Eugen hat mich auch immer eingerieben."

Die Frau weiß sich zu helfen, dachte ich. Vollkommen unnötig, sich ihretwegen Sorgen zu machen. Als hätte sie meine Gedanken erraten, sagte sie: „Mach dir bloß um mich keine Sorgen. Ich werd' schon meine Trauerwoche einhalten."

„Is' schon gut, Bella. Ich red dir nix drein."

„Vielleicht werd' ich die Trauerwoche auch unterbrechen", fuhr Bella fort und schaute mich aus schmalen Augen an. „Der Alois is', glaub ich, ein Naturtalent. Und wo er mich jetzt aus dem kalten Wasser gezogen hat, hat er sich ein bissl Wärme verdient."

Ich blieb dann noch eine Stunde bei den beiden. Nicht so sehr, weil ich es in dem kühlen Tal so gemütlich fand, sondern weil ich keine Ahnung hatte, wie es weitergehen sollte – die Internet-Verbindung und das Handy würden in dem abgeschiedenen Winkel nicht funktionieren. Andererseits waren die beiden Geräte die einzige Möglichkeit, mit der Welt Kontakt zu halten. Auch die Kommunikation mit dem Historiker und Mister Giordano setzte eine funktionierende Nachrichtentechnik voraus. Folglich mußte ich mich aus den Bergen ins freie Land begeben.

Neben dem Gastgarten befand sich eine kleine Freifläche, auf der sich ein Esel, ein Hängebauchschwein und mehrere Hühner tummelten. Die Hühner vergnügten sich mit einer leeren Rum-Flasche, sie pickten sie von allen Seiten und rollten sie durchs Gelände. Das Hängebauchschwein sah interessiert zu.

„Erwin und Egon“, sagte Bella, die ein Stück näher gerollt war. „Der Esel heißt Erwin, das Schwein heißt Egon. Der Egon kommt manchmal ins Haus und legt sich auf ein warmes Platzerl.“

Ob denn Alois und seine Frau da nicht einschreiten würden, fragte ich.

„Die Frau is’ nicht da“, antwortete Bella. „Am Eingang der Klamm is’ noch ein Wirtshaus. Das führt sie. Der Alois mag den Egon, der vertreibt ihn nicht.“

„Und woher haben die beiden ihre Namen?“

„Von mir natürlich“, sagte Bella entrüstet, als könne es daran einen Zweifel geben. Sie müsse ja eine Tradition fortsetzen. Und dann wollte sie wissen, wie es komme, daß alle Prinz-Brüder einen Vornamen mit dem Buchstaben E hätten.

Das gehe auf ein Gelübde des verstorbenen Prinz-Vaters zurück, erwiderte ich. Als der im Krieg in Kiel vor der Wahl stand, in ein U-Boot mit dem Namen „Ernst von Erlau" oder in eines namens „Horst Wessel" zu klettern, habe der Sozialist Egidius Prinz, Sohn eines Eisenbahners aus Edelschrott in der Weststeiermark, das erste gewählt.

„Er überlebte den Krieg, weil sein aufgetauchtes Boot im Archipel der Bermudas auf eine Sandbank auflief und er dadurch in amerikanische Kriegsgefangenschaft geriet. Du kannst die Geschichte in Ernest Hemingways posthum erschienenem Roman ‚Inseln im Strom' nachlesen. Noch auf den Bermudas legte er das Gelübde ab, allen Kindern, die er zeugen sollte, Vornamen mit Anfangsbuchstaben E zu geben, so kamen Ernst, Eugen und Emmerich zu ihren Namen. Das E sollte ihnen Glück bringen, wie es ihm Glück gebracht hatte. Wie sich nun zeigt, war das ein Irrtum."

„Und wo ist der dritte jetzt?"

„Ernst lebt in Zypern. Er war dort Berufssoldat der österreichischen UN-Truppen und hat sich, als er abrüstete, selbständig gemacht, indem er die Tochter eines wohlhabenden Nüsse-Händlers aus der Altstadt von Nikosia heiratete und ins Geschäft einstieg. Zusätzlich hilft er ausländischen Firmen bei Behördenwegen und zwielichtigen Bankgeschäften."

„Briefkästen von Briefkastenfirmen ausleeren", sagte Bella trocken.

„So etwas ähnliches, ja."

Sie sah mich nachdenklich an. „Woher kennst du ihn?"

„Ich hab ihn in einem Strandcafé in Pervolia kennengelernt. Er war geschäftlich unterwegs, in einem babyblauen Aston Martin."

„Der muß ja ein wohlhabender Mann sein, der Herr Prinz."

„Es sah jedenfalls so aus.“

Sie warf mir einen schrägen Blick zu und fragte schnell: „Seids ihr zwei gar Spezln?“

„Bella! Nicht jeder Mensch, mit dem man einen Kaffee trinkt, ist ein Spezl.“

„Bei uns in Bayern schon.“

„Der Ernst Prinz ist ein Gauner und ein überzeugter Rechter, auf der Extremismus-Skala würd’ ich ihm achtzehn von einundzwanzig Punkten geben. Eugen hat ihn gehaßt.“

„Deswegen?“ fragte sie skeptisch.

Ich schüttelte den Kopf. Die ganze Wahrheit wollte ich vor Bella nicht ausbreiten, nämlich, daß auch mein Freund Eugen vom Kärntner Wesen angekränkelt war. Unter den Fittichen von Lawrenty Durrell hatte er sich aber von den schlimmsten Dingen emanzipiert.

„Seinen Bruder haßte er, weil der sich nicht um ihn kümmerte. Als Ernst ihn endlich einmal nach Zypern einlud, setzte er ihn in einem Hotel in Paphos ab, das an einem Berghang lag und Hunderte Stufen aufwies. Eugen verbrachte die Woche in Zypern auf seinem Balkon. Ernst hatte ihn nur ein einziges Mal besucht. Für zehn Minuten, dann mußte er weg.“

Bella warf energisch ihre Haare zurück. „Du glaubst also nicht, daß die drei Brüder gemeinsame Sach’ gemacht haben?“

Ich schüttelte den Kopf. „Die wären schön blöd gewesen, wenn sie als Brüder ...“

„Politisch war er aber schön blöd, mein Einziger“, sagte Bella. „Und sein Bruder, der Filialleiter, war sowieso ein ausg’schamter Hundling, der wo mich schon am ersten Tag einer unsittlichen Belästigung unterzogen hat.“

„Ich hab nicht viel über Politik geredet mit dem Eugen“, sagte ich, fast entschuldigend.

„Ich auch net“, sagte Bella. „Was da in Nebensätzen kommen is’, hat mir gereicht. Jeder Ausländer kriegt viertausend Euro im Monat und solchener Stuß. Und der Haider is’ keines natürlichen Todes gestorben.“

„Das glaubt heute noch halb Kärnten!“ warf ich ein.

„Weil’s spinnen. Wenn die Leut spinnen, is’ es aus mit dem Verstand, das hab ich in Bayern gelernt. Spinnerte Leut sind eine Landplag’. Die denken mit den Zehennägeln.“ Sie setzte sich in ihrem Gefährt zurecht. „Aber den Eugen hätt’ ich schon hinkriegt mit der Zeit.“ Bella hielt inne und schluckte. Dann sagte sie leise: „Aber Zeit haben wir ja nicht gehabt, wir zwei rollerten Königskinder, die nicht z’sammbleiben haben dürfen.“ Sie weinte.

Ich legte ihr die Hand auf die Schulter. Erwin, der Esel, kam näher und nickte mehrmals mit dem Kopf. Erwin war ein kluger Esel.

Nach einer Weile klärte ich Bella darüber auf, daß ich ins Tal fahren müsse, wegen des Dozenten, es sei dringend. Sie solle sich mir zuliebe nicht noch einmal als Rallyefahrerin versuchen. Ob sie mir das versprechen könne?

Sie nickte. Als ich in meinen Wagen eingestiegen war und reversierte, sah ich Bella neben dem Esel stehen. Das Hängebauchschwein hatte sich mit den Vorderbeinen auf das Trittbrett des Rollstuhls gestellt und ließ sich von Bella mit Speck füttern. Eine Kärntner Pietà, dachte ich. Da hätte der Herr Boeckl was zu malen.

Nachdem ich die Drau über die Annabrücke gequert hatte, war es wieder möglich, ins Internet einzusteigen. Mehrere Meldungen für den Dozenten waren eingelangt. Eine war vom Historiker, er wollte die Meinung seines Freundes zu den Dokumenten wissen. Eine zweite Nachricht war von der Universität Zagreb, man wollte den Dozenten zu einem kriminalsoziologischen Symposion über den Franziskaner-Pater Krunoslav Draganović einladen, der zu Kriegsende gemeinsam mit dem österreichischen Bischof Alois Hudal das vom Vatikan unterstützte Fluchthilfeunternehmen namens „Rattenlinie" respektive „Klosterroute" betrieb und dafür sorgte, daß die gesamte Führungsriege des Ustascha-Staates nach Argentinien geschleust wurde. Der Dozent sollte darüber referieren, warum die österreichische Bischofskonferenz sich nie für die fortgesetzte Hilfe für Kriegsverbrecher und Massenmörder entschuldigt habe.

Die dritte Nachricht war von der Mutter des Dozenten. Sie nehme sein Stillschweigen als Eingeständnis seines Scheiterns, schrieb sie. Vielleicht sei er auch von den biographischen Neuerungen so überwältigt, daß er zu keiner Antwort fähig sei. Im ersten Fall sei er ein Versager, im zweiten ein hypersensibler Schöngeist. Jedenfalls habe sie es satt, auf Antwort zu warten. Sie werde daher die erforderlichen Schritte einleiten. Welcher Art die sein würden, schrieb sie nicht. Madame schien über die Maßen erbost zu sein. Nur gut, daß der Dozent ein wasserdichtes Alibi hatte. Eine Entführung enthebt einen von der Sohnes- und Berichtspflicht.

Schließlich war da noch eine Nachricht. Der Dozent befinde sich in Sicherheitsgewahrsam. Gegen Herausgabe sämtlicher Listen der Prinz-Brüder könne ich ihn um siebzehn Uhr nahe dem Weiler Tschedram in einem kleinen Wäldchen übernehmen. Falls ich die Polizei einschalten sollte, würde der Dozent dafür büßen.

Das also war die erwartete Nachricht, Giordano hatte recht gehabt. Diese Leute wollten rasch ans Ziel kommen.

Die Liste und die CD waren in meinem Rollstuhlnetz. Bis zum angegebenen Zeitpunkt war es nicht mehr lange hin, zur Ablenkung widmete ich mich dem Studium der k. u. k. Manöverkarte aus dem Jahr 1904. Land- und Flußkarten üben auf mich seit jeher eine zugleich körperlich beruhigende als auch geistig befeuernde Wirkung aus. Wenn ich eine Karte lese, sehe ich Häuser, Schlösser, Flüsse, Hügel, Schiffe vor mir. Ich sehe die Landstriche von Wegen und Straßen aus, manchmal sehe ich auch Luftbilder. Ich sehe bunte Lastwagenzüge auf weißen Autobahnen, silbrig glänzende Gondeln vor dem Hintergrund steiler, dunkelgrüner Wälder, ich sehe den Gischtsaum am Bug von bergwärts stampfenden Frachtschiffen – aber ich sehe keine Menschen.

16. Kapitel

Das Mißverständnis von Tschedram. Tempel des Todes – die Psychiatrie von Klagenfurt und das Stari Pisker in Celje. Alma Karlin und Ervin Majeks. Robert Musils Freundin kämpft um Olgas Leben

Ich langte in Tschedram, einem Ortsteil von Maria Rain, ein paar Minuten vor der Zeit ein, nahm die Abzweigung zu einer Ärztepraxis und passierte langsam das Wäldchen, in dem die Übergabe erfolgen sollte. Vom Dozenten war nichts zu sehen. Am Ende der Straße traten die Bäume zurück, und das Areal weitete sich zu einem von einer Trauerweide beherrschten Platz, der im Osten von einem ausgedehnten zweistöckigen Gebäude und im Süden von einem Gutshaus aus der Spätrenaissance begrenzt wurde. Zwischen den Bauten standen einige kalifornische Riesenzedern, sie überschatteten den Parkplatz vor der Arztpraxis wie ein Zelt. Die Eingangsstufe der Praxis war durch eine gußeiserne Rampe unschädlich gemacht. Ich drehte ein paar Runden um die Trauerweide, zweimal traten Patienten aus der Praxis und fuhren ab, vom Dozenten oder auch nur einem Geländewagen war nichts zu sehen. Wohl aber entdeckte ich an der Seite des Herrenhauses einen leeren Polizeiwagen. Unterhalb des schloßähnlichen Gebäudes wurde ich der Ruine eines Nebengebäudes gewahr, das erst vor kurzem abgebrannt sein mußte. Die gezackten Reste des verkohlten Dachstuhls hoben sich scharf vom dunkelblauen Himmel ab.

Ich mußte davon ausgehen, daß das Polizeiauto nicht nur mir aufgefallen war. Den Dozenten würde ich hier nicht antreffen. Um ganz sicherzugehen, beschloß ich, in der Arztpraxis nachzufragen.

Die eiserne Rampe am Eingang wurde im Inneren von einer breiten Rampe aus poliertem Wurzelholz ergänzt. Eine resolute, aber freundliche Sprechstundenhilfe fragte nach meinem Begehr. Ich würde nach einem Herrn mittleren Alters suchen, der möglicherweise hier auf mich warte, sagte ich. In der Ordination saßen mehrere Patienten, sie schaute in die Runde.

„Die Herrschaften hier warten alle auf die Frau Doktor“, sagte sie. „Brauchen Sie Hilfe?“

„Ja! Das heißt, keine medizinische“, stammelte ich, denn ich hatte unter den Wartenden einen Polizisten gesehen, der mich neugierig anstarrte.

Eine Tür ging auf, und hinter einem zerbrechlichen älteren Mann erschien eine schlanke, großgewachsene Ärztin. Sie trug das dunkle Haar offen, in lockeren Wellen umrahmte es den Hals und bildete einen scharfen Kontrast zum weißen Ärztemantel. Lauren Bacall im Bandengebiet, dachte ich. Ich mußte den Eindruck eines verwirrten Mannes erweckt haben, denn die Ärztin trat näher und fragte mich mit einer ruhigen, dunklen Stimme, ob mir nicht ganz wohl sei und ich mich ein wenig im Therapieraum ausruhen wolle. Ich bedankte mich und verneinte. Sie warf mir noch einen zweifelnden Blick zu, nickte einem kleinen Mädchen und deren Mutter, die aufgestanden waren, freundlich zu und ging den beiden in einem wiegenden Gang, der einer Stummfilm-Piratin alle Ehre gemacht hätte, ins Ärztezimmer voraus. Auch dieses war über eine Rampe erreichbar. Ich grüßte und verließ die Ordination. In diesem Land trifft man Rampen dort an, wo man sie nicht erwartet, prägte ich mir ein. Die Zivilisation kommt hier aus dem Untergrund.

Neben meinem Wagen stand ein mittelgroßer älterer Herr. Er führte einen kleinen weißen Hund an der Leine, der mich schweifwedelnd begrüßte und an meinen Schuhen schnüffelte. Der Geruch eines Hängebauchschweins schien eine willkommene Abwechslung für ihn zu sein. Ich ließ den Hund gewähren und erkundigte mich nach der Brandruine. Das Gebäude sei vor drei Wochen abgebrannt, sagte der Hundebesitzer. Wahrscheinlich sei ein defekter Heizstrahler die Ursache gewesen. Gottlob habe die Feuerwehr aber das Übergreifen des Brandes auf die anderen Gebäude verhindern können. Mehr noch als die gewählte Ausdrucksweise des Mannes überraschte mich das Idiom – lupenreines Sächsisch.

„Gregor Frühling", stellte der Mann sich vor. „Das ist Cindy. Sie freut sich über jede Abwechslung."

„Warum lassen Sie den Hund nicht frei laufen", fragte ich und nannte ebenfalls meinen Namen. „Dann hätte er noch mehr Abwechslung."

„Zu gefährlich", erwiderte Herr Frühling und fügte etwas leiser hinzu. „Sie müssen wissen: Nicht alle Leute hier sind Freunde der bedrängten Kreatur."

Während ich die Tür meines Wagens öffnete, sah ich den zerbrechlichen Mann aus der Ordination in seinen Wagen steigen, es handelte sich um einen weißen Fiat Cinquecento neuer Bauart. Und schon zerriß das schrille Kreischen eines hochdrehenden Motors die Stille. Der kleine Wagen schlängelte sich aus der Parklücke, driftete durch die Kurve bei der Trauerweide und schoß auf der engen Waldstraße davon. Man hörte den Motor noch einige Zeit.

„Ein Fiat Abarth, zusätzlich getunt. Hundertsiebzig PS, achthundert Kilo Gewicht", sagte Herr Frühling.

„Und Herr Kalamian wird auch immer weniger. Er war früher Rallyefahrer."

„Rallyefahrer sind hart im Nehmen", sagte ich.

„Je älter sie werden, desto schneller werden sie", Herr Frühling schnalzte anerkennend mit der Zunge.

Ob er einen dunklen Geländewagen gesehen habe, erkundigte ich mich. Er verneinte. Die Frage nach einem umherirrenden gut gekleideten Mann konnte ich mir sparen. Also verstaute ich Joseph und verabschiedete mich. Er entbiete die besten Wünsche für die Reise, sagte der Mann, und als ich ihn verdutzt ansah, deutete er auf das Kennzeichen.

„Ich war schon lange nicht mehr in Wien."

„Ich auch nicht", sagte ich und nickte ihm zum Abschied freundlich zu. Der Hund zerrte wie wild an der Leine.

Ich verließ den Ansitz und fuhr ein paar hundert Meter durchs Wäldchen. An einem Forstweg hielt ich an und schaute in das Notebook. Der Akku müsse aufgeladen werden, hieß es. Da ich keine Ahnung hatte, wie das ging, packte ich das Gerät weg und fuhr zurück nach Bilčovs zu unserer Wirtin.

Es überraschte mich nicht, daß sie sofort wußte, wie man den Computer bedient und welches Kabel zum Aufladen des Akkus geeignet war. Kaum hing das Gerät am Strom, war ich auch schon im Internet.

In den Nachrichten hieß es, ein österreichischer Ex-Soldat sei in Zypern tot aufgefunden worden. In dem kleinen Hafen Ayia Anna nahe der Buffer-Zone von Famagusta sei die Leiche eines ehemaligen Soldaten der UNO-Truppen angetrieben worden, die rechte Hand sei zerfetzt gewesen, wahrscheinlich sei der Mann einer Hai-Attacke zum Opfer gefallen.

Wer da noch an einen Zufall glaubte, war nicht von dieser Welt. Offensichtlich waren die drei Brüder in eine größere Sache verwickelt gewesen – zumindest gingen die Täter davon aus. Ich sah aber keine Chance, den wahren Zusammenhängen auf die Spur zu kommen. Auch verspürte ich keine Lust, mich in die Geschäfte krimineller Banden einzumischen. Mir ging es einzig und allein darum, den Dozenten wieder wohlbehalten in Hietzing abzuliefern und mein Honorar zu kassieren. Wer hinter den Morden an den Prinz-Brüdern steckte, ob es die italienische, die kroatische oder die Kärntner Mafia war oder alle miteinander, sollten nachkommende Generationen ergründen. Für die Gegenwart, in der Justiz und Polizei Teile des Problems und nicht der Lösung waren, sah ich keine Chance. Die Wiener Verhältnisse schätzte ich ähnlich wie jene in Kärnten ein. Blieben nur mehr Spezialeinheiten aus Brüssel oder das FBI aus New York. Selbst die würden sich hier eine blutige Nase holen, befürchtete ich. Der Mossad war auch nicht mehr der alte, allenfalls der russische Auslandsgeheimdienst käme noch in Frage. Aber war der nicht auch längst Bestandteil einer oligarchischen Mafiastruktur? Ob die Floridsdorfer Kommunisten da weiterhelfen könnten? Gab es noch alte, tragfähige Verbindungen? Man müßte bei Schebesta nachfragen.

Da die Entführer schwiegen, blieb mir nichts anderes übrig, als mich selber zu exponieren. Das Polizeiauto beim Wäldchen sei Pech und Zufall gewesen, schrieb ich. Viele Polizisten würden an Burnout leiden, setzte ich hinzu. Da sei es kein Wunder, daß sie auch an Orten auftauchten, wo man sie nicht vermutete. Wo könnte der nächste Übergabeversuch stattfinden? Adresse unbekannt, hieß es nach ein paar Sekunden. Die Nachricht konnte nicht zugestellt werden.

Vom Historiker war eine neue, dringende Nachricht gekommen. Er habe dank eines befreundeten Psychiaters Gelegenheit gehabt, Krankengeschichten aus der NS-Zeit im Landeskrankenhaus Klagenfurt einzusehen. Die Psychiatrie sei damals in das Euthanasieprogramm der Nazi einbezogen gewesen; wobei die unteren Ränge, die Pflegerinnen und Pfleger, aus Kärnten stammten, die leitenden Ärzte aber aus Wien, Salzburg und Niederösterreich kamen.

„Diese Herren wetteiferten miteinander um Gutpunkte in Berlin, sie machten immer wieder neue Vorschläge, wie noch mehr kranke, alte und behinderte Menschen den Erfordernissen eines gesunden deutschen Volkskörpers zum Opfer fallen sollten. Die psychiatrische Abteilung diente einerseits als Sammelpunkt für Züge in die Vernichtungslager, andererseits legte man Wert darauf, selber nicht untätig zu sein. Im Wochenschnitt wurden sechs bis acht Patienten totgespritzt, starben an Kaltwasserduschen oder verhungerten. Besonders im ‚Hinterhaus', einem abgesonderten Bau am Waldrand, wurde am Fließband gemordet. Die Kapazitäten schienen ausgeschöpft", schrieb der Historiker, „es gelang nicht mehr, das Morden vor der Bevölkerung geheimzuhalten. Es wird berichtet, daß alte Menschen, die in anderen Abteilungen des Krankenhauses aufgenommen wurden, die Ärzte und Schwestern anflehten und ihre letzten Geldreserven aufwendeten, um nur ja nicht ins Hinterhaus zu kommen. Die Angst vor diesem Ort habe die Leute noch bis in die achtziger Jahre des vorigen Jahrhunderts umgetrieben."

Unter den Krankengeschichten, die er einsehen konnte – der Großteil der Berichte sei „irrtümlich" vernichtet worden –, habe sich auch jene einer gewissen Gerda Konwitsky befunden, die, obzwar aus Wien stammend, als freischaffende Malerin, Pianistin und Anhängerin der Freikörperkultur bei Maria Saal gelebt habe und als psychisch krank eingestuft wurde, weil sie auf ihrem Flügel „Negermusik“ spielte und an schönen Tagen barbusig im Garten lag, was die Wehrkraft der umliegenden Jungbauern zersetzte. Vor dem Krieg sei sie die Geliebte eines gewissen Robert Musil gewesen, die Figur der Clarisse im „Mann ohne Eigenschaften“ trage Züge ihrer Biographie. Die Beziehung der beiden sei im Ersten Krieg auseinandergegangen, weil Musil auch einer bürgerlichen Beschäftigung nachgegangen sei und im Dienste des Heeresstabes im besetzten Veneto als Kunstrekrutierungsoffizier tätig war, sie aber nach Wien zu ihrer kranken Mutter zurückkehren mußte.

Es wäre interessant, zu erforschen, welche Kunstwerke Robert Musil für das Ärar requiriert hat, eine diesbezügliche Ausstellung wäre nicht ohne Reiz, dachte ich, verwarf den Gedanken aber, weil ich nach kurzem Überlegen davon ausging, daß Musil mit Sicherheit keine bedeutenden Kunstwerke verschleppt hatte, sondern höchstens Arbeiten mittlerer Güte. Wenzel Schebesta kennt den „Mann ohne Eigenschaften“ fast auswendig, was immer er von diesem Buch erzählte, war dergestalt, daß man Herrn Musil keinen Kunstdiebstahl zutrauen will. Der Mann habe nach seinen Jugendschriften zu besten Hoffnungen Anlaß gegeben, beteuerte Schebesta immer wieder, was für eine Tragik, daß er so jung einem Herzleiden zum Opfer gefallen sei.

Ich habe den „Mann ohne Eigenschaften“ nicht gelesen, weil ich mit meinen Schiffahrtszeitschriften im Verzug war, aber immerhin lagen beide Bände zwei volle

Jahre auf meinem Nachttisch, so lange wie kein anderes ungelesenes Buch hielt es sich im Vorhof der Lektüre.

Gerda Konwitsky sei in der Folge immer wieder psychiatrisch auffällig geworden und habe längere Zeit am Wiener Steinhof und auch wieder in Klagenfurt zugebracht, schrieb der Historiker weiter. Als die Nazi ihre Tötungsmaschinerie anwarfen, gelang es ihr, sich als eine Art Vorarbeiterin bei den Pflegerinnen und Pflegern unverzichtbar zu machen. Solcherart konnte sie die tödliche Bedrohung zumindest eine Zeitlang abwenden.

„Und nun paß gut auf, lieber Kollege“, schrieb der Historiker an den Dozenten. „Nun folgt eine für dich möglicherweise bedeutende Information. In ihren Tagebüchern, die der Krankengeschichte beigefügt sind, fand ich folgenden Vermerk:

„Heute wurde ein vollkommen apathisches Mädchen eingeliefert. Die Kleine weist am ganzen Körper Spuren schwerster Mißhandlungen und Erfrierungen an den Extremitäten auf. Soll ins Hinterhaus gebracht werden, aber es gelingt mir, sie vorn bei uns in der Abteilung zu behalten. Das Mädchen ist vielleicht sechzehn oder siebzehn Jahre alt, aber ihre Augen sind die einer verhärmten und seit langem erwachsenen Frau. (...) Nach einigen Tagen hat die Kleine sich ein wenig erholt, ich kümmere mich, so gut es geht, um sie. Da wir täglich Transporte von Kindern oder Kranken hereinbekommen, die in zwei oder drei Tagen nach Hartheim oder nach Polen abgehen, ist das Pflegepersonal überfordert, und ich habe auf der Abteilung freie Hand. Olga stammt aus einem Dorf oberhalb des Wörthersees, aus dem Slowenengebiet. Mehr bekomme ich aus ihr nicht heraus. Auf die Frage, wer sie so zugerichtet hat, schreibt sie auf einen Zettel: Gestapo.

Eines Tages steht sie aber doch wieder auf der Liste fürs Hinterhaus, fürs Töten freigegeben. Es gelingt mir, sie mit einem anderen Namen zu versehen. Ich schäme mich, es zu sagen, aber es muß eine alte Frau für sie in den Tod gehen.

Nach weiteren drei Wochen ist Olga so weit wiederhergestellt, daß sie ein wenig Zutrauen zu mir faßt. Die Schwestern lassen uns in Ruhe. Ich sagte, ich brauche sie als Gehilfin, lasse aber durchblicken, daß ich mich sexuell an der Kleinen verlustiere, und die Schwestern gönnen mir das Vergnügen. Sie halten sich bei ihren Schutzbefohlenen ja auch nicht zurück, und sie mißbrauchen Kinder, ohne sich die Mühe zu machen, ihre schändlichen Taten auch nur zu verheimlichen. Wehe den Kleinen, die da nicht mitspielen!

Sie sei als Kurierin zwischen dem rückwärtigen Partisanenkommando in den Steiner Alpen und den Karawanken eingesetzt worden, erzählt Olga. Sie habe Botschaften überbracht, Medikamente und Sprengstoff in das Gebiet zwischen Drau und Koschuta getragen, ein paarmal sei sie in Kampfhandlungen verwickelt worden, aber es sei für sie gut ausgegangen, einige ihrer Kameraden habe sie allerdings sterben sehen, einige wurden auch von den Deutschen gefaßt und in der nächsten Ortschaft öffentlich erschossen. Als sie erfahren habe, daß ihre Eltern von der Wehrmacht abgeholt und mit einem Zug in den Osten verschickt worden waren, meldete sie sich zum Dienst mit der Waffe und machte einen entsetzlichen Winter in den Bergen mit. Manchmal habe sie nicht gewußt, was schlimmer sei, in einen Hinterhalt der Deutschen zu geraten oder in Erdlöchern und Scheunen zu erfrieren. Sie erwähnte einen gewissen Ervin Majeks aus Celje, der ihr bei Schulungen im Untergrund viel beigebracht habe und Nikolaus Lenaus „Schilflieder“ auswendig zitieren konnte, und sie erzählte stolz von einer Freundin, einer berühmten Reiseschriftstellerin namens Alma Karlin, die mit den Partisanen kollaboriert habe und ihr von fremden Ländern erzählte, die sie so gern besuchen wollte und jetzt nie mehr sehen werde. Wie den Ervin Majeks, der ins Stari Pisker, ins alte Gefängnis von Celje, eingeliefert worden sei, dort sogar eine Untergrundzeitung produziert hatte und nach der Erschießung von über hundert Häftlingen durch die Deutschen zusammen mit den Partisanen in einer tollkühnen Aktion eine Massenflucht von Häftlingen organisiert habe, danach aber nicht wieder aufgetaucht sei. Das war ein Mann! sagt sie und ihre Augen leuchten. Nicht groß, aber schlank und gewandt, schwarzes, langes Haar, schwarzer Bart, lustige Augen und eine sanfte Stimme, die so schön erzählen konnte. Von dem Ervin Majeks hätte ich noch so gern soviel gelernt, sagt sie und schweigt.“

Ein Lämpchen leuchtete am Gerät auf, das Zeichen für eine Botschaft. Sofort öffnete ich den Ordner: „Übergabe Lippitzbachbrücke, sechzehn Uhr. Keine Trigs!“

Der Verdacht, daß meine Kontrahenten traurige Flaschen im Dienste fremder Herren waren, erhärtete sich. Wer Leute einstellt, die des Schreibens unkundig sind, beschreibt sich selbst als Analphabet. Dies bedenkend, schränkte sich die Frage, aus welcher Region und welchem Umkreis die Gangster stammten, deutlich ein.

Ich breitete die k. u. k. Manöverkarte aus, machte mich ortskundig und brach sofort auf, ohne meine Wirtin zu instruieren. Ich überquerte die Drau auf einer großen, geschwungenen Brücke und ließ die abweisende, aber imposante Hollenburg links liegen. Auf einer schnurgeraden Bundesstraße fuhr ich über Sturzbäche, in denen grünes Gebirgswasser zwischen weißen

Schotterrändern tobte, danach passierte ich Ferlach und nahm von dort die Landesstraße nach dem Weiler Klippitzbach. Die ganze Zeit fuhr ich parallel zur Drau und der zerklüfteten Mauer der steil aufragenden Karawanken. Der Bach, der die Ortschaft Klippitzbach durchfloß, trug seltsamerweise den Namen Wölfnitzbach. Es war drei Uhr nachmittags, als ich an der Klippitzbachbrücke ankam.

17. Kapitel

Positionsbestimmung am Checkpoint Charlie. Die Tücken der Geographie und die Vorzüge des Rembetiko

Eine Tafel an der Brücke erinnerte an den Konstrukteur Clementschitsch, der mit dieser Eisenfachwerkskonstruktion aus dem Jahr 1895 eine Pioniertat erbracht hatte. Ein Stück flußabwärts spannte sich eine häßliche Betonbrücke hoch über dem Tal. Die Pfeiler waren massiv, die Brücke selber schmal, sie erinnerte mich an einen Brachiosaurus, ein riesiges, plumpes Faß mit dünnen Extremitäten und einem winzigen Schädel. In der Schule hatte der Biologie-Lehrer diesen Spitznamen gehabt. Dieser Saurier von Brücke degradierte das ganze Tal zu landschaftlichem Restmüll. Was Herr Clementschitsch wohl dazu gesagt hätte?

Da bis zur Übergabe noch Zeit war, versuchte ich, meine Position in dieser gescheiterten Expedition noch einmal zu bestimmen. Was unseren Auftrag betraf, stand jedenfalls fest, daß der Dozent einen neuen Vater, einen schweren Nazi, und einen neuen Großvater, einen ermordeten amerikanischen Präsidenten, erhalten hatte. Das war immerhin etwas. Und die Mutter des Dozenten bekam einen neuen Vater und die Gewißheit, daß die Jugendliebe ihrer Mutter, das slowenische Mädchen Olga, sich im Zweiten Weltkrieg den Partisanen anschloss. Ob und wie sie den Krieg überlebt hatte, blieb offen, und ich zweifelte daran, daß in dieser Frage

Gewißheit zu erlangen war. Der Auftrag von Madame Nostitz konnte somit größtenteils als erledigt betrachtet werden. Das allerdings mit einer wesentlichen Einschränkung: Der Dozent war entführt worden. Dieses Malheur machte die übrigen Erfolge zunichte.

Was meine private Angelegenheit, die Hochzeit meines Freundes Eugen, anging, stand ich vor den Trümmern einer Erzählung, die so wunderbar mit Bella und Eugen begonnen und dann in einer Katastrophe geendet hatte. Ich glaube nicht, daß Eugen und sein Bruder eine reelle Chance hatten, ihr Wissen um die Finanztransaktionen der Kärntner Eliten zu Geld zu machen. Um die Finanzhasardeure und deren Zuarbeiter in Politik, Medien und Sicherheitsbehörden aufs Kreuz zu legen, bedurfte es anderer Kaliber. Die beiden Gailtaler wären damit heillos überfordert gewesen. Umso verstörender erwies sich in der Analyse aber die Brutalität und Akkuratesse, mit der die beiden samt ihrem zypriotischen Geldwäscher ermordet wurden. Daß jeweils die rechte Hand fehlte oder zerschmettert war, konnte nur als Beleg für einen mafiosen Hintergrund verstanden werden. Die rechte Hand ist die Schwurhand; das organisierte Verbrechen bestraft Verräter auf diese Weise. Wußten die Brüder – oder einer von ihnen – also doch mehr als nur die Kontonummern der Abzockerfamilien? Oder hatten sie ihr Wissen im Auftrag einer im Verborgenen agierenden Gruppe erworben und sich dann selbständig gemacht? Wollte die Mannschaft meutern und das Schiff übernehmen? War die spezifische Art der Morde ein Signal für andere, unbotmäßige Helfer? Schließlich war da noch der Italiener, der in der Werft ermordet wurde, auch er ein Mafioso? Welche Verbindung bestand zu Giordano? Und zu guter Letzt war da der seltsame Historiker, der Freund des Dozenten. Welche Rolle spielte der in dem undurchdringlichen Machtgestrüpp? Daß er der alleinige Robin Hood war, der es als Einzelkämpfer mit dem Kärntner Sumpf aufnimmt, war schwer zu glauben. Wie überall agieren auch hier die Menschen, weil sie bestimmte Interessen verfolgen. Und hinter diesen Interessen stehen wiederum andere Interessen von einflußreichen Leuten und Gruppen, die ihre Politiker und Soldaten ausschicken, um das lukrative Geschäft im Hintergrund ungestört weiter betreiben zu können. Das ist in New York so, das ist in Shanghai und Brüssel so, und selbst in Groß-Jedlersdorf, jenem äußersten Sprengel Floridsdorfs, in dem ich lebe, ist es nicht anders. Das Wesen der Klassenherrschaft besteht in der bedingungslosen Ausübung derselben, sagt Schebesta. Und fügt hinzu: In einer geheimnislosen Welt, die aus allem ein Geheimnis macht, kann es nicht anders sein. Man herrscht, weil man herrscht, das ist die einzige Bedingung, die erfüllt sein muß. Und man räumt das Feld nicht, weil man sonst nicht mehr herrscht. Deshalb leisten die Herrschenden sich einen Staat, eine Demokratie und einen Schippel Parteien. Man bewohnt ein vielgliedriges Machtgebäude, das durch Epochen gewachsen ist. Gesellschaftliche Macht wächst in Krise und Krieg, wobei es nicht so wichtig ist, ob der Krieg verloren oder gewonnen wird. Und manchmal ist es erforderlich, die Herrschaft öffentlich zu demonstrieren. Zwar bringt, wer einen Ziegel aus dem Machtgebäude herausbricht, dasselbe nicht ins Wanken, aber aus generalpräventiven Gründen muß jeder Versuch, die Herrschaft anzutasten, drastisch und für alle sichtbar bestraft werden. Dabei genügt es schon, daß die Herrschaft in Gedanken angetastet wird.

Diese Ratschläge meines Mentors Schebesta bedenkend, schälten sich zwei Erkenntnisse aus dem Ermittlungsnebel.

Erstens: Die Prinz-Brüder waren, ohne es zu ahnen, in eine Fehde zwischen Finanzmagnaten und deren militärische Abteilungen geraten. Die Morde an den Prinzen waren Abschreckungsmorde, sie sollten tatendurstige Newcomer im illegalen Geschäft stoppen. Aus historischen und geographischen Gründen tummeln sich in Kärnten besonders viele Gruppen des organisierten Verbrechens, von russischen, ukrainischen und ungarischen Konglomeraten über arabische Investoren, die ihre Investitionen nicht bezahlen, bis hin zu primitiven Killergangs aus den staatlichen Zerfallshaufen der titoistischen Republik. Wie überall versuchen es die Neueinsteiger zuerst mit furioser Gewalt, Marktanteile müssen herbeigemordet werden, bevor man sie verwalten kann. Dazu kommen ebenso dreist wie naiv agierende Finanzkreise aus Bayern und alteingesessene, milliardenschwere Kärntner Stiftungsvermögen, die ständig auf der Suche nach Anlagemöglichkeiten sind. Bei der Neuordnung Europas und der Neuaufteilung der Interessensphären nach dem Ende des Staatssozialismus stieg die Konkurrenz sprunghaft an, die alten Platzhirschen sind daher penibel auf ihr Geschäft und den Erhalt der von ihnen kontrollierten Branchen bedacht. Kärnten ist aber keineswegs ein solitäres Reservat der Finanzhasardeure. Es ist unbedingt davon auszugehen, daß man in der Bundeshauptstadt sehr genau um die einschlägigen Aktivitäten Bescheid weiß – die in aller Eile zusammengeschusterte Rettung der Kärntner Landesbank ist da nur ein Indiz unter vielen –, man weiß, welche Untergrundstrukturen in Kärnten am Werk sind, unterbindet sie aber nicht, weil man sonst ermittlungstechnisch blind würde. Kärnten ist nicht nur deshalb ein Dorado für die Herrschaften in den Geländewagen und Nobellimousinen mit getönten Scheiben, weil es an den Schnittstellen der alternativen Geschäftskreise liegt, die bombenfest abgesicherte politische Herrschaft der Partei der Volksgemeinschaft begünstigt den direkten Zugriff auf Politik und Geschäft. In einem derartigen System sind die hierarchischen Wege kurz, meist reicht ein Anruf.

Der GTI-Tourismus schaufelt Menschenmassen auf die Campingplätze an den blauen Seen, währenddessen pumpen die Finanzmagnaten in den Luxushotels am Wörthersee Kapitalströme in lukrative Märkte und stecken neue Claims ab. Der Massentourismus ist Teil des Rauchvorhangs, der über den wahren Machtverhältnissen im Land schwebt. Den anderen Teil des Rauchvorhangs bildet eine ungehobelte, ungebildete und skrupellose Politikerriege, die mit ihren „NS-Ausrutschern" die Aufmerksamkeit der Öffentlichkeit auf sich lenkt und gierig jedem Bestechungseuro hinterhechelt.

Das scheint das wahre Geheimnis der Haider'schen Jahre gewesen zu sein, dachte ich weiter. Indem er mit den Luftwurzeln der Vergangenheit spielte, hauchte er ihnen neues Leben ein. Und baute im Hintergrund einen Staat auf, von dessen Existenz nur wenige wußten und heute noch weniger wissen wollen. Er arbeitete erfolgreich daran, Kärnten zur Drehscheibe internationaler Syndikate zu machen. Die Geschäftsidee war einfach und bestechend, sie lautete: ungefährdete Bewegungsmöglichkeit ergänzt um Steuerschonung, Staatsbürgerschaft und andere Annehmlichkeiten gegen Partei- und Wahlkampfspenden und für den Machtausbau relevante Kontakte und Informationen. Die Landesbank war die

Clearingstelle des Systems, ihr kometenhafter Aufstieg schuf eine finanzielle Machtbasis, die politischen Einfluß unabhängig von Wahlen weit über Kärnten hinaus ermöglichen sollte. Der Millionär aus dem arisierten Rosental war in seiner privaten Existenz finanziell unabhängig, da war es nur verständlich, daß er auch in seiner politischen Existenz nicht durch widrige Zufälle gestört werden wollte. Unter bereitwilliger Hilfe großbürgerlicher Kreise und ihrer Partei nahm das System mehr und mehr die Konturen einer unter demokratischen Bedingungen uneinnehmbaren Festung an. Politik erscheint als Schlagerfestival, hinter dem die großen Geschäfte ablaufen. Bei Kaviar und Roastbeefschaum werden Milliardengeschäfte angebahnt, das politische Personal darf sich in den Bierzelten mit dem Fußvolk austoben. Seit dem Unfalltod des Mentors läuft das System aber nicht mehr rund, es knirscht im Getriebe der Verbindlichkeiten, Gefälligkeiten und Vertuschungen, und die eine Hand weiß nicht, wen die andere schon geschmiert hat. Kein Wunder, daß da so manche herrschaftliche Finanzkreise und Stiftungsräte unruhig werden. Andere, scheint's, greifen vorsorglich gleich zur Kreissäge. Insofern war die Aussage seines Stellvertreters, mit dem Tod des rasenden Landeshauptmanns sei die Sonne vom Himmel gefallen, nicht falsch. Jetzt, da die Sonne nicht mehr scheint, treibt allerlei taubes Gestein durch den Kosmos der Kärntner Verhältnisse und hält diese mehr schlecht als recht am Leben. Es muß diese Konstellation sein, die erklärt, warum manche Gruppen Amok laufen, dachte ich.

Das war die eine Erkenntnis.

Die zweite folgte aus der ersten: Der arme Dozent war durch einen unglücklichen Zufall zum Handkuß gekommen. Die Entführung galt mir, weil ich mit Eugen Kontakt hatte. Der Dozent war sozusagen nur ein Beifang, seine Entführung eine Fleißaufgabe subalterner Chargen. Wenn das stimmte, bestand Hoffnung, den Dozenten unversehrt nach Wien zurückzubringen.

Während ich meine Positionsbestimmung vornahm, hatte sich ein halbwüchsiger Bub, der sein Fahrrad infolge eines platten Vorderreifens schob, tief über das Geländer gebeugt. Wahrscheinlich war er auf Fische aufmerksam geworden. Eine Haselnuß-Angelrute war zwischen Gepäckträger und Lenker festgezurrt.

Auf meine Frage hin, ob ich hier richtig an der Lippitzbachbrücke sei, drehte sich der Bub um und gab mir in einem altklugen Tonfall zu verstehen, daß wir sehr wohl an der Lippitzbachbrücke standen, und zwar der alten, daß aber die hoch oben im Sonnenlicht gleißende Brücke die neue sei. „Seit dem Unfall des Herrn Landeshauptmanns trägt sie aber seinen Namen." Der Bub sagte das seltsam desinteressiert, worüber ich mich zuerst wunderte, dann aber fiel mir ein, daß er möglicherweise der slowenischen Volksgruppe angehörte, wir befanden uns ja im zweisprachigen Gebiet. Daß ein aufgeweckter Slowenenbub bei der Erwähnung des Verunglückten keine besondere Empathie erkennen ließ, war also verständlich. Bei vielen sogenannten Deutschkärntnern löste der Name des Verunglückten beschleunigten Puls und einen verklärten Gesichtsausdruck aus, nicht selten begleitet von hingeraunten Verschwörungstheorien und düsteren Vorwürfen gegen fremde Mächte, soviel hatte ich nicht erst in den Tagen unserer Expedition gelernt. Den Vogel hatte einst ein Kärntner abgeschossen, der mich in einem Rembetiko-Lokal im Hafen von Piräus in schwerem Dialekt ansprach. Er hatte mich mit einem griechischen

Frachtschiff-Kapitän ein paar deutsche Worte wechseln hören. Geistesgegenwärtig fragte ich den Mann, ob er je den odiosen Herrn mit den knapp sitzenden Designeranzügen gewählt habe, und schon bei der Nennung des Namens zog ein Leuchten über sein Gesicht. Was heißt gewählt! rief er glückstrahlend aus, er sei mit ihm befreundet, brüllte er, sodaß die Wirtin, eine strenge Dame im Hintergrund des Lokals, auf uns aufmerksam wurde. Ich war wie vor den Kopf geschlagen. Da sitzt man mit Freunden bei Weißwein und Fisch und läßt sich von der wilden und harten Musik fortreißen, und dann tippt einem ein Bewunderer des irrlichternden Junkers auf die Schulter. Ich tat das Nötige und warf den Mann kurzerhand aus der Taverne. Die übrigen Gäste und die Musiker waren erstaunt. Ein Nazi, sagte ich erklärend, verständnisvolles Kopfnicken war die Folge. Für einen Moment wagte der Mann sich noch einmal ins Lokal, schüttelte drohend die Faust und rief Verwünschungen, aber als ich Josephs Bremsen löste und mich ihm zuwandte, stürzte er in Panik aus der Taverne, was allgemeine Heiterkeit auslöste.

Mein Handy läutete.

„Wo sind Sie?" fragte eine unangenehm schnarrende Stimme. Der Dozent mußte meine Nummer weitergegeben haben.

„Ich bin da", sagte ich. „Lippitzbachbrücke, wie vereinbart. Wo sind Sie?"

„Auch auf der Lippitzbachbrücke", lautete die Antwort.

„Ich sehe Sie nicht!"

„Wir Sie auch nicht!" sagte die Stimme drohend und fügte in tiefem Wienerisch hinzu: „Ihr zwei seids ein einziger Trottelhaufen."

Die Stimme aus der Heimat meint mich und den Dozenten, dachte ich. Das ist ein gutes Zeichen, denn aus der Beleidigung ging immerhin hervor, daß der Dozent noch lebte.

„Ich sehe jetzt eine Brücke im Tal“, sagte die Stimme. „Sind Sie dort unten?“

„Sind Sie dort oben?“ fragte ich zurück.

„Bleiben Sie dort, wir kommen“, befahl die Stimme. Es gab also zwei Lippitzbachbrücken, aber es gab keinen Bach dieses Namens, nur einen Weiler, der zwar den Namen „Lippitzbach“ trägt, aber am Wölfnitzbach liegt. Dazu kommt, daß die moderne Lippitzbachbrükke seit 2009 den Namen des verunglückten Landeshauptmanns trägt. Wenn man den ungeeignetsten Ort für eine Übergabe gesucht hätte, hier war er.

18. Kapitel

Ein alter Bekannter in neuen Diensten. James Dean fährt Moto Guzzi. Friedhofsruhe im Schatten der Karawanken

Die Zeit bis zum Auftauchen der Entführer nutzte ich, um mit dem Buben ein Geschäft abzuwickeln. Er bekam fünf große gekochte Erdäpfel und zwanzig Euro. Während des Palavers bei der Übergabe von Dozent und Liste würde niemand auf ihn achten. Er solle die Erdäpfel in den Auspuff des schwarzen Geländewagens stecken, der jeden Moment auftauchen würde. Der Bub zögerte. Er könne das Geld ruhig nehmen, sagte ich, es sei Schwarzgeld. Der Bub grinste. Dann sagte er: „Vierzig Euro. Wegen der Steuer."

Wir einigten uns auf dreißig Euro, steuerfrei.

Zehn Minuten später hörte man das sonore Blubbern eines großvolumigen Motors, und dann tauchte auch schon der Geländewagen mit den getönten Scheiben auf. Der Wagen hielt am anderen Ende der Brücke, ein Glatzkopf stieg aus. Ich rollte mit Joseph die Brücke vor, in der Hand eine Mappe. Im Hintergrund waren ein zweiter Mann, ein Hüne, und der Dozent ausgestiegen. Der Hüne hatte seinen Arm wie freundschaftlich um den Dozenten gelegt.

Mit schweren, wiegenden Schritten kam der Glatzkopf näher, auch er war groß und massig. Langsam rollte ich ihm entgegen. Er hat den Gang eines Seemanns, dachte ich, und dann, ein Drittel der Brücke lag noch vor uns, schoß es mir durch den Kopf. Ich kannte diesen Gang! Er war mir vertraut, aber ich wußte nicht, woher. Im Hintergrund wirkte der Dozent neben dem Hünen wie ein Schulbub. Jetzt schien der Näherkommende auch mich erkannt zu haben. Er hatte ein schiefes Grinsen aufgesetzt. Und da erkannte ich den Mann sofort.

Vor vielen Jahren war er Hausbesorger in einer Nachbarsiedlung. Er verprügelte Frau und Kinder regelmäßig. Die Polizei ermahnte ihn, worauf er seine Familie nur mehr sporadisch, dafür aber umso härter verprügelte. Die Frau flüchtete ins Frauenhaus und ließ sich scheiden. Er drohte, sie umzubringen, und verlor seine Stelle. Jahre später traf ich ihn in einem Heurigen in Stammersdorf, er war damals Chauffeur eines aufstrebenden freiheitlichen Politikers, der seinen slawischen Namen gegen den eines deutschen Waldes getauscht hatte, und spielte den großen Herrn.

„Du bist der vom Binder-Heurigen“, sagte er zur Begrüßung.

Ich nickte.

„Wo die Kummerl sitzen. Und die Spinner.“

„Und du bist vom Lagler-Heurigen. Wo die Braunen sitzen.“

„Oho“, sagte er.

„Oho“, sagte ich.

„Was machst du in Kärnten?“ sagte er.

„Geschäfte.“

„Du?“

„Was machst du in Kärnten?“

„Sieht man das nicht?“

„Kriminelle Geschäfte.“

Er wirkte unschlüssig. Wahrscheinlich überlegte er, ob er mich über das Brückengeländer werfen sollte.

„Und wenn ich dich jetzt da runterwerfe?“

Er war berechenbar wie der Kalender. Es ist schön, wenn Menschen sich treu bleiben.

„Steuererklärung brauchst dann keine mehr. Es genügt ein Partezettel ans Finanzamt. Glaubst du, ich bin so blöd und komm ohne Rückendeckung?"

Er dachte nach. Was gleichbedeutend war mit: Er machte den nächsten Fehler, er bekam Zweifel. „So etwas laßt man keinen Waglfahrer erledigen", sagte er mit Nachdruck. „So deppert sind nicht einmal die unsern."

„Na also", sagte ich sanft.

„Hab mir gleich denkt, daß sie dich nur vorschikken", sagte er und spuckte vor Joseph aus.

„Gscheit, Herr Nachbar", sagte ich und spuckte ihm vor die Füße.

Er wiegte den Kopf und sagte dann leise: „Tschuldigung."

„Wofür?"

„Für den Waglfahrer."

„Schon vergessen. Nimm's leicht."

„Eh."

Er wußte nicht recht weiter. Offensichtlich war ihm nicht wohl in seiner Haut. Wahrscheinlich mußte er vor seinem Kumpel den starken Mann spielen.

Der Bub mit dem Fahrrad drückte sich scheu an uns vorbei. Ich spürte, wie die Neugier ihm zusetzte, doch er war ein guter Geschäftspartner und setzte seinen Weg bis zum Jeep fort. Hinter dem Wagen bog er seitlich ab und war nicht mehr zu sehen.

„Wollen wir jetzt philosophieren, oder machen wir ein Geschäft?" half ich meinem Landsmann aus der Verlegenheit.

„Eh", sagte er wieder. Die Frage war zu kompliziert gewesen.

Ich versuchte es erneut. „Ich hab etwas, das du suchst. Und du hast etwas, das ich suche. Laß uns die beiden Dinge austauschen, dann kriegen wir alle einen Einser im Führungszeugnis."

Er dachte nach. Und sagte dann: „Für wen arbeitest du?"

„Für den dort drüben", sagte ich.

„Den Wappler?" Er war ehrlich überrascht. „Arm", sagte er, fast bedauernd, und fügte hinzu: „Die Zeiten sind hart."

„Und für wen arbeitest du?"

Er grinste.

„Habt ihr die Brüder umgebracht? Hast dich zum Mörder umschulen lassen?"

„Hör auf, Wixer!" sagte er ärgerlich. „Du kennst mich. In dieser Liga spiel' ich nicht. Das ist Champions League, ich bin Regionalliga Ost."

„Italiener? Mafia?" fragte ich weiter.

„Sind viele Italiener auf der Liste?" fragte er zurück. Ich schüttelte den Kopf.

„Viele Kärntner. Und Kroaten. Mit sehr hohen Beträgen."

„Na, also." Er grinste wieder.

Die Entführung des Dozenten hatte mit den Morden nichts zu tun. Hinter der Liste waren mehrere Gruppen her. Eine Kärntner Parallelaktion. So blöd, wie ich glaubte, war der Nachbar nicht. Ein Floridsdorfer eben.

„Her mit der Liste!" sagte er leise und drohend.

Ich zog die Mappe aus dem Rollstuhlnetz und reichte sie ihm, er warf einen Blick auf die erste Seite. Seine Miene hellte sich auf. „Und die Platte?" fragte er.

„Ist auch in der Mappe. Magst testen?" Wenn einer Platte zur CD sagt, kann man ihm ruhig entgegenkommen.

„Wie denn?“

„Mit einem Notebook.“

Er schüttelte den Kopf.

„Arm“, sagte ich. „Schlechte Zeiten.“

„Willst anleibeln?“ Er machte einen Schritt auf mich zu.

Ich fuhr ebenfalls auf ihn zu. Wir waren jetzt auf guter Schlagdistanz. Allerdings war ich bei der Bodentruppe und er im zweiten Stock. Muß ein seltsames Bild abgeben, dachte ich.

„Du?“

„Ja.“

„Aber?“

„Ich muß meinen Job machen.“

„Feigling.“

„Arschloch.“

„Kusch, Alter“, sagte er und sah mich böse an.

„Was ist mit meinem Freund?“

Er winkte in Richtung Jeep, der Hüne ließ den Dozenten los. Der machte ein paar vorsichtige Schritte und ging dann, so schnell er konnte, auf uns zu.

„Mach’s gut, Nachbar“, sagte ich und drehte den Rollstuhl halb zur Seite, sodaß ich mich dem Dozenten rascher anschließen konnte.

„Du auch, Staudenbrunzer.“

„Vorsicht mit Messer und Gabel!“ grüßte ich zum Abschied.

„Geh sterben“, grüßte er zurück und schlurfte zu seinem Kollegen.

Minuten später durchquerten wir in rascher Fahrt das Jauntal Richtung Süden. Ich hoffte sehr, daß eine kleine Abänderung, die ich beim Deal vorgenommen hatte, noch nicht aufgeflogen war, und ich hoffte, daß der Bub

Wort gehalten hatte. Schließlich hoffte ich noch, daß fünf Erdäpfel für einen großen Jeep genug waren. Drei große Hoffnungen, von denen eine die andere bedingte, das war keine schlechte Ausgangslage.

Mit dem etwas angeschlagen wirkenden Dozenten tauschte ich nur die allernotwendigsten Informationen aus. Daß seine Mutter mit sehr hoher Wahrscheinlichkeit die Tochter John F. Kennedys war und er damit posthum zu einem prominenten Großvater kam, daß der Historiker in Sachen Olga fündig geworden war und daß ich keine Ahnung hätte, mit welcher Banditen-Fraktion wir es zu tun hatten. Daß seine Mutter sich aufgemacht hatte, persönlich nach dem Rechten zu sehen, verschwieg ich wohlweislich. Ich hegte Zweifel daran, daß er schon in der Lage war, diese Drohung zu verkraften.

Der Dozent nahm die Nachrichten mit einem gequälten Nicken zur Kenntnis. Auf meine Frage, wie es ihm in der Gefangenschaft ergangen sei, antwortete er einsilbig. Er sei im Lagerraum einer Pizzeria eingesperrt gewesen und habe Pizzateig kneten müssen. Nie wieder werde er Pasta essen.

Wo die Pizzeria sich befunden habe? Es müsse irgendwo an einem See gewesen sein, denn er habe das Horn eines Ausflugsdampfers gehört. Auch sei eine stark befahrene Bahnstrecke in unmittelbarer Nähe gewesen.

Ob er Angst um sein Leben gehabt habe? Um seines nicht, um meines. Als Kriminalsoziologe sei er ja zumindest theoretisch mit der Geiselhaft vertraut. Mir als Laie würde dieses Wissen aber gänzlich fehlen, sodaß ich den Verbrechern hilflos ausgeliefert sei. Er habe sogar erwogen, zu flüchten und die Polizei einzuschalten, aber eine Gelegenheit zur Flucht habe sich nicht geboten, und bei der Kärntner Polizei könne man nicht wissen, mit wem die unter einer Decke stecke. Und über die Justizbehörden brauche man in einem Land, in dem alle politisch relevanten Verfahren mit der Einstellung endeten, erst gar nicht zu reden.

Ich erinnerte mich, in der k. u. k. Karte einen Saumpfad über den Paulitschsattel/Pavličevo neben den Felswänden der Koschuta gesehen zu haben. Der Weg war für die Leute nördlich der Karawanken seinerzeit die einzige Möglichkeit gewesen, zu den frühen industriellen Stätten Mittelsloweniens und in der Folge ans Meer zu gelangen, andernfalls hätten Umwege von mehreren Tagen in Kauf genommen werden müssen. Was für ärarische Maultiere gut genug war, kann für uns nicht falsch sein, war meine Überlegung, an die sich die nächste nahtlos anknüpfte: Heutzutage sind alle ehemaligen Treppelpfade, Saumpfade, Treidelpisten und Hilfssteige der Ostalpen mindestens zu Landes-, wenn nicht zu Schnellstraßen ausgebaut, da müßte es schon mit dem Teufel zugehen, sollte es sich in diesem südlichsten Gebirgstal Österreichs anders verhalten. Die Chancen, auf eine befahrbare Bergstraße zu stoßen, schätzte ich hoch ein. Außerdem war Slowenien in der EU, zeitraubende Grenzprozeduren konnten ausgeschlossen werden. Selbst für den Fall, daß Verfolger sich an unsere Fersen hefteten, würden die nie und nimmer davon ausgehen, daß wir als Ortsunkundige so dumm wären, mitten in steil aufragende Felswände hinein zu flüchten. Wir müßten uns also nur darauf konzentrieren, den schwindelerregenden Paß mit meinem kleinen Renault zu bewältigen.

Wir näherten uns Bad Eisenkappel/Železna Kapla, passierten einen Stausee und fuhren an der Kreuzung, die in die Trögener Klamm zu Bella führte, geradeaus. Das war eine Vorsichtsmaßnahme. Sollte uns doch jemand folgen oder uns beobachten, würde ein Abzweigen in die Klamm die Verfolger direkt auf Bellas Spur locken, und das Entführungsspiel konnte erneut beginnen. Mir blieb nur, Bella alles Gute mit Alois zu wünschen und ihr im Geiste zu versprechen, daß ich mich später um sie kümmern würde.

Nach der Ortschaft begann die Straße, die breit und gut ausgebaut war, anzusteigen. In Vellach fuhren wir an mehreren aus den siebziger Jahren des vorigen Jahrhunderts stammenden Sanatoriumsbauten vorbei. Alois, der Feuerwehrhäuptling, hatte erzählt, daß Solebad und Therme in der Monarchie gut frequentiert gewesen seien, besonders Gefäßerkrankungen konnten gebessert werden. Das sei auch der Grund dafür gewesen, daß viele gutsituierte ältere Herren in die Berge flüchteten, um ihre Potenz wiederzugewinnen.

Er sei sich wie am Checkpoint Charlie vorgekommen, sagte der Dozent auf der Anfahrt zum Paß. Oder wie auf der Allenby-Brücke über den Jordan zwischen Jericho und Jordanien, früher sei es dort immer wieder zum Austausch von Gefangenen gekommen. Früher sei bekanntlich alles besser gewesen, erwiderte ich, er solle froh sein, wenn wir bei unserer Fahrt übers Gebirge nicht über den Jordan gingen.

Die Straße wurde enger und steiler. Zu meinem Entsetzen sah ich, als ich in einer langgezogenen Kurve einen Blick aus dem Seitenfenster riskierte, einen dunklen Jeep in halsbrecherischem Tempo bergauf jagen. Man soll nicht drei Hoffnungen hegen, dachte ich bitter, es reicht eine, noch dazu, wenn sie enttäuscht wird. Schade um den Buben, dachte ich. Er wird seines Lebens nicht froh werden.

Wir würden verfolgt, instruierte ich den Dozenten. Der zuckte zusammen und begann zu jammern. Er verstehe das nicht, ich hätte doch die Mappe übergeben?

„Natürlich."

„Die vollständige Mappe!?"

„Glauben Sie, ich riskiere Ihr Leben?"

„Danke. Das werde ich Ihnen nie vergessen." Plötzlich straffte er sich und schien sehr stolz zu sein. Als Geisel akzeptiert zu werden kam für einen freischaffenden Kriminalsoziologen einer Beförderung gleich.

Wenn der wüßte, daß sich in der Mappe nur Kopien der ersten zwei Seiten befanden, dachte ich. Und auf der CD waren Fotos von der Budapester Donau mit vielen Ausflugsschiffen und wenigen Frachtern. Ich wußte selbst nicht recht, warum ich nur einen kleinen Teil der Unterlagen übergeben hatte. Wahrscheinlich war es so etwas wie eine berufliche Prägung, die da durchgeschlagen war, bei zwielichtigen Geschäften ist es von Vorteil, wenn man ein As im Ärmel behält. Totalität streben nur religiöse Fanatiker und mediensüchtige Rechtsanwälte an.

Auf der nächsten langgezogenen Steigung wurden wir von einer röhrenden Rennmaschine überholt – ein Motorradfahrer jagte auf einer Moto Guzzi tief geduckt auf die nächste Kurve zu, ein Bein hatte er bereits abgewinkelt.

„Ein Wahnsinniger!" rief der Dozent.

„Ein italienischer Gott", sagte ich. Das Motorrad hatte eine italienische Nummerntafel gehabt. Wie schade, daß es uns nicht mit sich gezogen hatte.

Der Geländewagen kam rasch näher. Ich begann Schlangenlinien zu fahren. Rechts ragten teils überhängende Felswände in den Himmel, links ging es mehrere hundert Meter in eine Schlucht, auf Leitschienen hatte man verzichtet. Wer hier fährt, sollte ein Bergprofi sein. Der Dozent duckte sich in seinen Sitz wie ein Flugzeugpassagier vor einer Bruchlandung.

Ein paar Kurven voraus sah ich unsere Rettung näher kommen. Ein Holztransporter mit Anhänger tastete sich die enge Paßstraße hinunter. Es muß mir gelingen, den Geländewagen in die Kurven hineinzuhetzen, dann besteht die Chance, daß der Holztransporter den Jeep in den Abgrund drängt, dachte ich. Ich riß den Gasring bis zum Anschlag nieder. Seit Beginn der Bergfahrt war das Spiel des Gasrings deutlich größer geworden, ich mußte immer tiefer drücken, um aus dem Motor Leistung herauszupressen. Der Fahrer des Holztransporters hatte uns gesehen, ein zorniges Hornsignal gellte durch das Tal, der Schall schlug sich an den Felswänden. Was tun? Der schwere Holztransporter kann nicht abbremsen, ich aber schon, war mein letzter Gedanke, dann fiel der Gasring in der Halterung durch, vor einer scharfen Kurve, um die jeden Moment der Holztransporter biegen mußte, verlor mein Wagen abrupt an Leistung; im Rückspiegel war der große schwarze Jeep immer größer geworden, im nächsten Moment würde er uns von hinten gegen den bergab fahrenden Vierzigtonner drücken. Rätselhafter Unfall am Paulitschsattel, würde es in den Zeitungen heißen, dachte ich noch, und dann ging alles sehr schnell. Ich verriß das Steuer nach rechts, der Wagen schrammte hart gegen die Felswand, der Dozent schrie auf, dann war da noch einmal das Warnsignal, dieses Mal sehr nah, der Jeep war jetzt auf gleicher Höhe mit meinem Wagen und tanzte neben dem Abgrund, da sah ich im Seitenspiegel, daß die ganze Rückseite des Jeeps in

Flammen stand, die Erdäpfel hatten also doch gewirkt, nur etwas später als geplant. Die beiden Männer sprangen aus dem Jeep, wobei mein ehemaliger Nachbar das schlechtere Los gezogen hatte, denn er sprang in den Abgrund. Der zweite Mann lief die Straße zurück, und dann war da schon der bergab bremsende doppelstockhohe Holztransporter, ein blauer Volvo, und ich war seltsam beruhigt, denn Volvos, so heißt es, sind robuste Fahrzeuge und überaus sicher. Und so war es auch, der Transporter schob den Jeep vor sich her, bis der sich über die Kante in die Schlucht neigte und weiter brannte, dann sah ich den Transporter plötzlich schlingern – der Anhänger drückte auf den Vorderwagen, danach verschwand der Lastzug um eine Kurve und ich hielt den Atem an, weil ich befürchtete, einen Feuerball aus der Schlucht aufsteigen zu sehen. Aber ich konnte der plötzlichen Stille nicht nachlauschen, denn plötzlich war das Gas meines Wagens wieder da, aber nicht als schwaches Viertelgas wie vorhin, sondern als aufheulendes Vollgas – in dem Moment, wo ich den Gasring auch nur antippte, stellte er auf Vollgas, und der Wagen sprang vorwärts. „Anhalten!" schrie der Dozent, und ich hätte gern „Maul halten!" geantwortet, aber ich benötigte all meine Kraft, mit dem armen Renault 5 durch die Kurven bergauf zu rasen. Vor einer besonders engen Kurve, die um eine Felsspitze führte, riß ich den Bremshebel nieder, worauf das Gas wieder abstarb, „Gott sei Dank!" rief der Dozent, da kam das Vollgas wieder zurück, und wir preschten weiter durch das Kurvengeschlängel. Bei dem Tempo hätte uns keiner eingeholt, dachte ich und spürte, daß ich den Wagen besser in den Griff bekam. Auf dem letzten Kilometer vor dem Paßsattel wurde die Straße noch enger, dafür aber waren die Kurven sanfter, der Renault nahm immer mehr Fahrt auf, bis wir in einem wilden Drift am ehemaligen Zollhäuschen vorbeischossen. Aus den Augenwinkeln sah ich einen Mann in Motorradkluft, er stand neben seiner Maschine, hatte den Helm abgenommen und zeigte langes blondes Haar und ein verwegenes Jungengesicht, als wäre James Dean auferstanden. Angesichts unserer Teufelsfahrt fiel dem blonden Engel die Zigarette aus dem Mund, er sprang auf die Straße, und im Rückspiegel sah ich ihn begeistert gestikulieren. Wenigstens einer, der unsere Amokfahrt zu schätzen weiß, dachte ich, denn der Dozent kauerte jammernd und schreiend auf seinem Sitz. Dann sah ich ein Verkehrsschild, Logarska Dolina, und schon nahm ich eine Linkskurve, und wir preschten in ein märchenhaftes Tal, vollkommen eben, nur links und rechts und am Talschluß standen die höchsten Kalkberge, die ich je gesehen hatte. Mit Vollgas rasten wir ins Logar-Tal hinein, bis es mir endlich gelang, die Bremse wieder niederzureißen und den Wagen in einen Karrenweg hinter einem Wäldchen zu parken. Weißer Rauch drang durch die Motorhaube, ich zog den Zündschlüssel ab, warf ihn aus dem Fenster, öffnete die Tür, ließ mich aus dem Wagen fallen und zog mit den Händen die Beine nach.

Wenig später hockte der Dozent neben mir, seine Miene war voll Sorge. Der zusammengebaute Joseph stand neben ihm. Noch immer drang Rauch aus meinem Renault, aber deutlich weniger als vorhin.

„Beruhigen Sie sich“, sagte der Dozent. „Ich habe die Lage im Griff.“

Als die Dämmerung in den Steiner Alpen einfiel, befanden wir uns in langsamer Fahrt durch das Tal der

Savinja. Der Gasring war notdürftig geflickt, und wir hatten eine Mischform des Steuerns entwickelt, der Dozent stellte sein linkes Bein aufs Gas, ich lenkte und gab Anweisung, wenn er vom Gas gehen sollte. In seltenen Fällen betätigte ich auch den Bremshebel. In übersichtlichen Passagen stellte ich mein rechtes Bein auf das Gaspedal und zog es, je nach Notwendigkeit, mit der Hand wieder zurück, aber in kurvenreichen Abschnitten schien mir das Bein des Dozenten eine klügere Variante zu sein.

In Nazarje hielten wir bei einem Bistro, der Dozent klappte sein Notebook auf. Ich lehnte mich zurück, nahm einen Schluck vom sauren Cviček und schloß die Augen.

Dann hörte ich einige Zeit nur das Klappern der Tasten, und als ich die Augen wieder öffnete, schob der Dozent mir wortlos das Notebook herüber. Zuerst war da eine Nachricht seiner Mutter, sie sei auf dem Weg nach Celje, schrieb sie. Der Dozent solle sie dort im Hotel Europa kontaktieren.

Die zweite Botschaft stammte vom Historiker. Er hatte in den nachgelassenen Briefen der Gerda Konwitsky folgende Stelle gefunden.

„Es war mir einmal gelungen, Olga von der Verbringung ins Hinterhaus und damit dem sicheren Tod zu schützen, auch ein zweites Mal, als ein Transport nach Mauthausen zusammengestellt wurde, konnte ich sie im letzten Moment von der Liste reklamieren. Schließlich wurde uns aber ein Neuzugang zum Verhängnis. Der Neuzugang eines Arztes. Von meiner Abmachung mit den Pflegerinnen hatte er keine Ahnung, er wollte wissen, warum die junge Frau immer noch in der Abteilung aufhältig sei. Aus dem Akt gehe hervor, daß sie geisteskrank und eine Partisanin

slowenischer Herkunft sei. Sie müsse mit dem nächsten Transport abgehen. Ich versuchte alles, ihn umzustimmen, exponierte mich selber so weit, daß er mir androhte, mit auf den Transport zu kommen, Capo hin oder her. Der Arzt stammte aus einer Kremser Kaufmannsfamilie, er war jung, ehrgeizig, und er war ein fanatischer Nationalsozialist. Mit ihm waren keine Geschäfte zu machen. Er isolierte Olga, und so sah ich sie erst am nächsten Morgen wieder. Sie ging mit einer Gruppe von Kindern, Zigeunerkindern, und ein paar behinderte Kinder waren auch dabei. Die Kinder hatten sich die Hände gegeben, die Buben links, die Mädchen rechts. Es waren welche dabei, die konnten noch nicht recht laufen, und solche, die waren so groß wie Olga. Sie ging in der letzten Reihe, hielt die rechte Hand eines behinderten Mädchens, das mühsam voranstolperte. Vor Tagen waren die Kinder singend und fröhlich in die Psychiatrie eingezogen, begleitet von Schwestern und Ärzten. Nun waren da Polizisten, ein gutes Dutzend, sie überwachten den Gänsemarsch der Kleinen, der ein Todesmarsch war, und die Kleinen schienen das Unheil zu ahnen, denn sie sangen nicht und sie lachten nicht, sie schauten nur schreckensstarr voraus. Nur Olga wendete einmal noch den Kopf und sah zum Fenster unseres Schlafsaals hoch, wo ich stand und mich anhalten mußte, und plötzlich lächelte sie, als würde sie mir noch einmal danken wollen, es war ein schnelles, ein flüchtiges Lächeln, aber es war da, ich kann es mein Lebtag lang bezeugen. Als die Partisanin Olga mit den Kindern nach Hartheim verschickt wurde, hat sie kurz gelächelt, aber das Lächeln erstarb, und dann war da nur mehr eine ausgemergelte, geschundene und getretene Frau, die mich abgrundtief traurig ansah und beim Hochschauen kurz stehenblieb, und das Mädchen an ihrer Hand strauchelte, aber Olga ließ ihre Hand nicht los, das Kind stürzte nicht, da trat ein Polizist auf sie zu und hob die Hand zum Schlag, doch da war sie schon wieder in der Reihe und stolperte mit den Kindern weiter.

So wurde Olga aus meinem Leben gerissen.

Nie werde ich ihren Blick vergessen. Die Menschheit darf alles vergessen, sie darf vergessen, woher sie kommt und wohin sie gehen will, diese Blicke aber darf sie nicht vergessen, die Blicke der Olgas und der händchenhaltenden Kinder, die von Erwachsenen in die Hölle getrieben werden, darf sie nie vergessen. Die sind von nun an im Marschgepäck, ganz unten, für immer. Wenn die Menschheit diese Blicke vergißt, verdient sie es nicht, Menschheit genannt zu werden. Dann soll sie an sich selbst zugrunde gehen. Und keine Rettung soll ihr sein in alle Ewigkeit."

Lieber Freund, ich habe schon lange nichts von Dir gehört. Daher bin ich in Sorge. Dein Mitarbeiter hat die Dokumente geholt. Ich hoffe, Du hast Verwendung für sie. Die Kennedy-Vaterschaft Deiner Mutter ist also geklärt, die zweite Sache, wie Du eben gelesen hast, leider auch. Melde Dich!

Dein Freund von der historischen Zunft

„Was jetzt?" fragte der Dozent, als er sah, daß ich mit dem Lesen fertig war. Er schien am Boden zerstört.

„Jetzt fahren wir nach Celje und lassen den Wagen reparieren."

„Ist das weit?"

„Angesichts der Zeitreise, die wir in den letzten Tagen gemacht haben, ist es nur ein Katzensprung."

Der Dozent nickte ergeben und holte seine Geldbörse hervor. Sie war leer.

Epilog

Gerda Konwitsky starb Anfang der fünfziger Jahre im Psychiatrischen Krankenhaus Wien. Der Sohn eines Pflegers, der am Konservatorium Klavier studierte, erbte aus ihrem Nachlaß einen Bösendorfer-Flügel.

Bella Tschau bekam nach dem Sturz ins eiskalte Wasser eine Lungenentzündung. Sie wurde von der freundlichen Ärztin aus der barrierefreien Ordination geheilt. Feuerwehrkommandant Alois brachte Bella eine Woche später nach München. Die beiden sind seither befreundet.

Die Mutter des Dozenten war nicht überrascht, uns in Celje anzutreffen. Im Souterrain des Hotels Europa – das aus dem 19. Jahrhundert stammende Haus in der Fußgängerzone hatte barrierefreie Zimmer – ist ein Straßencafé untergebracht. Seit dem Frühling 2010 steht mitten in der Fußgängerzone eine lebensgroße Bronzestatue der Schriftstellerin Alma Karlin. In einer Hand trägt sie einen Koffer mit ihrer Reiseschreibmaschine, es sieht aus, als befinde sie sich auf dem Weg zum Bahnhof.

Im ehemaligen Gefängnis von Celje, dem Stari Pisker, ist nun, über mehrere Stockwerke verteilt, ein zeitgeschichtliches Museum untergebracht, das alles in den Schatten stellt, was es in Österreich auf diesem Gebiet gibt. In dem Museum werden die Greueltaten der Wehrmacht und der Gestapo dokumentiert, allein in diesem Haus wurden 374 Slowenen erschossen. In einer beeindruckenden und würdevollen Weise wird des Lehrers Ervin Majeks und seiner Mitstreiter gedacht, die 1944 den Massenausbruch von über dreihundert Todgeweihten aus dem Gefängnis organisierten. Die Führungen im Museum finden auf englisch statt. Selbstverständlich ist das Haus behindertengerecht ausgeführt.

Vor dem Hotel Europa hatte ich einen heftigen Disput mit dem Chauffeur von Madame, Herrn Kálmán. Er entpuppte sich als glühender Anhänger des neuen ungarischen Ministerpräsidenten und äußerte die Erwartung, daß Herr Orbán nach dem bevorstehenden Zerfall der EU die in Trianon 1920 verlorengegangenen ungarischen Gebiete wiedergewinnen werde. Er, Herr Kálmán, sei bereit, jederzeit dafür in den Krieg zu ziehen.

Der Gasring wurde von einem genialen Mechaniker der Therme Dobrna repariert. Janko, der im Hauptberuf als Kesselwärter arbeitet, hat goldene Hände.

Mein Bekannter aus Floridsdorf hatte beim Unfall am Paulitschsattel Glück, sein Sturz in die Tiefe wurde von Latschenkiefern aufgefangen. Der Mann arbeitet jetzt bei einem privaten Sicherheitsdienst, der für die Bewachung des Schlosses Sekirn zuständig ist.

Mister Giordano zeigte sich über den Ausgang der Expedition befriedigt, kritisierte allerdings das Steckenbleiben der Europäer in der Historie scharf. Solcherart sehe der alte Kontinent immer älter aus und werde noch als Museum seiner selbst enden, schrieb er.

Nach der Familienaufstellung erkrankte Anitas Mann, der Philosophie-Professor aus Bad Gleichenberg, an einer schweren Depression, er suchte um Frühpensionierung an. Schlimm genug, daß er seine Schüler quält, zu Hause macht er wochenlang den Mund nicht auf, so Anita am Telefon. Er gehe davon aus, daß in der Philosophie alles gesagt sei, er habe dem nichts hinzuzufügen. Sie denke an Scheidung und bat mich zu einer Aussprache in die Autobahnraststätte Arnwiesen. Sie wollte wissen, ob ich ihr, falls sie ihre alte Tätigkeit wieder aufnehmen sollte, wieder zur Hand gehen würde. Aus pädagogischen Gründen erbat ich eine Woche Bedenkzeit. In meine Wohnung zurückgekehrt, kramte ich den alten Karteikasten wieder hervor und machte mich an eine Sichtung des Kundenstocks.

Im Zuge des kroatischen EU-Beitritts wurden in Zagreb als Geste des guten Willens einige Mitarbeiter einer weitverzweigten kroatisch-bosnisch-albanischen Organisation dingfest gemacht. Die auf Menschenhandel spezialisierte Bande betrieb zur Tarnung auch Immobilien- und Kreditgeschäfte. Abgetrennte rechte Hände waren und sind ihr Markenzeichen. Sie markiert auf diese Weise ihr Revier.

Das Hotel Schloß Seefels, das Moser Verdino in Klagenfurt und das Seehotel Schloß Velden sind weiterhin für Rollstuhlfahrer nicht benutzbar.

Lawrenty Durrell wurde mit einem Orden des Commonwealth ausgezeichnet, die Auszeichnung war mit einer ansehnlichen Geldleistung verbunden. Daraufhin trat unsere Wirtin aus Bilčovs den ersten Urlaub ihres Lebens an, sie fuhr nach Pula.

Im Namen des „Ständigen Ausschusses zur Klärung sämtlicher Welträtsel", welcher beim Binder-Heurigen in Wien-Floridsdorf tagt, gratulierte mir dessen Vorsit-

zender Wenzel Schebesta zur glücklichen Rückkehr aus dem Karakorum.

Gegen die Verantwortlichen des Kärntner Finanzdebakels wurden mehrere Verfahren angestrengt. Deutlich wurde, daß in dem Bundesland Mißwirtschaft, Betrug, Unterschlagung, politische Korruption, Nepotismus und Größenwahn eine untrennbare Einheit eingegangen waren. Den verantwortlichen Politikern und Managern, die das Land in den Ruin geführt haben und nun den Bildungs- und Gesundheitsbereich heranziehen, um die Defizite auszugleichen, konnte indessen kein Vorsatz nachgewiesen werden. Aus diesem Grund stellte die Klagenfurter Staatsanwaltschaft, einer alten Tradition folgend, alle relevanten Verfahren ein.

Ergeben nahm die Bevölkerung den beschleunigten Abbau des Sozialstaats und das Verschleudern der letzten Reste kommunalen Eigentums hin. Bei den Wahlen stattete sie jene Partei, die die Verantwortung für den ökonomischen und gesellschaftlichen Bankrott Kärntens trägt, mit der absoluten Mehrheit aus. Und so dümpelt das Land, von dem sich immerhin sagen läßt, daß die Einwohnerzahl stetig zurückgeht, zwischen Größenwahn und Wehleidigkeit vor sich hin und widmet sich im Schatten der Karawanken dem Kärntner Nationalsport – der Jagd nach Sündenböcken.

Madame Nostitz glaubt, daß ihr Vater John F. Kennedy nicht von der Mafia, sondern von einem Nazi erschossen wurde. Es habe sich nicht um ein politisches Komplott, sondern um einen Eifersuchtsmord gehandelt. Tatsächlich fand der Historiker Hinweise auf Verbindungen des Kennedy-Mörders nach Kärnten. Lee Harvey Oswald habe Ende der fünfziger Jahre mehrfach an Treffen ehemaliger SS-Angehöriger in Krumpendorf und Spittal an der Drau teilgenommen.

Der Dozent trägt sich mit dem Plan, zur Kennedy-Connection zu forschen. Ich habe eine Mitarbeit von vornherein ausgeschlossen.

Inhaltsverzeichnis

Danksagung

Ich danke allen, die mir Gelegenheit gaben, die Kärntner Verhältnisse aus der Nähe kennenzulernen. Insbesondere danke ich dem Historiker Helge Stromberger, der mich während vieler Ausfahrten in die Geschichte Kärntens einführte und mit Rat zur Seite stand, wenn es um die Bewertung von historischem Material ging. Unsere Ausfahrten auf den Ulrichsberg, nach Tanzenberg, Ottmanach und viele andere Orte der Kärntner Geschichte haben mein Verständnis für diesen Landstrich wesentlich mitgeprägt. Mirko Messner und Wladimir Wakounig verdanke ich ein tieferes Verständnis für die Geschichte der slowenischen Volksgruppe. Daß ich als Wiener in die Kärntner Welt eintauchen konnte, verdanke ich auch den Freundinnen und Freunden von der „Initiative Minderheiten", der ich seit zwanzig Jahren angehöre. Besonderer Dank gebührt Andreas „Shorty" Kurz für die souveräne Navigationshilfe am Text.

Für die Arbeit besonders wichtige Bücher:

Vida Obid/Mirko Messner/Andrej Leben. *Haiders Exerzierfeld.* Kärntens SlowenInnen in der deutschen Volksgemeinschaft. Promedia 2002

Janko Messner. *Ein Kärntner Heimatbuch.* Europa Verlag 1986 und *Wie ich ein Gospod wurde.* Drava 2002

Josef Rausch. *Der Partisanenkampf in Kärnten im Zweiten Weltkrieg.* Militärhistorische Schriftenreihe, Heft 37 (Hrsg. Militärwissenschaftliches Institut)

Georg M. Hafner/Esther Schapira. *Die Akte Alois Brunner.* Campus 2000

Helge Stromberger. *Die Ärzte, die Schwestern, die SS und der Tod. Kärnten und das produzierte Sterben im NS-Staat.* Drava 2002

Bogdan Mohor-Ston. *Luna.* Vom Freiheitskämpfer in Kärnten zum politischen Gefangenen in Bileča. (Übersetzt und bearbeitet von Franci Zwitter/Mirko Messner.) Drava 2007

Lisa Rettl/Peter Pirker. *„Ich war mit Freuden dabei." Der KZ-Arzt Sigbert Ramsauer.* Eine österreichische Geschichte. Milena 2010

Berndt Rieger. *Visitation der Vernichtung.* Recherchen, Eigenverlag

Hellwig Valentin. *Der Kärntner Abwehrkampf.* Verlag der KTZ

Stari Pisker. Museum of Recent History, Presernova 17, Celje, http://www.muzej-nz-ce.si

Editorische Anmerkung:

Der Plural von Nazi ist Nazi. Die Begründung findet sich bei Karl Kraus.

Die unterschiedliche Schreibweise von „Aktion Reinhardt" und Reinhard Heydrich (die „Aktion" wurde nach dem in Prag getöteten Reinhard Heydrich benannt) findet ihre Erklärung in der von Heinrich Himmler vorgenommenen Namensgebung. Himmler verwechselte Reinhard und Reinhardt immer wieder.

Georg Haderer
Sterben und sterben lassen
Kriminalroman
392 Seiten, € 12.95
HAYMON taschenbuch 208
ISBN 978-3-7099-7839-9

Ein Mörder zurück in Freiheit, ein Dorf in Aufruhr: Frederik Bosch, vor 26 Jahren für den Mord an der siebenjährigen Susanna verurteilt, hat sich nach seiner Haftentlassung ausgerechnet in Schaching niedergelassen, wo das Verbrechen einst geschah. Seine Rückkehr sorgt überall für Empörung. Und dann stolpert Major Schäfer auch noch über Ungereimtheiten in Boschs Fall ...

Eine fesselnde Mischung aus einem ebenso genialen wie abgedrehten Ermittler, schrägen Begegnungen und psychischen Ausnahmezuständen.

„... seine Kriminalromane zählen zu den besten, die es für Geld zu kaufen gibt.“
DIE WELT, Elmar Krekeler